RALPH GRÜNEBERGER

Herbstjahr

Roman

GMEINER SPANNUNG

Personen und Handlung sind frei erfunden.
Ähnlichkeiten mit lebenden oder toten Personen
sind rein zufällig und nicht beabsichtigt.

Immer informiert

NEWSLETTER

Spannung pur – mit unserem Newsletter informieren wir Sie
regelmäßig über Wissenswertes aus unserer Bücherwelt.

Gefällt mir!

Facebook: @Gmeiner.Verlag
Instagram: @gmeinerverlag
Twitter: @GmeinerVerlag

MIX
Papier aus verantwortungsvollen Quellen
FSC® C083411
FSC www.fsc.org

Besuchen Sie uns im Internet:
www.gmeiner-verlag.de

Im Ehnried 5, 88605 Meßkirch
Telefon 07575/2095-0
info@gmeiner-verlag.de

1. Auflage 2019

Lektorat: Claudia Senghaas, Kirchardt
Herstellung: Julia Franze
Zitat v. A. Dohrn (S. 5): ©Leipziger Volkszeitung, 13.07.2019, Seite 16
Umschlaggestaltung: U.O.R.G. Lutz Eberle, Stuttgart
unter Verwendung eines Fotos von: © Leipzig, 09.10.1989
© ullstein bild – Christian Günther
Druck: CPI books GmbH, Leck
Printed in Germany
ISBN 978-3-8392-2483-0

Wir Deutschen hatten immer mal wieder in unserer Geschichte Revolutionäre ohne Revolution. Jetzt hatten wir eine Revolution ohne Revolutionäre.

Wolf Biermann

Es ist wichtig, wie wir mit der Einzigartigkeit der Geschehnisse von 1989 umgehen und wie wir das an die nächsten Generationen transportieren. […] Wir brauchen Erzähler der Geschichte und Brückenbauer.

Andreas Dohrn, Pfarrer der Leipziger Peterskirche

JESSE, OKTOBER 1989

1

Mit einem Mal blieben die Straßenbahnen stehen. Taxifahrer hupten. Hunderte Menschen waren den Rufen einer kleinen Gruppe gefolgt, die, gestikulierend vom Rande des Platzes aus, die unschlüssig auf der Freifläche zwischen Oper und Gewandhaus verharrende Menge zu dirigieren versuchte.

»Loslaufen, loslaufen!«, hieß es, und die Stimmen der Wortführer waren brüchig wie der Himmel über der Stadt.

Die Menschen, die sich mehr und mehr zu einem Strom formierten, strebten vom Karl-Marx-Platz über den Georgiring dem Hauptbahnhof zu. Die hell erleuchteten Wagen der am Weiterfahren gehinderten Straßenbahnen ragten aus dem Menschenstrom wie schmale Ausflugsdampfer. Viele der Fahrgäste schauten erstaunt in die Abenddämmerung oder hatten ihr Gesicht gegen die Scheibe gepresst. Missmut in ihren Mienen.

Ein anderer Ruf wurde laut: »Schließt euch an!« Ein Ruf, aus dem die Angst verschwunden war. Und er galt jenen in der Bahn und jenen, die voller Erstaunen passiv am Straßenrand standen.

Jesse, der nach der *Rollenden Woche*, die entweder aus sieben Tagen Frühschicht, Nachtschicht oder Spätschicht bestand, an diesem Montag freihatte und aus Neugier per Trambahn ins Stadtzentrum gefahren war, stand am Rande der Straße und sah vom Bordstein aus die Masse an Menschen auf sich zukommen. Die Marschierer am Anfang des Zuges schickten sich an, Reihen zu bilden. Es waren ganz unterschiedliche Personen. Alte und junge. Männer in Mänteln und Anoraks, Joppenträger. Jugendliche in Parkas. Frauen in Kurzmänteln, mit Armen, an denen Einkaufstaschen zogen, die ihnen jetzt im Weg waren und die sie zu schultern versuchten.

Nach Sonnenuntergang war es kalt auf dem Platz. Viele hatten den Kopf mit einem Hut, einem Kopftuch oder einer Mütze bedeckt. Das Haar eines Mädchens, das es offen trug, leuchtete im Licht der Straßenlaternen wie Flachs.

Die Menschen in den vorderen Reihen hatten einander untergehakt und Ketten gebildet, geschlossen aus Armen und Rümpfen. Die schwächeren Glieder wurden aufgehoben von den stärkeren. Der Mehrheit war anzusehen, dass sie diesen Marsch, für den es kein Ziel gab, nur die Bewegung, das Fortschreiten, nicht geplant hatte. Vielmehr wollte die Menge aufbegehren und überließ das ihrem Körper, der ihren Willen nach außen trug und wie eine einmal in Gang gesetzte Maschine vorwärtsstrebte. Es war, als verringerte sich mit jedem Schritt der Ballast an Furcht. Sie alle waren auf der Straße aus freiem Willen. Kein Befehl gab ihnen die Richtung vor. Keine Reglementierung lenkte sie. Keiner Erwartung mussten sie folgen. Es war eine Übereinstimmung vorhanden, die sich im Schrittmaß wiederfand. Sie alle vereinte das Verlangen, auszubrechen und gleichzeitig zusammenzustehen. Die Menschen in der Menge hatten die Nachrichtenbilder derer im Kopf, die ihre Nachbarn, Arbeitskollegen oder Verwandten waren, die per Räuberleiter Botschaftszäune überwunden oder mit bloßen Händen die Gitter der ungarischen Grenze nach Österreich umgeworfen und das freie

Feld gestürmt hatten wie 200 Jahre zuvor die Kommunarden die Bastille.

Vorwärts, und nicht vergessen, die Solidarität! Aus irgendeiner Kehle wurde die *Internationale* angestimmt. *Völker hört die Signale. Auf zum letzten Gefecht!* Mit jedem Schritt wurde der Gesang lauter, mit jedem Schritt fester, gewaltiger. Ein Chor Tausender Stimmen. Niemand hätte sagen können, wie das letzte Gefecht aussehen, geschweige denn ausgehen würde und gegen wen es tatsächlich geführt werden müsste. Sie alle lebten im Moment. Nur wenige trugen einen Vorsatz in sich. Nur ein Bruchteil von ihnen hatte die in der Nikolaikirche gesprochenen Worte des Jugendpfarrers verinnerlicht, der in seinem Friedensgebet an Jakobus gemahnte, der die Gläubigen aufforderte, Täter des Wortes und nicht allein Hörer desselben zu sein.

Äußerlich aber waren sie eins. Sie waren Hörer ihrer selbst und Akteure ihres Willens. Und sie schlugen alle dieselbe Richtung ein. Ihr Schritt hallte wider in ihren Gliedern. Ihr Gesang, als der Kanon ihres Antriebs, gab ihnen die Kraft, geschlossen nach vorn dem Hindernis zuzustreben. Keiner vermochte diesen Gang als Promenade zu empfinden. Sie alle wussten, dass der Moment, in dem sich ihnen niemand in den Weg stellte, endlich war. Und die ersten Reihen wussten dies früher als die letzten. Etwa 200, 300 Meter vor ihnen, in Sichtweite, hatten sich Hundertschaften der Bereitschaftspolizei postiert. In erster Linie standen Sondereinheiten, die Schilde trugen, weißbehelmte Männer, das Visier heruntergeklappt. Es waren Schilde aus Plexiglas, in denen sich die Beleuchtung des Georgirings spiegelte. Sie glichen menschengroßen Käfern, gepanzert und ohne Angesicht.

In diesem Augenblick konnte Jesse nicht länger an sich halten. Ohne noch einen Moment länger zu zögern, reihte er sich in den Marschblock ein. Einige, die bisher neben ihm gestanden hatten, taten es ihm nach. Nach wenigen Metern, in Höhe des grell erleuchteten Exquisitgeschäfts, in dem es hochwertige Mode zu überteuerten Preisen zu kaufen gab, sah Jesse, wie sich ein Mann in seiner Reihe bückte, um einen kastaniengroßen Kieselstein vom Straßenrand aufzuheben. Der Mann hätte vom Alter her Jesses Vater sein können. Doch kümmerte das Jesse in dem Moment nicht. Schnell trat er auf den Mann zu, fasste nach dessen Faust und zwang den Mann, den Stein zu Boden fallen zu lassen.

»Was weißt du denn schon?« Des Mannes Blick verfinsterte sich vor dem strahlend dekorierten Ladengeschäft. »Meine Mutter kriegt so viel Rente wie hier ein Pullover kostet oder ein einziges Hemd. Alles für die Bonzen und ihre Weiber!«, zischte er und wandte sich ab.

»Richtig, Junge«, klang es aus der Reihe hinter Jesse. »Darauf warten die doch nur, dass hier randaliert wird!«

Jesse ärgerte sich über den Zuspruch der Frau, die ihn, den 21-Jährigen, »Junge« genannt hatte. Ohne ein Wort zu erwidern, blickte er stur nach vorn und erschrak im selben Moment. Der Raum zwischen den behelmten Polizisten, die eine Sperrfront gebildet hatten, und dem Block der Demonstranten verringerte sich Sekunde um Sekunde, Schritt um Schritt. Es tat gut, das spürte Jesse plötzlich, einen Menschen neben, vor und hinter sich zu wissen. Auf Arbeit hatte er davon gehört, dass bei der Demonstration eine Woche zuvor den Polizisten die Schirmmützen vom Kopf gerissen worden seien, als diese ihrerseits eine Kette gebildet hatten. Die Mützen wären durch die Luft geflogen, wie man es aus russischen Soldatenfilmen kennt, wenn ganze Bataillone in ihrer Heimat willkommen geheißen werden. Die Polizeikette allerdings, die jetzt immer gegenwärtiger wurde, ließ keinen Gedanken an Jubel aufkommen.

Rasch verlor der Zug an Breite und nahm immer mehr die Form eines Keiles an. Von drei Seiten sah sich der schmaler werdende Marschblock den behelmten Polizisten gegenüber. Wie Kinder, die Schläge erwarteten, hatten die in den vorderen Reihen schützend ihre Arme vor das Gesicht gehoben und gingen beinahe blind voran.

»Bleibt zusammen!« Der Ruf einzelner Mahner ging in der Menschenmenge unter.

»Gorbi, Gorbi – eins-zwei-drei! Gorbi, Gorbi – eins-zwei-drei!«, skandierten, verstärkt durch rhythmisches Klatschen, plötzlich Hunderte den Namen des Generalsekretärs der Kommunistischen Partei der Sowjetunion, Michail Gorbatschow, dessen Name für Veränderung stand. Glasnost und Perestroika. Begriffe in der ungeliebten russischen Sprache, die auf einmal leicht über die Lippen kamen. »Gorbi, Gorbi – eins-zwei-drei!« Und auf einmal hieß es, »Gorbi, hilf!« – und es klang, als riefen sie einen Heilsbringer herbei.

Längst war die Formation ins Stocken geraten, nur schleppend ging es voran. An den Seiten war kein Ausbrechen, kein Weiterkommen möglich. Zur Linken und zur Rechten standen in Doppelreihen die Bereitschaftspolizisten. Die Polizeilinie erwies sich als festes Spalier, das ihnen den Weg abschnitt. Dem Zug gegenüber standen die Behelmten der Sondereinheit und kesselten die Menge ein. Ein fester Riegel. Der Menschenstrom wurde immer langsamer. Schließlich stockte er vollends.

»Weitergehen!«, wurde von hinten gerufen. Pfiffe wurden laut. Die Kraft des Zuges wurde nach hinten geworfen. Wie eine Welle, die zurückschwappt, breitete sich Unruhe aus.

»Lasst uns durch!«, schrie eine Frau, der Hysterie nahe, und ihr Schrei vervielfachte sich.

Die Arme, die viele aus Furcht vor den Knüppeln der Polizei hochgerissen hatten, blieben erhoben und sahen für die andere Seite bedrohlich aus.

Der Zug bahnte sich seinen Weg, als presste man ihn durch einen Trichter. Die Masse, die bis eben noch die Straßenbreite eingenommen hatte, wurde durch eine vier bis fünf Meter große Lücke in der Absperrung geführt. Es war unverkennbar, dass die Polizei den Zug zwar aufreiben, zerstreuen, aber nicht gänzlich aufhalten wollte. Aus dem Kessel sollte der Druck entweichen.

»Schämt euch was!« Der Ruf klang verzweifelt, doch prallte er wirkungslos an den Schilden der Uniformierten ab.

Auf Augenhöhe war für Jesse zu sehen, dass hinter den behelmten Polizisten weitere Uniformierte standen, die keine Schilde trugen, stattdessen mit beiden Armen in die Menschenmenge griffen und einzelne Demonstranten herauszogen. Es lag in der Macht der Polizisten, ob die Herausgezogenen auf einen bereitstehenden Mannschaftswagen, zu dessen Plattform eine heruntergelassene Leiter führte, gehievt oder lediglich zur Feststellung ihrer Personalien einer Gruppe von Einsatzkräften zugeführt wurden.

Ehe Jesse erkannt hatte, dass sich die Mehrheit des Demonstrationszuges hinter der Polizeischleuse als lockere Formation wieder zusammenfand, wurde ihm mit einem Mal übel vor Angst. Sekunden vor dem Zugriff verspürte er diesen. Lähmung befiel ihn. So schnell wie möglich wollte er die Sperre passieren. Nicht auffallen, hieß die Devise. Hände in die Taschen. Blick nach unten.

Im Strudel trieb Jesse ein paar Meter weiter. Für einen Moment stand er einem Uniformierten gegenüber, der kaum älter war als er selbst. In dessen Augen, die das Plexiglas nicht vollständig verdeckte, lag dieselbe Angst, die auch in Jesses Augen lag. Fast hätte Jesse das Wort an den Gleichaltrigen gerichtet. Vielleicht waren sie in dieselbe Schule gegangen oder in denselben Kindergarten, vielleicht hatten sie am selben Ort ihr Jugendweihe-Gelöbnis gesprochen oder waren sich womöglich vor Jahren in einem Kinderferienlager begegnet. Das Land war klein und befestigt genug, um die Wege seiner Bewohner sich kreuzen zu lassen.

Doch kaum hatte Jesse diesen Gedanken zu Ende gedacht, entdeckte er mit einem Mal den Schopf des flachsblonden Mädchens nur wenige Meter vor sich. Das Mädchen wurde zur Seite gezogen, ehe es auf dem Bahnhofsvorplatz im Gemenge der anderen hätte untertauchen können. Der Zugriff erfolgte gezielt, das war nicht zu übersehen.

Völlig unbesonnen preschte Jesse dem blonden Mädchen nach. Der behelmte Polizist, mit dem er eben noch Blickkontakt hatte, wich erschrocken zurück und ließ ihn passieren.

»Lasst sie los! Lasst das Mädchen los!«, schrie er über das Dienstmützenspalier hinweg und sah, wie zwei Polizisten das Mädchen zu einem der offenstehenden LKWs zogen. Seine Arme wirbelten wie wild in der Luft. Hätte er sich sehen können auf dem Film, den eine der auf den Dächern der Ringbebauung installierten Kameras aufzeichnete, wäre ihm der Vergleich mit Don Quichote nicht schwergefallen. Jesse aber war in dem Augenblick Windmühle und Don Quichote zugleich, und damit ebenso ein deutliches Zielobjekt der staatlichen Sicherheitskräfte, die unter dem Befehl standen, den Demonstrationszug mit aller Macht unter ihre Kontrolle zu bringen.

Es dauerte keine zwei Sekunden und Jesse war umringt von drei oder vier Uniformierten. Er wehrte sich nach Kräften, doch konnte er dem Wirbel der Schlagstöcke nicht ausweichen. Kaum bedeckte er mit den Armen den Kopf, trafen die Schläge Brust und Lenden. Er rang nach Luft. Es wurde dunkel um ihn. Jesse sah nur noch Uniformknöpfe blitzen und rot schwitzende Gesichter, die wie Lampions aus dem Dunkel hervortraten. Dann traf ihn ein Schlag am Kopf. Er schmeckte Blut und bäumte sich auf.

Jesse hätte nicht zu sagen vermocht, wie es ihm gelungen war, die Polizeisperre zu durchbrechen, und den Pulk an zivilen und uniformierten Sicherheitskräften zu überwinden. Nach dem Schlag auf den Kopf gab es für ihn nur das eine: laufen, laufen.

Als er wieder zu sich kam, war das eben Erlebte in seinem Kopf auseinandergefallen wie die Einzelteile eines Puzzles. Er holte Atem und setzte die Teile zusammen: Den Stock. Das Blut. Die glänzenden Schildkappen. Die schwitzenden Stirnen. Uniformleiber, die auseinanderschnellen. Die plötzliche Lücke zwischen den eng parkenden Autos. Die Schuhspitzen. Den Mond, der in einem Pfützenspiegel schwimmt. Der dunkelglänzende Bordstein. Die Toreinfahrt. Die Reihe grauer Aschentonnen. Das geduckte Hinterhaus. Den schmalen Hauseingang. Die Kellertür.

Die Kellertür war unverschlossen und ließ sich leicht öffnen. Doch knarrte sie hörbar, so als wollte sie jede Störung ihrer Ruhe abwehren. An der Hand, die Jesse beim Laufen schützend über die Platzwunde gelegt hatte, klebte Blut. Eine Spur, die sich wie eine blasse Kopie auf dem Türblatt wiederfand.

Oberhalb der Kellertreppe entdeckte er den Lichtschalter inmitten eines schwach leuchtenden Kreises aus Phosphorfarbe, doch vermied er es, Licht zu machen, und tastete sich vorsichtig nach unten. Im Dunkeln kamen die Gerüche wieder. Es roch aus den Kellerverschlägen nach gehorteten Kartoffeln und nach erdwarmen Braunkohlenbriketts. Ein Geruch, den man schmecken konnte.

Plötzlich ging das Hauslicht an und erhellte durch die offen stehende Kellertür einen Spalt breit die Treppe. Jesse ärgerte sich über seine Unachtsamkeit, die Tür nicht gänzlich hinter sich zugezogen zu haben, und verharrte in angespannter Haltung. Er hörte sein Herz schlagen und gleichzeitig knarrende Schritte auf den Holzstufen über sich, die in das erste Geschoss führten. So wie er den Atem anhielt, schärfte sich sein Blick. An den Stufen der Kellertreppe, die aus hochkant verbundenen Ziegeln bestanden, hatte sich die Patina eines ganzen Jahrhunderts abgelagert. Die einst zementierten Fugen waren schwarz. Die Ecken etlicher Ziegel waren abgeplatzt. Als Kind hatte es Jesse immer Überwindung gekostet, in Kellergeschosse hinabzusteigen. Sowohl zu Hause als auch in dem verwinkelten Eckhaus, in dem die Großeltern wohnten. Als er als Heranwachsender das erste Mal versucht hatte, mit einem Mal zwei Blecheimer nach oben zu tragen, nur um kein zweites Mal in den Keller der Großeltern geschickt zu werden, musste er nach wenigen Metern schnaufend aufgeben und war mit den vollgepackten Kohleneimern gegen die Stufen geschlagen. Die Mutteroma, der der Ehrgeiz des Enkels nicht verborgen geblieben war, hatte ihm eines Tages Pappeimer hingestellt, die sie von irgendeinem Kaufmann erworben hatte, für den sie Leergut waren. Die Pappeimer waren nicht nur leichter als die Blecheimer, sie waren auch schmaler und damit schneller zu füllen, sodass Jesse beinahe unbeschwert zwei von dieser Sorte mit einem Mal tragen konnte. Als Halbwüchsiger trug er gar an jeder Hand zwei Eimer, die er sorgsam mit gehacktem Holz präpariert hatte, um unterwegs kein Brikett zu verlieren.

Nachdem das Licht im Treppenhaus erloschen war, verließ Jesse den Keller und das Hinterhaus. Aus einem Küchenfenster schimmerte Licht auf den Hof. Lautlos schlich er zur Einfahrt, die zum Vorderhaus gehörte, drückte sich an die Wand der Durchfahrt und schob sich langsam nach vorn. Die an den Seiten arretierten Flügel der Eingangstür gaben ihm Deckung. Er blickte auf die Straße. Dort sah er niemanden und hörte niemanden. Es war gespenstisch still.

Hinter den am Straßenrand parkenden Autos war nur wenig Schutz zu suchen. Sie vermochten Jesse, der 1,90 Meter maß, kaum Deckung zu geben. Zudem waren die Fahrzeuge serienmäßig weiß oder beige oder hellblau lackiert und ließen die Umrisse einer jeden dunkel gekleideten Gestalt, die sich an ihnen vorbeischob, deutlich hervortreten.

Das Nachtgrau der von der Ofenheizungsluft zersetzten Fassaden bot da viel eher Schutz. Erst im Schein einer Straßenlampe bemerkte Jesse, dass der Ärmel seiner Jacke zerrissen und er voller salpeterweißem Staub und totem Gespinst war. Er reinigte mit bloßen Händen seine Kleidung, so gut es ging. Dann sah er auf die Uhr. Es war halb neun. Mit der Straßenbahn könnte er vom Bahnhof aus in einer halben Stunde zu Hause sein. Aber die Gefahr, in der Straßenbahn aufzufallen und auf seine Verletzung angesprochen zu werden, war zu groß. Zu Fuß aber hätte Jesse die halbe Stadt durchqueren müssen. Dabei war ihm klar, dass er das Zentrum weiträumig umgehen musste. Sicherlich würden auf den Straßen im Stadtinneren Polizei oder Staatssicherheitsdienst patrouillieren.

Die Wunde an seinem Kopf schmerzte. Auch war Jesse leicht schwindelig. Das konnte vom Hunger kommen, den er plötzlich verspürte. Aber in eine Kneipe hätte er in seinem jetzigen Zustand kaum einkehren können, obwohl er sofort Durst verspürte. Noch immer schmeckte er Blut im Mund. Er dachte an Rainer, der in dieser Gegend wohnte. Bei Rainer würde er ohne Frage ein Bier bekommen, auch zwei, bestimmt auch ein belegtes Brot, ebenso Handtuch und Seife. Aber vor allem könnte er bei ihm die Wunde versorgen.

Mit Rainer verstand sich Jesse gut, sie gehörten derselben Schichtbrigade an. Beide trugen sie das Haar lang und litten unter dem obligatorischen Haarnetz, das sie während der Arbeit an der Maschine tragen mussten und das sie wie Küchenkräfte aussehen ließ. Die Fräsmaschinen, an denen sie eingesetzt waren, standen in der Halle gut 20 Meter voneinander entfernt, sodass sie meist nur im Umkleideraum, in der Kantine, vor der Koje des Gütekontrolleurs oder nach Feierabend unter der Dusche Gelegenheit hatten, miteinander zu sprechen. In der Nachtschicht, wenn kein Mensch in der Garderobe war, verabredeten sie sich manchmal dort, auf ein bloßes Handzeichen hin. Mitunter lieh Rainer Jesse Schallplatten aus. Es waren keine gängigen

Schallplatten, keine aus dem offiziellen Handel, sondern Alben von amerikanischen oder englischen Rockgruppen, meist auf Decca oder Polydor, die nicht selten von Diplomaten aus Westberlin eingeschleust worden waren. Rainer hatte da seine Kontakte, über die er kein Wort verlor. Die Platten kursierten und mussten oft schon am nächsten Tag weitergegeben werden. Also hieß es, sie rasch auf Magnetband zu überspielen. Mitunter überspielte einer für den anderen auch Titel, die aktuell bei NDR 2 oder bei Radio Luxemburg liefen. Von den schmalen Magnetbandkassetten, die die Spulenbänder vielerorts abgelöst hatten, hielten beide nichts. Sie schworen auf die klassische Variante. Je breiter ein Band war, desto mehr Höhen und Tiefen konnte es transportieren. Darin waren sie sich einig. Doch Tonbänder waren nicht billig. Allerdings hatte Rainer eine Quelle für günstige Spulentonbänder aufgetan. Die Zentralbücherei für Blinde rangierte Bänder, die von ihren Hörern nicht entliehen oder angefordert wurden, in kürzester Zeit aus und bot die vollen Spulen, ohne Anfang und Ende, auf denen von Schauspielern gelesene Literatur gespeichert war, als Meterware zum Verkauf an. Es empfahl sich, die Bänder immer erst eins zu eins mit einem leichten Rauschen zu bespielen, um die Sprachaufzeichnung, die daran festzukleben schien, zurückzudrängen. Dann erst, wenn die Bänder so präpariert waren, konnte man sie für frische Aufnahmen verwenden. Eine mühselige und vor allem zeitraubende Prozedur.

»Billig hat seinen Preis«, war einer von Rainers Sprüchen, und er schwor darauf, dass die Bänder aus der Blindenbücherei für Hardrock und Heavy Metal besonders geeignet waren.

Als Jesse wenig später vor Rainers Haus stand, war ihm auf dem Weg dorthin kaum ein Mensch begegnet. Er hatte im Schutze der Dämmerung die Hauptstraßen gemieden.

Jesses Freund und Arbeitskollege bewohnte ein Zimmer im zweiten Stock eines viergeschossigen Hauses, zu dem eine Wohnküche gehörte. Die Toilette befand sich eine halbe Treppe tiefer. Zur Wohnküche gehörte ein kleiner Balkon, den Rainer als Heimwerker selbst nach und nach verglast und den Gästen an seinem 25. Geburtstag als Wintergarten präsentiert hatte.

Jesse erinnerte sich gern an Rainers Feier. Er hatte fast den ganzen Abend auf Rainers verglastem Balkon verbracht, obwohl er schon vor Ende des dritten Lehrjahres mit dem Rauchen aufgehört hatte. Zu Rainers Gästen zählte Bernhard, der sich selbst Großer Raucher nannte und davon sprach, dass er bei den Ostberliner Konzerten von Bruce Springsteen und Depeche Mode in der ersten Reihe gestanden hätte. An Karten zu kommen, wäre für einen wie ihn überhaupt kein Problem gewesen, man müsse nur die richtigen Leute kennen. Rainer meinte, das Großspurige habe er von Bertolt Brecht. Auch die Frisur, die eigentlich keine war, sondern nur ein spärlicher Pony. Bernhard, der sich von allen gern B.B. nennen ließ, denn mit Nachnamen hieß er Berger, gehörte zum Plattenring und verfügte über die besten Kontakte zur Bundesdeutschen Vertretung in Berlin, wie Jesse an dem Abend erfuhr. Er erzählte davon, dass er mit ein paar Kumpels am Abend der Kommunalwahl von Wahllokal zu Wahllokal gezogen sei und sie alle Stimmenauszählungen akribisch dokumentiert hätten. Gleich ihrer Gruppe hätten das noch etliche andere Leute in Berlin getan. Die Ergebnisse hätten sie dann untereinander ausgetauscht und mit den offiziellen

Zahlen der Wahlkommission verglichen. Eigentlich hatte jeder damit gerechnet: In den staatlichen Verlautbarungen wurden die üblichen 98 Prozent Ja-Stimmen angegeben und nur ein Minimum an ungültigen Stimmen. Die von B.B. und anderen zusammengetragenen Auszählungsergebnisse fanden sich in den bestätigten Papieren nicht wieder. Gemeinsam hatten sie die Wahlkommission schriftlich auf den Irrtum hingewiesen. Das Wort *Wahlbetrug*, und dabei hatte B.B. schelmisch gelächelt, wurde dabei tunlichst vermieden. Sie alle hatten nur von offenbar *versehentlichen Rechenfehlern* gesprochen, aber auf ihre Eingaben nie eine Antwort bekommen.

Rainer war bei dem Thema erstaunlich still geblieben und hatte nur in die Runde geworfen: »Macht, was ihr wollt. Ich gehe sowieso nicht wählen. Ich gehe nie wählen. Da kann meine Stimme auch von niemandem verfälscht werden.«

»Da irrst du, mein Lieber«, hatte ihm B.B. widersprochen. »Das ist es ja gerade. Da sie wissen, dass du nie wählen gehst, kommst du auf den Wahllisten der Nationalen Front auch gar nicht mehr vor. Das heißt, du giltst auch nicht als Nichtwähler. Du giltst überhaupt nicht als Wähler. Du beschönigst vielmehr deren Statistik. Verlange bei der nächsten Wahl mal nach deiner Wahlbenachrichtigung und, glaub mir, die werden Kopf stehen.«

Die ganze Zeit hatte Jesse geschwiegen. Er wusste nicht, ob er Rainer und den anderen gegenüber zugeben sollte, dass er bei der Kommunalwahl pflichtgemäß seine Stimme abgegeben hatte. Gleich früh mit seinen Eltern. Sie waren zu dritt einmarschiert. Unmittelbar nach Öffnung des Wahllokales. Zuerst die Mutter, dann Jesse, schließlich sein Vater. Auch früher, lange vor Jesses Wahlberechtigung, hatten ihn seine Eltern stets mit zur Wahl genommen. Er kannte das Prozedere. Und er kannte auch das Stadtbezirksrathaus, in dem in einem fahnengeschmückten Raum die Wahl stattfand.

Zuvor hatte sein Vater wie jedes Mal gescherzt: »Mal sehen, ob wir diesmal die Ersten sind. Nur die Ersten bekommen einen Blumenstrauß – falls das wirklich wahr ist.«

Jesses Vater hielt von allen dreien die Personalausweise und Benachrichtigungskarten parat und streckte sie wohlsortiert dem Wahlhelfer entgegen, der daraufhin die Namen der einzelnen Familienmitglieder sorgsam in den doppelt geführten Listen abhakte.

Für einen Moment hatte Jesse überlegt, die eine Wahlkabine, die etwas abseits stand, aufzusuchen. Sein Vater, dem die Regung seines Sohnes nicht entgangen war und die er durchaus einzuordnen wusste, schob ihn so unauffällig wie möglich zur Wahlurne und bestimmte barsch: »Du wirst uns doch nicht blamieren!«

Jesse hatte daraufhin den Wahlschein, den man lediglich einmal zu falten und dann unbesehen einzuwerfen hatte, wie einen Kassiber zehn- oder zwölfmal geknickt und musste ihn unter den Augen der Wahlhelfer förmlich durch den Schlitz zwängen. Das hatte vor der Wahlurne kurzzeitig einen Stau verursacht. Etwas anderes konnte Jesse in dem Moment nicht tun. Den strafenden Blick des Vaters hatte er hingenommen wie kalten Regen, der unausweichlich war und vor dem man nur den Kopf einziehen konnte.

Mein Gott, dachte Jesse in dem Augenblick, meine Eltern, wenn die mich jetzt so sehen könnten. Blutverschmiert und von der Polizei niedergeknüppelt und wie ein Dieb an Häuserwänden entlangschleichend. Rasch ging er auf Rainers Haus zu. Im Licht der Straßenlampe glänzte der Belag aus Quadersteinen wie die Schuppenhaut eines Reptils.

Die Haustür war verschlossen. Jesse klinkte mehrmals und rüttelte an der Eichentür. Es tat sich nichts. Bequem zu betätigende Wohnungsklingeln gab es nur in Filmen. Also hielt Jesse Ausschau nach ein paar winzigen Steinen und musste im selben Moment an den Mann denken, den er vor mehr als einer halben Stunde daran gehindert hatte, einen Stein Richtung Fensterscheibe zu werfen. Erst jetzt fiel ihm ein, dass er zu dem Mann kein einziges Wort gesagt hatte. Bis auf den einen Satz, der förmlich aus seinem Innersten gekommen war, als das flachsblonde Mädchen hinter der Polizeilinie zu verschwinden drohte, hatte er an dem Abend überhaupt kein Wort gesprochen.

Während Jesse mit dem Kiesel, den er vom Rinnstein aufgehoben hatte, auf Rainers Fenster zielte, fragte er sich: Was sage ich eigentlich Rainer, wo ich war und warum ich verletzt bin? Was wird Rainer sagen? Wird er es gut finden? Wird er dahinterkommen, dass der Auslöser ein Mädchen war? Eines, mit dem ich noch kein einziges Wort gewechselt habe. Eines, das vor meinen Augen festgenommen und wie Vieh auf einen Mannschaftswagen getrieben wurde. Nicht einmal Blickkontakt gab es zwischen uns. Kaum hatte sich Jesse wieder aufgerichtet, spürte er erneut die Wunde an seinem Kopf. Ein Schmerz, der sich noch verstärkte, als er den Kopf nach hinten legte. Gezielt warf er den Stein gegen die Scheibe von Rainers straßenseitigem Zimmer. Doch nichts geschah. Auch nach dem zweiten Stein, mit dem er sogar den Rahmen traf, was das Aufprallgeräusch verstärkte, rührte sich nichts.

Bestimmt sitzt er in seiner Wohnküche, die zum Hof gelegen ist, hat sich was gekocht oder hört Musik. Die Vermutung brachte Jesse auf den Gedanken, zum Nachbarhaus zu laufen und dort die Türklinke herunterzudrücken. Und tatsachlich, die Tür sprang auf und führte zu einem Durchgang, den der Nachthimmel diffus beleuchtete.

Die Mauer zum Nachbargrundstück, vor der eine Reihe Aschenkübel stand, stellte für Jesse kein Hindernis dar; rasch hatte er sie überwunden. Er probierte die Hoftür aus. Zum Glück war auch sie nur eingeklinkt und nicht abgeschlossen. Ohne Licht zu machen, nahm Jesse die vier halben Treppen zu Rainers Wohnung.

Vor Rainers Wohnungstür lauschte Jesse in die Nacht. In der Nachbarwohnung ging eine Zimmertür auf und zu, und er hörte den Fernseher laufen und ein paar Fetzen des Schlagers »Auf der Reeperbahn nachts um halb eins, ob du 'n Mädel hast oder auch keins …«. Es war Fernsehzeit, und montags liefen nach 20 Uhr die alten Filme mit Ufa-Stars wie Greta Garbo, Heinz Rühmann oder Theo Lingen. Jesse dachte an seine Mutter, die keinen der Montagsfilme verpasste, auch wenn sie sie schon mehrmals gesehen hatte, und jetzt sicherlich ebenfalls vorm Fernsehgerät saß. Sie konnte, wenn sie bei Filmbeginn noch in der Küche war, fast alle der inzwischen abgedankten oder verstorbenen Ufa-Schauspielerinnen und -Schauspieler beim Namen nennen. Ihr genügte es, kurz deren Stimme zu hören, in denen immer etwas Diskant mitschwang, als liefen die Filme heutzutage schneller als früher.

Vorsichtig drückte Jesse die Klinke nach unten. Wie nicht anders zu erwarten, war Rainers Wohnungstür verschlossen. Er zögerte und wusste nicht, ob er klingeln sollte. Vielleicht war Rainer eingeschlafen. Die Klingel war in die

Tür eingelassen und funktionierte mechanisch, indem man einen Flügel mit Daumen und Zeigefinger hin- und herdrehte. Es war ein krächzender Ton, der im Klingelwerk steckte und vor allem im Treppenhaus zu hören war.

Leise klopfte Jesse an die Tür. Er hätte nicht sagen können, warum, aber er hatte ein ungutes Gefühl. Es war nach neun Uhr abends und Rainer kein Kneipengänger. Am nächsten Morgen würde die *Rollende Woche* mit Frühschicht beginnen. In der Frühschicht war um halb fünf die Nacht zu Ende, wenn man viertel sechs die Straßenbahn kriegen musste. Rainer hatte oft genug davon gesprochen, dass er es satt habe, dass sein Leben nach der Schichtuhr verlief und er irgendwann einmal den ganzen Kram hinschmeißen und aus dem ewigen Trott ausbrechen wolle. Überhaupt war er der Ansicht, dass die Schichtarbeit in der Jugend den Magen ruiniere und im Alter das Familienleben.

»Wenn ich Frau und Kind habe, spätestens dann kehr ich dem Laden den Rücken!«, war seine Rede.

Nachdem sein Klopfen nicht erhört wurde, kam Jesse auf die Idee, Rainers Außenklosett zu öffnen. Es war Usus, dass hier der Schlüssel im Schloss steckte. Irgendwann hatte Rainer mal davon erzählt, dass es dort ein Versteck gab, in dem er immer einen Ersatzschlüssel parat hielt. Für alle Fälle. Jesse schaute sich um. Die Zahl der möglichen Verstecke war begrenzt. Im Spülkasten würde der Schlüssel rosten. An der Kette würde er jedem gleich auffallen. Die Wandlampe, eine Kugel, war auch nicht als Versteck geeignet. Also tastete er den Abschluss des Türrahmens ab und fand den Schlüssel, der flach war und zu einem Sicherheitsschloss gehörte.

Vorsichtig schob Jesse den Schlüssel in den Schließmechanismus und öffnete Rainers Wohnungstür.

»Rainer, bist du da?«, rief er halblaut in den vom Treppenhauslicht mäßig beleuchteten Korridor hinein. »Hallo – Jesse hier.«

Keine Reaktion. In der Wohnung blieb es still.

Rasch schloss Jesse die Tür hinter sich, warf kurz einen Blick in Rainers Wohnküche, die dunkel war, was ihm schon vom Hof aus aufgefallen war. Dass die Küche zudem unbeheizt war, war etwas, das nicht zu Rainer passen wollte, der sich selbst eine erzgebirgische Frostbeule nannte und immer und von überall her Holz zusammenklaubte, um es stets ausreichend warm zu haben. Außerdem hatte Jesse dem Freund erst vor gut einer Woche bei der Einkellerung seiner Deputatbriketts geholfen, die in der Nachtschichtwoche vor dem Haus abgekippt worden waren. Ohne Licht zu machen, betrat er die schmale Wohnküche. An der Wandseite, zum Treppenhaus hin, stand ein riesiger Küchenherd, den Jesse schon bei seinem ersten Besuch in Rainers Wohnung bewundert hatte. Der Herd musste mit Holz oder Kohle befeuert werden. Die in schwarze Metallrahmen gefassten hellen Kachelwände und verzierten Eisentüren waren für den nicht viel mehr als zwei Meter breiten Raum überdimensioniert, zumal dem Ofen gegenüber eine Schlafcouch stand. Jesse hatte es an Rainers Geburtstag als angenehm empfunden, auf diese Weise Rainers Schwester Monika nahezukommen. Meist hatten sie oder er ein Glas in der einen und einen Teller mit Nudelsalat oder Häppchen in der anderen Hand, wenn sie auf dem Weg zu Rainers verglastem Balkon oder in der Gegenrichtung aufeinanderstießen. Da hieß es, geschickt Teller und Glas hochzuhalten, nichts zu verschütten und den Bauch einzuziehen. Körperfülle wäre in dem Fall einer Annäherung eher zuträglich gewesen. Den Mund bekam Jesse an dem Abend so richtig nur beim Nudelsalatessen auf. Gelächelt hatte er. Und gelächelt hatte auch sie. Aber sonst fehlte Jesse einfach der Mut und ein erster Satz, den er hätte sicher über die Lippen bringen können. Fragen wie: »Wie lange oder woher kennst du Rainer?« schlossen sich aus. Aber was sonst ließ sich ein Mädchen fragen, das, wie Rainer mit stolzgeschwellter Brust zu verkünden verstand, gerade einen Eignungstest an der Theaterhochschule bestanden hatte und sich nun auf die Aufnahmeprüfung vorbereitete?

Und als Rainer seine peinlich berührte Schwester zur *Meisterin des Nudelsalats* kürte, applaudierte Jesse ziemlich auffällig. Aber das war alles, was ihm an dem Abend gelang. Noch bevor dann B.B. mit den beiden Mädels, die er aus Berlin mitgebrachte hatte, barfuß zu einer Hymne von Bruce Springsteen tanzte, war Monika, ohne ein Wort zu sagen, verschwunden.

Rainer hatte nur mit den Schultern gezuckt, als Jesse so beiläufig wie möglich nach Monika fragte. »Das ist bei ihr normal. Sie mag kein Abschiedszeremoniell. Das hat bereits unsere Eltern mächtig gestört. Sie ließ sich schon früher an keine Haltestelle und schon gar nicht im Konvoi zum Bahnhof bringen, wenn es auf Klassenfahrt ging.«

In Rainers Wohnküche war es dämmrig. Wenn auch schemenhaft, so ließ sich doch im Abendlicht erkennen, dass die Wohnküche sorgsam aufgeräumt war. Eigentlich zu sorgsam. Sie sah aus, als müsse sie den Blicken Fremder bestehen. Keine angerissene Vorratspackung klaffte auf. Kein benutztes Geschirr stand herum. Keine Milch im Glas säuerte. An keinem Marmeladenlöffel labten sich Fliegen.

Jedoch die Luft, die im Raum stand, war einige Zeit nicht gewechselt worden und ließ die saubere Einrichtung unwirtlich erscheinen.

2

Die Nacht war für Jesse traumlos vergangen. Hart weckte ihn die Morgensonne. In der Kleidung, die er trug, hatte er auf der Küchencouch Schlaf gefunden. Rainers Schlafzimmer, das straßenseitig lag, hatte er nicht betreten. Die Tür war abgeschlossen und der Schlüssel steckte nicht. Jesse suchte nicht danach. Rainer wollte ganz offensichtlich nicht, dass das Zimmer ein Fremder betritt, also war es für Jesse tabu. Die Couch in der Wohnküche stand nahe dem Fenster. Eine Gardine gab es nicht, nur ein Schnapprollo, das sich nicht arretieren ließ, sondern sich wie ein Schwungrad immer wieder einrollte.

Nach ein paar Versuchen gab Jesse das Hochhangeln auf und sah sich in der Wohnküche um. Die Farbe der Wände war von einem graustichigen, stumpfen Beige. Jesse wusste, dass Rainer, in Ermangelung der in Mode gekommenen und allerorts nachgefragten Raufasertapete, die Bahnen handelsüblicher Tapete einfach mit dem Dekor nach hinten an die Wände geklebt und dann weiß überstrichen hatte. Dabei hatte sich Rainer, was nicht zu übersehen war, als Laie des Malerhandwerks erwiesen. Die Stöße der Tapetenbahnen sperrten an manchen Stellen auf, und die Ansätze des Pinsels waren nur ungelenk überstrichen worden. Hinzu kam, dass das verschmähte Tapetenmuster, trotz Anstrich, ans Licht wollte und bei der geringsten Beleuchtung hervorschimmerte. Jetzt, bei Sonnenschein, war das Rautenmuster deutlich zu sehen.

Jesse dachte an seine Miniwohnung im Haus der Eltern und an sein Bett, das in dieser Nacht unberührt geblieben war. Seit dem Tod der Vateroma wohnten sie in dem Siedlungshaus an der Märchenwiese, in der die Straßen des Gebiets die Namen von Figuren aus den Märchen der Gebrüder Grimm trugen. Die Eltern hatten das schmale Reihenendhaus mit ihm, dem geschwisterlos gebliebenen Kind, nur wenige Wochen nach dem Ableben der Vateroma bezogen. Sein Zimmer lag zur Gartenseite. Anfangs war es sehr eng und das Leben der Familie spielte sich auf anderthalb Etagen ab. Doch seit dem Umbau, bei dem aus dem ausgebauten Dachboden das elterliche Wohnzimmer wurde und aus der ehemaligen Waschküche ein Wohnbereich für ihn, verfügte Jesse sogar über Duschbad und Kochnische und über einen separaten Eingang, zu dem eine vierstufige Steintreppe führte.

Wenngleich Jesses Mutter auch nach dem Lehrabschluss ihres Sohnes weiter für ihn wusch und kochte und er auf dem Treppenabsatz stets ein für ihn zubereitetes Schnittenpaket für den Arbeitstag fand, hatte Jesse mehr und mehr damit begonnen, sein eigenes Leben zu führen und sich oftmals nur durch einen Gruß im Treppenhaus oder ein Wort zwischen Schlaf und Schicht bemerkbar gemacht. Aber solange er mit den Eltern in einem Haus wohnte, blieb er immer Mutters Sohn und Vaters Helfer, der, sobald er nur auftauchte, gefragt wurde, ob er Hunger habe oder frische Wäsche brauche, oder dem am Wochenende ein in aller Frühe vor Tatkraft strotzender Vater im aufgebügelten Overall gegenüberstand, der irgendeine Pergola aufstellen oder einen Zaun richten wollte.

Die Mutter wird die Erste sein, die mich vermisst, dachte Jesse in dem Moment und sah sein Pausenbrot unberührt auf dem gewohnten Platz liegen. Zum Anfang der Schicht lag dort immer auch seine frisch gewaschene Arbeitsmontur, die nach parfümiertem Weichspüler und damit immer nach Kindheit roch: Hemd, Hose, Jacke und Unterwäsche speziell für den Arbeitstag. Sachen, die getragen meist schon nach wenigen Stunden ihre Fasson verloren hatten und in deren Stoffporen sich Schwaden von Bohremulsion und Maschinenöl einnisteten, um sich in den blechernen Spinden der Garderobe mit den scharfen Ausdünstungen von Schweiß und Waschpaste zu vermischen.

Über dem Ausguss in der Wohnküche wusch er sich kurz, drückte etwas von Rainers Zahnpaste auf den Zeigefinger und putzte sich behelfsmäßig die Zähne. Über dem gusseisernen Waschbecken hing an einem Nagel ein untertassengroßer Rasierspiegel und umrahmte einen Teil von Jesses Gesicht mit der Falte an der Nasenwurzel, die einer Kerbe glich, den ungleichmäßigen, aber dichten Augenbrauen, die wie Vordächer über den Augenhöhlen hervortraten, und den kastanienbraunen Augen, die an dem Morgen von mattem Glanz waren.

Wäre der Widerschein nicht gewesen, hätte Jesse die Wunde an seinem Kopf vergessen können. Einen direkten Schmerz spürte er nicht mehr. Doch sein Stirnhaar war blutverklebt. Er tastete die Wunde ab und nahm plötzlich Haltung an. Er salutierte vor seinem Spiegelbild: Spätheimkehrer Jesse meldet sich vom Straßenkampf zurück!

Während noch der Rest eines spöttischen Lächelns über seine Lippen glitt, verdunkelte bereits der Gedanke an den zu erwartenden Einberufungsbefehl Jesses Augenpartie. Wer weiß, dachte er im selben Moment, vielleicht liegt der Stellungsbefehl längst zu Hause auf der Treppe?

Eine Befürchtung, die Jesse beinahe täglich überkam. Gemustert als *Mot.-Schütze* war es seit dem Ende der Lehre nur eine Frage der Zeit, bis ihn das Wehrkreiskommando zum Wehrdienst einberief. In den Pausengesprächen mit seinen Arbeitskollegen hörte er zwar immer wieder die Zusicherung, dass er ja in einem Exportbetrieb arbeitete und damit rechnen könne, bis auf Weiteres zurückgestellt zu werden. Das wäre ein ungeschriebenes Gesetz, eine Notwendigkeit quasi. Das Land wäre wirtschaftlich derart in die Klemme geraten, dass Facharbeiter aus devisenbringenden Betrieben derzeit weder zum Grundwehrdienst noch zu Reserveübungen eingezogen würden. Und bisher hatte dies ja auch zugetroffen, und das galt auch für den um vier Jahre älteren Freund Rainer. Aber dennoch schwebte in einem Land, in welchem Wehrdienstverweigerung unter Strafe stand, der graue Militärmantel über jedem wehrtüchtigen jungen Mann wie über den Bergmännern die Kleidungsstücke in der Waschkaue. Die Uniformen konnten jederzeit vom Haken gelassen werden und jeden einigermaßen gesunden Zivilisten in einen Wehrdienstleistenden verwandeln.

Bis zum Anschlag drehte Jesse den Schlüssel im Schloss um und überprüfte vorsichtshalber noch einmal, ob die Tür zu Rainers Wohnung fest verschlossen war. Den Schlüssel steckte er in die Jackentasche, in der sich bereits der Hausschlüssel befand, den er sich von Rainers Schlüsselbrett genommen hatte. Nach dem Arzttermin wollte er in Rainers Wohnung noch etwas Ordnung schaffen.

Auf dem Weg zur Poliklinik fiel ihm ein, dass er seinen Sozialversicherungsausweis nicht dabeihatte. Und auch sonst fühlte er sich unwohl und übernächtigt. Doch dann zerstreute er seine Bedenken. Ich bin verletzt – und fertig, sagte er sich. Sie sollen sich nur meinen Kopf anschauen und nichts weiter.

In der Aufnahme empfing ihn eine burschikose Frau im Alter seiner Mutter mit einer schwarzglänzenden Pagenfrisur. Sie fragte ihn, ob es sich bei seiner Verletzung um einen Arbeitsunfall handele, weil er keine Papiere dabeihätte. Als Jesse verneinte und nach einer Erklärung suchte, übergab sie ihm ein Formular, das er ausfüllen sollte, und verwies ihn ins Wartezimmer. Dort nahm er, nachdem er einen Gruß in die Runde gemurmelt hatte, Platz. Die kurze Lehne und der harte Sitz erinnerten ihn an das Mobiliar in einem Kindergarten. Das Wartezimmer war vollbesetzt. Bis auf zwei quengelnde Kinder und eine laut ihre Krankheiten schildernde Frau schauten die Wartenden stumm vor sich hin. Als Jesse mitbekam, dass auf dem Gestühl ringsum Patienten aller auf der Etage praktizierenden Mediziner saßen, war er sichtlich erleichtert. Doch bis nach der Frühstückspause des Personals tat sich nicht viel. Schließlich galt der Aufruf ihm.

»Jesse, Gregori, bitte Zimmer vier!«

Als sich Jesse erhob, spürte er, dass die Blicke der anderen auf ihn gerichtet waren. *Gregori.* Er ärgerte sich über seine Handschrift, und nahm sich vor, dergleichen Formulare künftig in Blockbuchstaben auszufüllen.

Der Arzt, ein beinahe alterslos wirkender Mann mit hellem welligem Haar und heller Gesichtsfarbe, die sich kaum abhob von seinem weißen Kittel, stand, als Jesse das Sprechstundenzimmer betrat, neben seinem Schreibtisch und streckte ihm freundlich die Hand entgegen.

»Was ist passiert, junger Freund? Zeigen Sie mal. Sprechen Sie eigentlich deutsch?«

Ich bin Deutscher, wollte Jesse auf der Stelle erwidern.

Aber dann war er sich unsicher, ob das die richtige Antwort war. Er hatte das nie auseinanderhalten können: Ob er deutscher Nationalität war oder das nur auf die Staatsbürgerlichkeit zutraf oder auf beides?

In Jesses Kopf kreiselte es. Schließlich reduzierte er seine Antwort auf das Adjektiv. »Deutsch, ich bin deutsch«, sagte er.

»Gut, dann nehmen Sie mal dort auf der Liege Platz. Die Schwester wird erst einmal die Wunde reinigen und dann schauen wir uns Ihre Verletzung genauer an.«

Der Arzt schwieg, als er Jesses Kopf unter dem grellen Licht einer Lampe, die die Schwester herbeigerollt hatte, inspizierte.

»Wie ist das passiert?«, fragte er schließlich. »Sind Sie gestürzt oder ist Ihnen etwas auf den Kopf gefallen?«

Jesse nickte, was ihm im selben Moment peinlich war.

Aber der Arzt winkte nur ab.

»Gestern war Montag, nicht wahr«, sagte er, »und Sie sind demnach gestürzt. Vom Fahrrad, nehme ich an. Der Montag ist der typische Tag für Verletzungen. So wie in der Konsumgüterproduktion montags der meiste Ausschuss produziert wird. So wie sich jeder davor hütet, sofern er die Wahl hat, einen Montagsfernseher, eine Montagswaschmaschine oder ein Montagsbügeleisen zu bekommen, so ist auch der Mensch am Montag vor Unfällen nicht gefeit. Das gilt insbesondere für den privaten Bereich. Bei uns Menschen hat schon nach zwei freien Tagen die Routine ausgesetzt und wir verlieren die Übung. Sofort steigt die Fehlerquote. Das können Sie glauben oder auch nicht, junger Freund. Das ändert nichts. Die Schwester wird Sie verbinden, und ich schreibe Sie für den Rest der Woche krank. Legen Sie sich zu Hause hin. Sie müssen sich Ruhe gönnen. Am kommenden Montagnachmittag sehen wir uns in aller Frische wieder. Da sehe ich mir die Wunde noch einmal an. Bringen Sie zu diesem Termin unbedingt Ihren SV-Ausweis mit. Wir müssen die Behandlung und die Krankschreibung nachtragen.«

Nach dieser Wortkaskade schwenkte der Arzt den Drehhocker um 180 Grad und wandte sich auf der Stelle einem Hängeordner mit neuen Patientenpapieren zu.

Jesse sah sich der Obhut der Sprechstundenhilfe überlassen. Die Schwester, die an ihm hantierte, roch gut, das bemerkte er sofort. Umso mehr überkam ihn der Wunsch, zu duschen und sich frisch einzukleiden.

3

Auf der Treppe, die zum Obergeschoss von Jesses Elternhaus führte, lag tatsächlich das Schnittenpäckchen, das seine Mutter mit einem Apfel dekoriert hatte. Jesse dachte an die zwei kargen Knäckebrotscheiben, die er in Rainers Küchenschrank gefunden hatte, und griff nach Mutters Broten.

Unter der Dusche achtete er darauf, dass der Verband, den die Schwester fest, aber nicht zu straff um seinen Kopf gelegt hatte, nicht nass wurde. Im Schrank fand er, wohl sortiert, frische Unterwäsche, gebügelte Hemden und gewaschene Hosen vor. Wie beim *süßen Brei* musste er nur etwas davon wegnehmen, um am nächsten oder übernächsten Tag zu bemerken, dass der Hosen-, Hemden- oder Unterwäschestapel wie von selbst nachwuchs.

Die Schmutzwäsche hängte Jesse ganz selbstverständlich über das Treppengeländer. Wer zuerst nach oben ging, Mutter oder Vater, würde die Wäsche mitnehmen, das wusste er. Die Treppe war das Familienplateau der wortlosen Verständigung.

Obwohl ihm der Arzt Ruhe verordnet hatte, wollte sich diese nicht einstellen. Jesse ging in seinem Zimmer auf und ab. Er setzte sich, stand wieder auf und setzte sich wieder. Er wusste nicht, ob er bleiben oder nach Rainer sehen sollte. Rasch steckte er alles Notwendige ein, schrieb den Eltern ein paar Zeilen, legte den Zettel, der einen kurzen Gruß enthielt, auf die Treppenstufe neben die getragene Wäsche. Über seine Verletzung oder seine Krankschreibung äußerte er kein Wort.

In der Siedlungsstraße wunderte sich niemand, dass Jesse tagsüber kam oder ging. In der Nachbarschaft wusste man, dass er Schichtarbeiter war, und hielt am Wochenende schon mal die Kinder oder Enkelkinder an, etwas leiser zu sein.

Musste er in aller Frühe aus dem Haus, blieb Jesse mitunter verwundert vor dem mit bunter Kreide auf den Asphalt gemalten Himmel-und-Hölle-Spiel stehen, das, allen Regentagen und samstäglichen Autowaschparaden zum Trotz, ein jedes Mal neu entstand. Da er sich am frühen Morgen unbeobachtet fühlte, kam es vor, dass er die gemalten Felder entlang auf einem Bein hüpfte. Jetzt aber hatte er für derlei keinen Blick. Schnell nahm er den Weg zur Straßenbahn, die in den Vormittagsstunden nur wenige Fahrgäste zählte.

Als sich die Bahn dem Innenstadtring näherte, beobachtete Jesse die Vorgänge auf der Straße. Es war nichts Ungewöhnliches zu entdecken. Die Autos blieben in der Spur, und die Passanten warteten geduldig das Ampelgrün ab. Die Herbstsonne schien auf die Hüte und Autodächer.

Nachdem die Straßenbahn an der Haltestelle *Karl-Marx-Platz* ihr aus Reibung und Rasanz erzeugtes Eigengeräusch für wenige Minuten verstummen ließ, war von überall her ein emsiges Hämmern und Klopfen zu hören. An vielen Stellen des Platzes waren Trupps von Männern in blauer Kluft oder weißen Berufsmänteln zu Gange, um Laternenmasten und Rabatten mit Festschmuck zum bevorstehenden *Republikgeburtstag*, wie der 7. Oktober offiziell hieß, zu präparieren. An den Straßenkreuzungen zu beiden Seiten des Platzes wurden mannshohe Aufsteller postiert, auf denen in Schmuckschrift der *40. Jahrestag der Deutschen Demokratischen Republik* verkündet wurde.

Jesse stieg kurzerhand aus. Dem Wortwechsel zweier Fahrgäste entnahm er, dass vor dem Alten Rathaus Markttage mit einem besonderen Angebot stattfanden. Mit etwas Glück, hoffte er, finde ich dort etwas für Rainer, womit ich mich bei ihm für die Übernachtungsmöglichkeit bedanken kann. Der Marktplatz war voller alter Leute. Nur einzelne junge Menschen waren zu sehen. In den Vormittagsstunden hielten sich in der Innenstadt außer den Rentnern nur ein paar versprengte Schichtarbeiter, vereinzelte Schulschwänzer und mehrheitlich Mütter auf, die ihre Kleinkinder ausfuhren oder an den Händen hielten.

Am Rande des Marktplatzes bemerkte Jesse einen Stand, der nicht überdacht war und hinter dem eine hagere Frau stand, die eine graue gesteppte Lagerarbeiterweste trug. Das Angebot auf dem Tisch der Frau war übersichtlich. Sie hatte drei, vier Schalen mit verschiedenen Obstsorten vor sich stehen und einen Bottich, der dem ausgestorbenen Böttcherhandwerk zur Ehre gereichte. In dem Bottich lagen Gurken in einer Salzlake. Die Frau trug gestrickte Handschuhe mit offenen Fingerenden und war gerade dabei, Strünke von Gartenkräutern und Heilpflanzen zu bündeln.

Jesse trat auf den Stand zu und nahm eine der einladenden Früchte in die Hand. Die Frucht sah wie eine Birne aus, aber ihr Körper fasste sich hart an, die Schale war pelzig, auch hatte sie mehr Gewicht als eine Birne und verströmte den aromatischen Geruch des Gelees, das es früher bei der Vateroma gab.

Vom Obstanbau verstand Jesse kaum etwas. Aus der Schulzeit hatte er behalten, anhand des Ausmaßes, des Blattwerks und der Form ihrer Kronen den Apfelbaum vom Birnbaum und diesen wiederum vom Pflaumenbaum zu unterscheiden. Aber er hätte nicht sagen können, welche Ausrichtung und welche Bodenbeschaffenheit die einzelne Obstsorte brauchte, um zu gedeihen. Die Eltern hatten nach dem Tod der Vateroma das Reihenhaushinterland, das voller Baum- und Strauchwerk und damit voller Kinderverstecke war, schnell urbanisiert und in ein übersichtliches Gelände mit Wiese, überdachter Terrasse und gepflegtem Steingarten verwandelt.

Sein Vater, der als Halbwüchsiger mit seinen Eltern in dieses Haus gezogen war, hatte Jesse zwar nicht ohne Stolz von seinem wetterfesten Baumhaus in jenem Garten erzählt, aber es selbst vorgezogen, den Männern, die auf sein Geheiß mit Hebebühne und Kettensägen angerückt waren, das Terrain zu überlassen.

Die Erklärung für alle Tage, an denen der Vater früh ging, spät kam und sein Platz am Abendbrots- oder Mittagstisch leer blieb, hieß *Vater hat Sitzung* oder *Vater hat Versammlung*. Und je weniger Vater und Sohn sich sahen und sprachen, desto reduzierter wurde ihr Wortwechsel bei den Gelegenheiten, bei denen sie aufeinandertrafen. Der Vater ähnelte in Pose und Äußerem für Jesse immer mehr den Männern, deren Brustbild die Titelseiten beider Zeitungen füllte, die im Hause Jesse zur morgendlichen Pflichtlektüre des Vaters gehörten. Selten, dass dieser mal ohne Anzug oder Sakko am Frühstückstisch saß. Stets mit Schlips und Kragen, und immer das Parteiabzeichen am Revers.

Wenn Jesse in der Schule nach dem Beruf der Eltern gefragt wurde, was bei Klassenstufen- oder Lehrerwechsel regelmäßig der Fall war, hatte er sich angewöhnt zu sagen: Meine Mutter ist Leiterin einer Kaufhalle und mein Vater ist Funktionär. Meist drehten sich dann alle Mitschüler zu ihm um, bis auf die, deren Mutter oder Vater ebenfalls im *Staatsapparat* tätig waren und die gleichfalls nicht so recht wussten, was diese dort leisteten.

Interessanter war bei der Antwort meist die Tätigkeit seiner Mutter. Sobald das Wort *Kaufhalle* fiel, dachte fast jeder, dass bei Familie Jesse jeden Tag Bananen, Salatgurken und als Brotaufstrich Nudossi auf dem Tisch standen. Und natürlich Schlagsahne, Früchtejoghurt und eingelegte polnische Zwiebeln. Jesse hatte oftmals die Klassenkameraden enttäuschen müssen, wenn es hieß, wir machen eine Fete, ich kümmere mich um die Musik, du um die Cola, und Jesse, du bringst *Engerlinge* mit. *Engerlinge*, so hießen ob ihrer Form die beliebten Wurzener Erdnussflips, die wie Falterpuppen aussahen und zur Mangelware zählten.

Mit den Erdnussflips, das hat nur einmal geklappt. Da war Jesse zufällig Zeuge und damit seine Klassenkameraden Nutznießer einer Lieferung geworden. Drei Packungen gab es pro Person und jede Menge Gerangel. Als er sich ein zweites Mal angestellt hatte, wurde er erkannt und ihm an der Kasse der Kauf der Ware verweigert. Sein Protest fand kein Gehör. Wenn seine Schule feiern will, sollen sich die Schüler gefälligst einzeln anstellen, dann hätten sie am Ende genug Knabberzeug für eine Party, hieß es.

Seine Mutter hatte regelrecht empört auf sein Ansinnen reagiert, als er sie bat, ihn mit 10 oder 20 Packungen Erdnussflips auszustatten. Ich bin als Leiterin Vorbild, hatte sie betont, und muss eher zurückstehen, selbst dann, wenn unser Kontingent wegen irgendeiner Festivität mal erhöht wird oder wir aus irgendeinem anderen Grund eine Sonderzuteilung erhalten. Meine Taschen kann ich nach Dienstschluss jedem Kunden zeigen, und das ist mir wichtig. Solange ich den Laden leite, bekommt keine von unseren Angestellten etwas über den eigenen Bedarf hinaus.

So als hätte die geduldig ausharrende Frau hinter dem Marktstand das letzte Wort von Jesses Erinnerungen mitbekommen, kam Bewegung in ihre Wartehaltung. Mit einem Mal zog sie rasch eine Papiertüte hervor und füllte ein paar Quitten hinein. Danach brachte sie mit ein paar Handgriffen und den entsprechenden Metallgewichten beide Waagschalen auf gleiche Höhe und nannte für Jesses Ohren einen viel zu geringen Preis.

Irritiert schaute er die Frau an, sah, wie sie auf die Quitten noch ein Bündel Petersilie legte, fummelte flugs die verlangte Markfünfzig hervor, sprach einen Gruß und verschwand. An einem anderen Stand kaufte er einen mit Strohblumen aufgeputzten Zwiebelzopf für seine Mutter. Mit zwei Tüten bepackt verließ er den Markt und lenkte seine Schritte Richtung Nikolaikirche. Vor der Kirche standen Menschen in kleinen Gruppen von drei bis vier Personen. Ein Bautrupp hatte einen Teil der Straße und des Kirchhofes aufgerissen und abgesperrt. Vor dem Westeingang, dem Haupteingang der Kirche, stand ein Schild: *offen für alle*.

Jesse war noch nie in dieser Kirche gewesen. Offen für alle, also auch für mich, dachte er, der sich als Atheist bezeichnete und im Kanon mit seinem Vater solchen Bauwerken nur eine museale Bedeutung zumaß. Bisher hatte er als Kind an der Hand seiner Tante Ruth, der Schwester der Mutteroma, nur eine kleine Bauernkirche betreten und später als Jugendweihling mit eben dieser Tante, als diese einmal zu Besuch war, bei einer Motette die Thomaskirche. Die Tante schwärmte von dem Knabenchor und hatte ihm fürs Stillsitzen im Anschluss einen Fruchteisbecher versprochen.

Soweit ihn seine Erinnerung nicht trübte, erschien ihm –

im Gegensatz zur Kirche der Thomaner – die Nikolaikirche leer und kalt. Das mochte an dem mäßigen Besuch zur Mittagsstunde liegen oder am Oktoberlicht, das nur schwach durch die hohen Fenster drang. Aber vielleicht waren es auch die hellverputzten, nur mit wenig Schmuck verzierten Wände und das wie versiegelt wirkende, weißlackierte Kirchengestühl, von dem diese Leere ausging.

Jesse beobachtete, dass nur einige der Passanten, die mit ihm die Kirche betreten hatten, direkt auf den Chorraum zugingen, um vor dem Altar zu beten oder kurz zu verweilen. Die meisten blieben unschlüssig mitten auf dem Hauptgang stehen und sahen sich um. Es schien, als ob auch andere Kirchenbesucher von derselben Neugier getrieben worden waren wie Jesse. Der Name dieser Kirche war in aller Munde und Gesprächsstoff in den Schichtpausen. Sie zu betreten, hieß, nach den Worten westlicher Fernsehberichterstatter, die für die abendlichen *Tagesschauen* seit einigen Wochen ihre Kameras auf Kirche und Vorplatz richteten, die Füße auf ein freies Terrain zu setzen, eines, das der freien Rede, dem freien Denken Raum gab. Die Nikolaikirche galt als Hort derer, die hier zusammenkamen, um einander Mut zuzusprechen. Anfangs trafen sich hier jene, die einen Konflikt zwischen den beiden hochaufgerüsteten militärischen Blöcken von NATO und Warschauer Pakt und damit den Ausbruch eines Atomkrieges befürchteten. Sie versammelten sich zu den Friedensgebeten, die montags stattfanden. Aus ihnen gingen die Fürbittgottesdienste hervor, als Einzelne aus dem Gebetskreis, die außerhalb des Kirchenraumes Reise- und Meinungsfreiheit eingefordert hatten, verhaftet worden waren. Schilder mit ihren Namen wurden an den Kirchenfenstern angebracht. In den Andachten wurden ihre Namen verlesen. Und das, obwohl die Kirchenleitung gegenüber den Gestaltern der Montagsgebete immer wieder zur Mäßigung mahnte und darauf drängte, den Protest wider den Staat nicht über das Wort Gottes zu stellen.

Von all dem hatte Jesse eher zufällig und nur bruchstückhaft in Pausengesprächen mit seinen Arbeitskollegen gehört. Nicht selten musste er jedoch die Bemerkungen aus Kenntnis und Hörensagen wie ein Mosaik zusammensetzen. Auch kursierten seit der Zeit der Sommerferien im Betrieb beinahe täglich neue Namen von Männern oder Frauen aus der Produktion, der Lackiererei oder Schweißerei, die aus ihrem Jahresurlaub nicht wieder zurückgekommen waren. Die sind weg, hieß es lapidar, und ihre Spinde wurden aufgebrochen, und alles Verwertbare verschwand mit der Zeit.

In den Zeitungen und Zeitschriften, die im Hause Jesse bezogen wurden und welche, außer dem *Sportecho* und der *FF dabei*, Organe der Partei waren, hießen die Montagsdemonstranten Provokateure. Nach Meinung von Jesses Vater waren jene, die die Ausreise aus der DDR beantragt hatten oder die Bruderländer, wie er sagte, in Bedrängnis brachten, indem sie dort die Botschaften westlicher Staaten belagerten, nichts weiter als Nassauer, undankbare Menschen, die die Ausbildung, die sie genossen haben, die Schule, die Lehre, das Studium einfach mitnahmen wie Gäste das Tafelsilber ihrer Gastgeber. Als hätten nicht zig Arbeiter für einen Studenten mitschuften müssen! Und jene Familienväter und -mütter, die ihre Kinder über Botschaftszäune hoben, nannte er gewissenlose Abenteurer, die ihre Kinder aus der sozialen Sicherheit in die Zeit der Ausbeutung zurücktrugen. Seht es euch an, empörte er sich angesichts der Bilder in den westlichen Nachrichtensendungen, da gehen sie in ihrer Entwicklung rückwärts, als bestiegen sie eine Zeitmaschine.

Der Westen war für den Zerspaner Jesse, der täglich mit den Auswirkungen von Produktionsengpässen konfrontiert wurde, ein Hort des Überangebots. Ein Warenlager in Bildschirmgröße. All diese Angebote empfand er als irreal. Das war reiner Selbstschutz. Er wusste, dass er mit seiner unkonvertierbaren Mark in der Tasche nicht der Adressat jener Waren war. Für ihn war der Westen vor allem Musik. Musik, die zu hören und zu sammeln er immer Mittel und Wege gefunden hatte. Ansonsten lief sein Leben geregelt wie ein Fahrplan ab. Veränderlich waren allein die Prämien. Der Lohn selbst kam regelmäßig. So regelmäßig wie Frühschicht, Spätschicht, Nachtschicht. Der *Rollenden Woche* folgten die gezählten freien Tage, diesen schloss sich wiederum die *Rollende Woche* an und so weiter. Er wohnte zu Hause und hatte nichts auszustehen. Die Mädchen in seinem Alter, die er bislang kennengelernt hatte, mochten sich nicht an den Rhythmus seiner Schichten gewöhnen. Und Jesse wiederum war gern mit sich und seiner Musiksammlung allein. Er notierte sich die Namen von Komponisten, Songschreibern, Arrangeuren und Covergestaltern, entdeckte so Verbindungen, die die Musikstücke selbst nicht offenbarten. Später maß er auch den Produzenten immer mehr Bedeutung zu. Er konnte sich vorstellen, welche Musiker in welchem Studio produzierten und wer für den anderen im Background sang oder spielte. Im Radio hatte er einmal eine Sendung über die Gruppe *Queen* gehört. Der Produzent Ray Thomas Baker schilderte, dass allein für die Aufnahme der LP »A Night at the Opera« drei Toningenieure ihr Können unter Beweis stellen mussten. Dennoch hätte man drei Wochen für eine einzelne Sequenz gebraucht. Die Produktion des Albums hatte am Ende 45.000 englische Pfund verschlungen. Eine Summe, die sich für Jesse wirklich wie ein Haufen bunter Scheine ausnahm. Eine Pfundnote hatte er noch nie zu Gesicht bekommen.

Umso mehr liebte er das, was ihm möglich war, und konnte Stunden damit verbringen, sich unter dem Kopfhörer mit all den Musikstücken abzukapseln. Er wurde nicht müde, die Platten oder Bänder wieder und wieder zu hören und genoss diesen Zustand, der dem kindlichen Glauben nicht unähnlich war, anzunehmen, man müsse nur die Augen schließen und wäre dann mit sich selbst allein.

Kam im Radio ein Titel, den er kannte, und es gab wenige Hits, die Jesse nicht kannte, wusste er sofort, welcher Titel auf der Langspielplatte nachfolgen würde. Meist hörte er schon dessen erste Takte und war dann umso enttäuschter, wenn das Radioprogramm, wie so oft, einer gänzlich anderen Dramaturgie folgte.

Doch gehörte Jesses Freizeit nicht nur dem Hören, Aufnehmen und Archivieren von populärer Musik, sondern in großem Maße auch der Diskographie, die er rückwirkend von seinem Geburtsjahr 1968 an zusammengetragen hatte: Die akribisch nummerierten Tonbänder, seine Plattensammlung, die noch immer zu viele Lücken aufwies, die Kästen mit Karteikarten, auf denen er mit Fleiß alles verwaltete, was zu seiner Musiksammlung gehörte: die eigenen und die meist nur für ein, zwei Tage geliehenen Singles, EPs und LPs und die vollständig geführten Listen der gängigen wöchentlichen Hitparaden mehrerer Radiostationen.

Alles hatte seine A- und B-Seite. Das hatte Jesse schon früh gelernt. Den Schallplatten war es äußerlich nicht anzusehen. Manchmal war die B-Seite auch die wahre A-Seite. Decca Records, hatte er gehört, soll zunächst den Rolling-Stones-Song »Play With Fire« als A-Seite deklariert haben und nicht deren legendäre »The Last Time«. Er mochte beide Titel, vor allem den stillen von beiden. Auch wenn die Single aus dem Jahr 1965 nicht zu seinem Sammelgebiet gehörte, hatte er sie registriert und sich sogar mit dem Text beschäftigt, den Mick Jagger bei der Aufnahme erstaunlich präzise artikulierte und der von einer Tochter aus reichem Hause handelte, deren Wohlstand brüchig war.

Oft ärgerte sich Jesse über sich selbst, diese Regel für sich aufgestellt zu haben. Aber er hielt es mit Rainer, der ihn immer wieder darin bekräftigte. »Man kann nicht alles haben!«, war dessen Rede. Und als wollte der Kantor der Nikolaikirche im selben Moment Jesse an einen Titel erinnern, der ein Jahr vor seiner Geburt erschienen war, setzte die Orgel ein. Ein Ton, der Jesse sofort an »A Whiter Shade Of Pale« von Procol Harum erinnerte. Ein Stück, das er mochte, es war 1967 bei Deram gepresst worden, einem Label, das zum Londoner Decca-Imperium zählte. Der Klang ließ ihn den kalten Raum der Kirche mit einem Mal volltönig und warm empfinden. Alle in den Bänken erhoben sich. Es war, als spannte das Spiel der Orgel einen Raum im Raum, einen Kokon aus Tönen, der den Menschen in der Kirche Schutz bot und gleichzeitig in ihr Innerstes drang und sie sich aufrichten ließ. Bis der Kantor abrupt abbrach und eine Leere hinterließ, ein unsichtbares Loch, das sich so schnell nicht wieder schließen wollte, als er wenig später mit der Probe an einer anderen Stelle der Partitur fortfuhr.

Die Sonne stand hoch über dem Karl-Marx-Platz und wirkte blasser als sonst. Zwischen Oper und Neuem Gewandhaus waren noch immer blau oder weiß gekleidete Trupps mit der Dekoration zum Jahrestag der Republik beschäftigt.

In der Hand hielt Jesse einen Zettel, den ihm beim Verlassen der Nikolaikirche ein etwa gleichaltriger Mann zugesteckt hatte. Die Geste, mit der er es tat, hatte etwas Konspiratives, sodass Jesse das Papier ohne ein Wort der Erwiderung eingesteckt hatte und es erst jetzt an der Straßenbahnhaltestelle, etliche Meter von der Kirche entfernt, aus der Tasche seiner Jeansjacke zog und betrachtete. Das Papier, ein per Matrize vervielfältigter Schreibmaschinentext, enthielt den Protest einer Gruppe mit Namen *Neues Forum*, deren Zulassung als Bürgerinitiative vom Staatsrat der DDR abgelehnt worden war.

»Na, was sagst du?«

Jesse erschrak. Der korpulente junge Mann, der ihm den Zettel zugesteckt hatte und dessen füllige Figur ihn beinahe alterslos erscheinen ließ, stand plötzlich vor ihm.

»Ich weiß nicht.« Jesse hob die Schultern. »Was soll ich sagen? Ist sicher richtig, sich nicht alles gefallen zu lassen und zu protestieren, sonst ändert sich nie etwas.«

»Du sagst es«, stimmte ihm der Pausbäckige zu. »Es muss sich etwas ändern, sonst hauen noch mehr ab.«

Jesse nickte und machte Anstalten, sich einem weiteren Wortwechsel zu entziehen. Doch ließ der junge Mann nicht von ihm ab.

»Ich heiße übrigens Lorenz«, sagte er und streckte Jesse die Hand entgegen.

»Ich bin Jesse«, sagte dieser und erwiderte den Handschlag mit einem spürbaren Händedruck. Und als sich Jesses Gegenüber danach etwas unbeholfen die Hand rieb, fragte er: »Student, was?«

»Arbeiter?«, kam es von Lorenz zurück.

Jesse nickte: »Metall.«

»Und, bist du in der Metallarbeitergewerkschaft?«, fragte Lorenz provokativ.

»Na ja, FDGB.« Jesse hob die Schultern. Für ihn kam die Frage unvermittelt.

»Und vertritt dieser sogenannte freie Bund, diese Gewerkschaft, deine Interessen?«, forschte Lorenz weiter.

»Könnte man so sagen. Es gibt eine bessere Pausenversorgung als früher, in der Nachtschicht neuerdings zwei warme Mahlzeiten, Wahlessen, und im Duschraum früh immer warmes Wasser. Das war nicht immer so.«

»Klingt ja nicht gerade umwerfend, aber dir scheint es offenbar zu genügen.«

Jesse war verstimmt. »Für Familien gibt es regelmäßig bezahlbare Urlaubsplätze«, warf er ein.

»Und kannst du streiken, wenn deine Interessen als Arbeiter nicht berücksichtigt werden?«

»Die Frage kannst du dir ja wohl selbst beantworten. Oder kannst du streiken, wenn dir dein Professor nicht passt?«

»Ich kann zumindest schwänzen«, war Lorenz obenauf.

»Du meinst: schwätzen!«, konterte Jesse.

»Eins zu null für dich«, gab Lorenz zu. »Darf ich dich zu einem Tee einladen? Ich schätze, du machst Kasse und solltest mit deinem Kopfverband um die Zeit nicht in einer Kneipe gesehen werden.«

»Richtig. Aber ich bin auch sonst kein Kneipengänger. Als Schichtarbeiter ist mein Magen nervös genug.«

Nach einer Viertelstunde Bahnfahrt standen sie vor einem offenen Hausdurchgang, der zu einem Hofgebäude führte, und traten ein.

»Warte mal einen Moment. Ich bin gleich zurück.«

»Von mir aus, aber beeil dich.«

Verstimmt blickte Jesse Lorenz nach, der auf das Hintergebäude zugegangen war und vor dessen Tür stehenblieb. Offenbar wusste er, dass sie verschlossen war, denn er unternahm gar nicht erst den Versuch, die Klinke herunterzudrücken, sondern klopfte. Dabei fiel Jesse auf, dass sein neuer Bekannter auf eine seltsame Art an die Tür klopfte, so als gäbe er ein vereinbartes Klopfzeichen ab. Und tatsächlich wurde wenig später die Haustür einen Spalt breit geöffnet und Lorenz kam zurück.

»Komm«, rief er und machte eine einladende Geste. Kaum stand Jesse vor dem Hinterhaus, schob ihn Lorenz durch die Tür. Im Treppenhaus war es dunkel und niemand zu sehen.

»Erster Stock rechts«, erklärte Lorenz und ging voraus. Jesse folgte ihm nach. An einigen Stellen fehlte das Treppengeländer, und die Holzstufen klangen unter jedem Schritt dumpf, als spiele einer Bassgitarre. Die Tür oben war angelehnt. Jesse schaute sich um. Im Gegensatz zum Treppenhaus war der Flur der Wohnung hell. Von beiden Seiten drang Licht ein. Alle Zimmer standen offen. Es gab keine Türen. Die waren aus den Angeln gehoben. Überall an den Wänden klebten Zettel mit handschriftlichen Notizen oder waren reihenweise maschinenbeschriebene Papiere mit Reißzwecken angebracht. Jesse konnte ihren Inhalt nicht erkennen.

»Unsere Ablage«, erklärte Lorenz, dem Jesses fragender Blick nicht entgangen war. »In Ermangelung eines

Schrankes. Außerdem demonstrieren wir so Transparenz. Meint jedenfalls Andi, den du noch kennenlernen wirst.«

Jesse blieb stehen und versuchte, eines der verblichenen Blätter zu lesen.

»Wundere dich nicht. Das Haus sollte eigentlich vollständig renoviert werden. Jetzt ist's ein Abrisshaus«, setzte Lorenz seine Erklärung fort. »Alle Türen, Waschbecken, Klobecken, die meisten Öfen, sogar Teile des Treppengeländers, alles, was nicht niet- und nagelfest war, wurde hier, während das Haus schon eingerüstet war, im großen Stil geklaut. Die Eigentümerin, eine alte Frau, auf die das Haus durch Erbschaft gekommen war, hat es uns überlassen. Oder besser gesagt das, was von dem Haus übriggeblieben ist. Wir haben nun vor, es nach und nach auf Vordermann zu bringen. Noch fehlt es an allem. Zurzeit nutzen wir es als unser Domizil, und wenn wir unsere Treffen organisieren, quartieren wir hier auswärtige Teilnehmer und Gäste ein.«

»Aha.« Jesse wusste darauf nicht mehr zu sagen, doch sollte es ihm schon wenig später ganz die Sprache verschlagen. In dem türlosen Zimmer, auf das er hinter Lorenz zugegangen war, entdeckte er plötzlich den flachsblonden Haarschopf des Mädchens von der Montagsdemo. Die herbsttiefe Sonne und ihr Haar füllten das Zimmer aus. Das Haar reflektierte die Sonnenstrahlen und, so hatte es den Anschein, diese wiederum das Haar. Es war das Mädchen. Das sah er sofort, auch wenn sich dieses gerade über eine Apparatur, mit der es zu ringen schien, gebeugt hatte und weder Lorenz noch ihn wahrnahm.

Das Mädchen war in eine silbergraue Wattejacke gehüllt und hatte sich einen blauen Wollschal um den Hals geschlungen. Zu seinen Füßen stand eine Heizsonne, deren glühende Drähte den zugigen Raum nur mäßig erwärmten.

Lorenz' Vorstellung seiner Person wartete Jesse nicht ab, sondern trat in den Raum und auf die junge Frau zu und fragte: »Kann ich helfen?«

Das Mädchen drehte sich zu den beiden Männern um, und noch ehe es etwas sagen konnte, erklärte Lorenz: »Katja, das ist Jesse. Ich habe ihn mitgebracht. Ist mit Andi abgestimmt.«

»Hallo.« Die Flachsblonde blickte auf. »Katja, wie du hörst, eigentlich Katharina, aber so nennt man mich nur zu Hause.«

»Und wo ist das?«, fragte Jesse forsch.

»Mecklenburg.«

»Kenn ich, war ich im Ferienlager.«

»Schön, das höre ich immer wieder. Aber kennst du dich mit Ormig-Geräten aus? Das wäre jetzt hilfreicher.«

Katja stand Jesse gegenüber. Sie war etwa einen Kopf kleiner als er. Die Wattejacke gab ihr etwas Kompaktes. Dennoch war sie in Bewegung und sichtlich genervt von der sperrigen Technik. Ihre Finger waren blau von der Matrize, die sich verklemmt hatte, und sie hielt sie Jesse demonstrativ entgegen.

»Habt ihr Werkzeug?«, fragte Jesse in die Runde, und keine Minute später stellte ihm Lorenz einen graublauen Blechkasten vor die Füße, der Schraubenschlüssel, -dreher, einen Hammer und diverse Zangen enthielt.

Als sich Jesse bücken wollte, um nach dem passenden Werkzeug zu suchen, fasste ihn Katja am Arm und fragte: »Bist du auch okay? Ich meine, wegen deines Verbandes.«

»Halb so schlimm«, erwiderte Jesse eine Spur zu lässig und winkte ab. Und während er das Vervielfältigungsgerät auseinandernahm und Katja als Erstes die abgebaute Kurbel in die Hand drückte und vorsichtig die Verkleidung öffnete, war mit einem Mal etwas Vertrautes zwischen ihnen. Am liebsten hätte er noch länger an der Hektografiermaschine herumgeschraubt und Katja nach und nach sämtliche Klein- und Einzelteile übergeben und dabei wie zufällig immer wieder mit den Fingerkuppen sacht ihre Haut berührt. Aber er hatte den Fehler rasch gefunden und die aus der Führung geratene Walze bald schon in die richtige Position gebracht. Ihre Hand fühlte sich kalt an, deshalb las Jesse schnell die Schrauben, Unterlegscheiben und Muttern von Katjas Handteller und setzte die Teile fachmännisch wieder zusammen. Bisher war Jesse das Innere eines solchen Vervielfältigungsapparates völlig unbekannt gewesen. Vielleicht war es Intuition, vielleicht aber auch sein Verständnis für Mechanik, was ihn das Gerät wieder in Gang setzen ließ. Sicher aber war es Glück, dass der Mechanismus nur etwas verklemmt, aber nicht beschädigt war.

Nach einer Verschnaufpause, die er ohne Skrupel mit einem langen Blick auf Katja nutzte, klemmte er die geglättete Matrize wieder an die Rolle. Und während er das Gerät einige Male ausprobierte, wandte er sich, mit etwas Überlegenheit in der Stimme, an Lorenz: »Hattest du nicht etwas von Tee gesagt?«

»Oh ja, für mich auch«, fügte Katja hinzu.

Und bald saßen sie zu dritt in der türlosen Küche auf ausgedienten Polsterstühlen, an einem schmalen Tisch voller Tintenflecke und eingeritzter Namen, der früher eine Schulbank gewesen war, und wärmten sich die Handflächen an den heißen Tassen.

»Deine Verletzung, mal ernsthaft, tut es weh?«, fragte Katja.

»Halb so schlimm. Der Verband macht mehr daraus, als es ist. Aber du«, setzte Jesse fort, »du bist doch gestern in die Fänge dieser Greifer geraten. Was haben sie mit dir gemacht?«

»Ach, du hast es gesehen? Naja, das Übliche.«

»Was denn«, fragte Lorenz irritiert dazwischen, »ihr kennt euch?«

»Nein, nicht wirklich«, winkte Jesse ab. »Mir ist Katja … ich meine, ich war auch zur Demo und habe mitbekommen, wie man sie gegriffen und ziemlich unsanft auf den Mannschaftswagen befördert hat.«

»Ja, das war echt heftig«, bestätigte Katja. »Meine Knochen tun jetzt noch weh. Die Beschwerde habe ich an Ort und Stelle gleich protokollieren lassen. Das wird zwar nicht viel bringen. Aber jede Anzeige zählt.«

»Dann könnte ich meine Verletzung ja auch anzeigen«, schloss sich Jesse an.

»Auf jeden Fall. Ich helfe dir gern beim Formulieren, wenn du willst. Ich weiß jetzt, worauf es ankommt. Außerdem dachte ich mir schon so was, als du hier reinkamst. Denn dienstags laufen einem in dieser Stadt komischerweise mehr Verletzte über'n Weg als sonst.«

»So etwas Ähnliches hat auch der Arzt in der Poliklinik gemeint. Er hat sich nur verklausulierter ausgedrückt. – Aber du hast noch nicht gesagt, wie es dir ergangen ist.«

»Genau«, fiel Lorenz ein, der sich ziemlich an den Rand gedrückt fühlte. »Erzähl mal, Katja. Das interessiert mich auch.«

»Was soll ich sagen. Das Übliche, wie gesagt. Erst haben sie so lange Leute in den LKW geschoben, bis der Wagen randvoll war. Wir durften in der Zwischenzeit keinen Mucks von uns geben. Bevor's auf den Wagen ging, haben sie von jedem Einzelnen den Perso eingezogen und ganz unfein nach vermeintlichen Waffen gesucht. Irgendwann ging dann die Fuhre oder besser gesagt das Geschaukel los. Zwischen uns saßen vier Uniformierte. Auf jeder Bank zwei. Die haben sich natürlich breitgemacht. Richtige dickärschige Bullen. Ich habe versucht, mir den Kerl, der neben mir saß und mir auf die Pelle rückte, mit dem Ellenbogen vom Leibe zu halten. Das klappte auch ganz gut. Da die Plane offen war, konnte ich im Straßenlicht sehen, wie dessen Schläfenader vor Wut anschwoll. Den Gummiknüppel hielt er in der Hand. Ich dachte jeden Moment, er würde zuschlagen. Dann hielten wir nach 10 Minuten auf einem dunklen Hof. Die meisten wussten Bescheid: Beethovenpiepe. Wie beim vorigen Mal waren wieder alle Lampen ausgeschaltet. Ich kannte das ja schon und wusste auch, dass das Hundegebell, das auf dem Hof zu hören war, aus ein paar getarnten Lautsprechern kam. Aber manche von uns haben ganz schön gezittert. Es herrschte totales Redeverbot. Ich konnte niemanden beschwichtigen. Dann wurden wir in einen Raum gestoßen. Immer schön: Marsch, marsch! Seit Gorbatschow einen anderen Ton anschlägt als die DDR-Führung, heißt es offenbar nicht mehr: Dawai, dawai! Ich bin diesmal gar nicht vernommen worden, sondern bekam auf der Stelle meinen Ausweis zurück. Erst als ich das Vorbringen einer Beschwerde angekündigt habe, kippte die Stimmung. Da musste ich warten und warten, ehe sich mal einer bequemt hat, mich anzuhören. Natürlich konnte ich die Herren Volkspolizisten nicht genau beschreiben. Das ist ja die Krux, Polizisten sehen in dem Moment, in dem du dich vor ihnen schützen musst, alle gleich aus.«

Jesse bestätigte diese Worte mit einem Nicken. Er musste sofort an die runden rotschwitzenden Gesichter unter den Schirmmützen denken. Im selben Moment stellte Katja ihre Tasse ab und sagte, sie müsse weitermachen.

»Na, was ist?«, machte sich Lorenz bemerkbar. »Hast du nicht Lust, uns zu unterstützen? Wir haben uns vorgenommen, bis zum 7. Oktober 10.000 Unterschriften zu sammeln. Unterschriften von Leuten, die für unsere Zulassung sind.«

»10.000?«, fragte Jesse erstaunt zurück.

»Ja, 10.000. Aber nicht nur hier, sondern in der ganzen Republik. Alle *Forum*-Gruppen sammeln mit. In Berlin und in Rostock gibt es die meisten von uns. – Also, was ist?«

»Und wie stellst du dir das vor? Ist das nicht illegal, wenn ich Unterschriften für euch sammle?«

»Nicht direkt«, versuchte Lorenz Jesse zu beschwichtigen. »Wir sind ja nicht staats- oder verfassungsfeindlich.«

»... und gegen jede Art von Gewalt und für jede Art von Bürgerbeteiligung«, kam es von dem Mann, der bei allen nur Andi hieß und der im selben Moment die Küche betreten hatte.

Er begrüßte Jesse überaus freundlich. »Ahoi, ich bin Andreas. Du kannst auch Andi sagen.«

»Jesse. Einfach Jesse.«

»Du warst auf der Demo, so wie du aussiehst. Und hast den Gummiknüppel, den Ersatzphallus des impotenten Systems, zu spüren bekommen. Richtig?«

»War halb so schlimm.« Jesse blieb bei seinem Standardsatz.

»Ja, wie Lorenz schon angedeutet hat. Wir brauchen jeden Mann. 's wäre schön, wenn du uns unterstützen wölltest.«

Jesse blieb an dem Wort »wölltest« hängen, während Andi fortfuhr: »Katja ist dabei, für dich ein paar Unterschriftenlisten zu ormigen. Denk darüber nach, ob du dir das zutraust. Unterschriften zu sammeln, ist nicht jedermanns Sache. Denn wir müssen dabei mehr als pingelig vorgehen. Alle

Namen und Adressen müssen akkurat übereinstimmen. Das Problem ist dabei, dass jedermann, der unterschreibt, dem System quasi seine Meinung auf dem Silbertablett serviert. Mein Rat ist, fang in deinem Umfeld damit an und gehe erst dann auf Fremde zu. Leider drängt die Zeit. Lorenz hat dir gewiss gesagt, welches Ziel wir uns gesteckt haben.«

Hätte sich Jesse sehen können: Seine blasse Gesichtsfarbe und sein Kopfverband waren beinahe eins. Er fühlte sich irgendwie überrumpelt. Die Bögen, die ihm Katja in die Hand gedrückt hatte, waren noch warm und rochen streng nach Chemie. Er kam sich unwohl vor. Die Blätter stanken. Die ganze Situation stank ihm.

»Also dann.« Er trat auf der Stelle. Es sollte wie eine Verabschiedung klingen. Andererseits fühlte sich Jesse wohl in der Nähe des Mädchens und wollte sie und die anderen nicht enttäuschen.

»Tut mir leid, dass ich heute nicht mehr Zeit habe«, rief ihm Katja zu. »Ich muss noch Hunderte von Listen abziehen. Komm einfach vorbei, wenn du Lust hast. Ich bin meistens schon am frühen Nachmittag hier. Unsere Schreibmaschine hängt übrigens auch. U und I kleben zusammen und lassen sich einfach nicht lösen. Weißt du, wie blöd das aussieht, wenn man einen Brief schreiben will? Vielleicht kannst du dir das Teil demnächst ja mal ansehen. Komm einfach, auch wenn du erst ein paar Unterschriften zusammen hast. Übermorgen sind Andi und Lorenz übrigens in Berlin. Das würde gut passen.«

Jesse betrachte die Tastatur der Schreibmaschine und lachte: »Luiebe Fraui, entschuilduigen Suie!«

Katja sah ihn an und zog mit gespielter Strenge eine Augenbraue nach oben.

4

Lange hatte Jesse die Siedlung nicht in diesem Licht gesehen. Das elterliche Domizil, ein zweistöckiges Reihenendhaus mit Teilkeller und ausgebautem Dachgeschoss, erbaut vor mehr als 60 Jahren und von Jesses Großvater 1946 von einem Kriegskameraden per Handschlag erworben, lag inmitten eines dichten Baumbestandes. Der milde Herbst dieser Tage hatte den Ahorn seine rotorangene bis gelbe Färbung entfalten lassen. Hochgewachsen waren die Bäume, als säumten sie eine Allee, obgleich sie nur eine Anliegerstraße umstanden, die bei Gegenverkehr ohne Ausweichmanöver nicht zu passieren war.

Der Wagen der Jesses stand in der Einfahrt. Jesses Vater hatte die Leiter aus der Garage geholt und war dabei, die Dachrinne zu säubern, die zur Entwässerung des Anbaus gehörte.

Vor dem offenstehenden zweiflügeligen Einfahrtstor blieb Jesse stehen und sah dem Vater zu, wie er den Moder vieler Monate aus dem Fallrohr zog und das, was sich nicht herausziehen ließ, mit Hilfe eines Besenstiels durch die Öffnung presste.

»Hallo! Kann ich dir helfen?« Jesse trat auf den Vater zu.

Ohne Frage wäre diesem auf die Schnelle eine Reihe von Aufgaben eingefallen, für die er einen zweiten Mann gut hätte gebrauchen können. Aber als der auf der Leiter stehende Roland Jesse seinem Sohn das Gesicht zuwandte, erschrak er angesichts dessen Kopfverbandes. »Was ist dir denn passiert?«, fragte er besorgt. »Betriebs- oder Wegeunfall?«

»Weder noch«, antwortete Jesse, und nach einem Moment des Zögerns gestand er: »Ich war gestern in der Stadt. Montagsdemo.«

»... und hast dich diesen ... diesen Elementen in den Weg gestellt?«

Jesse schaute seinen Vater entgeistert an.

Und als Jesse schwieg, hakte der Vater nach: »Das hast du doch – oder?«

»Wie kommst du darauf? Die Stadt war voller Bereitschaftspolizei. Hunderte von denen haben den Demonstranten den Weg abgeschnitten und sie brutal eingekesselt. Die Menge war voller Wut. Es hätte ein Blutbad geben können.«

»Deine Rolle dabei verstehe ich nicht.«

Roland Jesse war von der Leiter gestiegen und einen Schritt auf seinen Sohn zugegangen.

»Niemand muss in diesem Land auf die Straße gehen«, beteuerte er, »wer eine Beschwerde vorbringen will, hat das Recht zur Eingabe. Und überhaupt, was machst du montags in der Innenstadt? Was hast du mit diesen Leuten zu schaffen?«

Für einen Moment dachte Jesse, das wäre der richtige Zeitpunkt, um seinem Vater die Unterschriftenliste unter die Nase zu halten: *Neues Forum* zulassen, Vater! Doch war er sich der Humorlosigkeit seines Vaters bei politischen Themen bewusst. Also schwieg er und verbarg die aus den Listen gedrehte Rolle in seiner Hand, so gut es ging.

»Ich gehe mal rein zu Mutter«, wich er aus. »Ist sie da?«

Ohne eine Antwort abzuwarten, war Jesse im Haus verschwunden.

Die Mutter empfing ihn im Treppenhaus. Sie hatte ihn bereits erwartet. Jesse drückte ihr einen Kuss auf die Wange.

»Schone du dich«, bat Regina Jesse und sah ihren Sohn mit sorgenvollem Gesicht an. Jesse setzte sich in Augenhöhe seiner Mutter auf eine der Treppenstufen.

»Ich habe gehört, was du Vater gesagt hast. Warum machst du uns solchen Kummer, Junge? Du weißt doch, wie ihn alles aufregt, was nicht auf seiner Linie liegt.«

»Aber er hat doch gar keine Ahnung von dem, was draußen abgeht.«

»Wenn du dich da mal nicht irrst. So grantig wie in letzter Zeit habe ich deinen Vater noch nicht erlebt. Ich glaube schon, dass ihn das mehr beschäftigt, als er zugibt. Er kennt doch die Zahlen besser als wir und weiß, wie viele Menschen bei uns unzufrieden sind und Hals über Kopf dieses Land verlassen.«

»Trotzdem, mir gegenüber würde er nie zugeben, dass etwas faul ist im Staate DDR.«

»Es ist sein Lebenswerk. Niemandem fällt es leicht, zuzugeben, dass das Haus, für das er Steine geschleppt hat, Risse zeigt und auf wackligem Fundament steht. Ich stehe dem Ganzen genauso perplex gegenüber wie er und kann nicht glauben, dass Menschen freiwillig im Park einer Botschaft im Morast liegen. Bei uns haben doch viele von ihnen eine trockene und vor allem bezahlbare Neubauwohnung. Daran sollten sie doch denken, auch an ihre Kinder.«

»Mittlerweile sind es Tausende, Mutter, die täglich dieses Land verlassen oder besser gesagt, verlassen haben. Die Grenze zur Tschechoslowakei soll jetzt für DDR-Bürger geschlossen sein. Davon sprachen die Leute heute in der Bahn.«

»Das kann ich nur begrüßen. In unserer Kaufhalle fehlen schon drei Frauen unentschuldigt, zwei Kassiererinnen und eine an der Flaschenannahme. Ich weiß schon nicht mehr, wie ich die Schichten vollkriegen soll. Es heißt, sie seien am Balaton. Aber alle munkeln, dass sie längst über Ungarn und Österreich gen Westen sind.«

Eine Sekunde lang unterbrach sich Jesses Mutter und lauschte nach draußen: »Apropos Österreich. Heute kam Post für dich aus Wien. Ich habe deinen Vater die Postkarte nicht sehen lassen. Du weißt doch, wie er darauf reagiert.«

Nach einem Blick nach draußen öffnete Jesses Mutter das obere Schubfach der Anrichte in der Diele, in der sie ihre Brille und das Nähzeug aufbewahrte. »Hier, steck sie weg, bevor er reinkommt.«

Für Jesse war im ersten Moment nicht klar, was es mit dieser Ansichtskarte auf sich hatte. Aus Österreich? Er hatte einen flüchtigen Blick auf die Glanzseite geworfen und die Abbildung eines Riesenrades wahrgenommen, ein Riesenrad, das über die Stadt hinausragte, auf die ein farbig gedruckter Slogan hinwies. Er steckte die Karte zu der Papierrolle, die er noch immer in der Hand trug, schenkte seiner Mutter ein verschwörerisches Lächeln, das etwas schief geriet. Aber für einen Augenblick war es wie früher, wenn sie gemeinsam ein Verbot des Vaters unterwandert hatten.

Im Schutz seines Zimmers nahm sich Jesse die Ansichtskarte vor. Es stand seine Adresse darauf, ohne Postleitzahl, wohl deshalb hatte sich die Zustellung verzögert. Einen Absender gab es nicht. Auch kein Datum. Die Schrift war klein und ungelenk. *He Alter!*, las er, *bin Texas ein Stück näher. Entschuldige, aber das Pferd ist mit mir durchgegangen, deshalb gab es keine Abschiedsfete. Grüß unseren Doppeldecker. Rai. Sch.*

Jesse las die Karte ein zweites und ein drittes Mal. *Doppeldecker* – so nannten sie im Werk die Fräsmaschine, die zwei Laufwerke und damit zwei Spindeln besaß. An ihr zu arbeiten, konnte sehr lukrativ sein, wenn man einige Tricks beherrschte. Bei Losgrößen, die einfach auf Maß zu fräsen und deren Werkstücke technologisch für eine waagerechte Bearbeitung geplant waren, ließ sich auf dem *Doppeldecker* mit Hilfe von entsprechenden Spannvorrichtungen in einem Arbeitsgang der doppelte Ausstoß erzielen. Allerdings wurde die Vergabe einer solchen Arbeit unter den Kollegen wie ein Erbhof behandelt. Allein der Meister entschied darüber, wer diese *Speckarbeit* bekam.

Im Moment war Jesse das Werk egal. Er wusste jetzt endlich, warum er Rainer nicht zu Hause angetroffen hatte. Dieses Kürzel *Rai. Sch.,* das wusste er, stand für Rainer, dessen Nachname Schreiter war. Geboren war Rainer im Erzgebirge. Was Rainer allerdings mit Texas meinte, jenem US-Staat, bei dem einem sofort Westernfilme, Öl fördernde Bohrtürme und gezähmte Wildpferde einfielen, erschloss sich Jesse nicht, obgleich er natürlich wusste, dass Rainer Texas zwar nicht geografisch, doch real ein Stück näher gekommen war.

Als Jesse draußen Schritte hörte, schob er Rainers Postkarte mit der Ansicht vom Wiener Prater unter sein Kopfkissen, so wie er als Kind von Schulkameraden geborgte Micky-Maus-Hefte oder als Halbwüchsiger einen bereits ziemlich zerfledderten Werbeprospekt eines Sexartikelherstellers vor den Blicken seiner Eltern verborgen hatte. Er kam sich im selben Moment lächerlich vor und holte Rainers Karte wieder hervor und las sie abermals. Sei's drum, dachte er, soll Vater die Karte ruhig sehen.

Die Gondeln des Riesenrades, das fiel Jesse erst auf, nachdem er sich die Postkarte und die Proportionen von Mensch und Riesenrad näher betrachtet hatte, besaßen in etwa die Größe von Güterwagen, doch waren sie wie Reisewaggons ringsum verglast.

Ob Rainer in so einer Gondel über Wien geschwebt ist?, fragte sich Jesse. Dann musste er grinsen: Rainer als Piefke in Österreich. Irgendwo hatte er mal gehört, dass man dort die Deutschen so nannte, wenn sie nicht gerade in Uniform und in Militärstärke einmarschierten. Piefke, überlegte Jesse, ob der Spitzname auch für DDR-Bürger galt? Piefke der Deutschen Demokratischen Republik!

Seinen Vater, der nach einem kurzen Klopfen im Zimmer stand, hätte eine solche Frage sicherlich irritiert.

»Du bist mir noch eine Antwort schuldig«, sagte dieser stattdessen.

»Was meinst du damit?«, entgegnete Jesse.

»Ganz einfach. Ich meine, mit wem hast du dich gestern rumgetrieben und so eine Abreibung eingesteckt?«

»So, Abreibung nennst du das? Das klingt nach Klassenkeile. Aber die Klasse war auf der Straße. Du sagst doch immer, die Arbeiter und Bauern seien die herrschende Klasse in diesem Land, und ich als Arbeiter würde dazugehören. Dann hättest du dich mal umsehen sollen, dann wüsstest du, was sie umtreibt, deine herrschende Klasse.«

»Momentan werden die Leute von den westlichen Schlagzeilen beherrscht«, gab Jesses Vater zu.

»Ja, die westlichen. Hier ist Schweigen im Walde. Aber die Leute, die ich gestern auf der Straße gesehen habe, das waren Arbeiter, das war dein *Proletariat*, einfache Menschen. Die meisten kamen direkt von der Arbeit. Vielleicht waren auch ein paar Ingenieure darunter. Aber die Masse, die Masse, das waren Arbeiter und Angestellte.«

»Du musst das Große und Ganze sehen«, beharrte Jesses Vater. »Junge, du bist doch bis jetzt auch vernünftig gewesen und hast dich nicht von diesen Chaoten oder den Westmedien beeinflussen lassen. Darauf bin ich immer stolz gewesen. Ich dachte bisher, dir muss ich nicht sagen, auf welchem atomaren Pulverfass wir in Europa sitzen. Mit anderen Worten, es gibt Wichtigeres als Reisefreiheit und volle Läden. Wer politisch stark sein will, muss wirtschaftlich stark sein. Auch wenn nicht alles glatt läuft. Heute las ich, dass der Oberste Sowjet das Streikrecht in der Sowjetunion wieder zurückgenommen hat. Die haben sehr schnell begreifen müssen: Ein Streik in einem sozialistischen Betrieb schadet nur dem Volk selbst. Das gilt auch für Demonstrationen. Unsere Regierung muss sich auf die Bevölkerung verlassen können, wenn sie mit der Gegenseite über weitere Schritte zur militärischen Abrüstung verhandelt. Die Ungarn, mein Sohn, das sind für mich Renegaten. Die haben schon immer ihre Habsburger Allüren gehabt und sich für etwas Besseres gehalten. Man entscheidet sich nicht über die Köpfe der anderen Warschauer-Pakt-Staaten hinweg für eine durchlässige Grenze und sieht dann zu, wie ein souveräner Staat wie der unsere langsam ausblutet. Aber die Ungarn werden ihre Quittung schon noch bekommen, da bin ich mir sicher. Und die Polen werden ebenfalls sehr bald einsehen müssen, dass man die führende Rolle der Kommunistischen Partei nur bei Strafe ihres Untergangs aus der Hand geben darf. Denn gerade jetzt, in der Zeit des atomaren Hochrüstens, müssen die sozialistischen Staaten zusammenhalten und dürfen dem Imperialismus gegenüber keine Schwäche zeigen. Daran sollte in erster Linie auch Genosse Gorbatschow denken! Das ist wie beim Obst. Jede weiche Stelle wird, ehe man sich versieht, faul.«

»Vater«, winkte Jesse ab, »du sprichst Zeitung, sprich normal mit mir. Du bist hier in meinem Zimmer und nicht auf einer deiner Parteiversammlungen. Ich bin nicht dein Genosse, ich bin dein Sohn.«

»Ich spreche Klartext! Du musst mir nur zuhören. Es gibt nämlich noch Leute, die weiter sehen als bis zum Karl-Marx-Platz, zu denen zähle ich mich. Und was dein Zimmer angeht, vielleicht hast du es vergessen, weil du hier nicht monatlich durch eine Mietzahlung daran erinnert wirst, das hier ist immer noch mein Haus. Hier lasse ich mir von niemandem vorschreiben, was ich wie und wie oft zu sagen habe.«

Jesse vermied es, seinem Vater ins Gesicht zu sehen. Vielmehr sah er bewusst an ihm vorbei. Bedächtig, so als imitierte er die Zeitlupe, legte er Rainers Ansichtskarte demonstrativ auf den niedrigen Couchtisch, hinter dem sein Vater gleich nach Betreten des Zimmers wie selbstverständlich Platz genommen hatte. Er wusste, dass der Vater die Postkarte nicht würde übersehen können, aber in dieser Situation viel zu stolz wäre, um sich von selbst nach dem Absender zu erkundigen.

Genüsslich ließ Jesse seinen Vater schmoren. Aus dem Schrank zog er eine Reisetasche, stellte sie gleichfalls auf den Couchtisch, direkt neben die Karte, öffnete den Reißverschluss und warf vom Schrank aus wahllos ein paar seiner Kleidungsstücke hinein.

Roland Jesse beobachtete in starrer Haltung jede Regung seines Sohnes und bewegte die Augen, als verfolge er ein Tennisspiel. Die bunte Karte auf dem Tisch mit dem Schriftzug »Der Prater – ein Wiener Wahrzeichen« war seinem Blick nicht entgangen. Doch hielt er seine Hände zurück und rührte keinen Finger. Schließlich stand er auf und verließ ohne ein Wort das Zimmer.

Eine Sekunde später stand Jesses Mutter in der Tür, als hätte sie auf den Abgang ihres Mannes gewartet.

»Ging es darum?«, fragte sie und wies mit dem Kopf Richtung Couchtisch, auf der noch immer unberührt Rainers Karte lag.

»Nein, danach hat er nicht gefragt.«

»Sondern?«

»Du kennst ihn doch, er hat mir wieder einmal verdeutlicht, dass mein Wohnrecht von ihm abhinge, und mir außerdem eine ewiglange Standpauke gehalten, weil ich gestern zur Montagsdemo in der Stadt war. Seiner Ansicht nach habe ich damit den Weltfrieden in Gefahr gebracht. Dass seine uniformierten Arbeiter-und-Bauern-Söhne auf mich eingeprügelt haben, hat ihn nicht interessiert.«

»Was dein Wohnrecht hier betrifft, da habe ich auch noch ein Wörtchen mitzureden. Da mach dir mal keine Sorgen.« Frau Jesse, die noch immer in der Tür stand, schaute ihren Sohn fragend an. »Wo willst du eigentlich hin?« Wieder unterstrich sie ihre Frage mit einer Kopfbewegung und wies auf die offenstehende Reisetasche auf dem Couchtisch.

»Ich bleib ein paar Tage bei Rainer«, antwortete Jesse und verschwieg, dass er mit »Rainer« dessen leerstehende Wohnung meinte.

»Wie gesagt, schone dich etwas. Vielleicht ist es ja gar nicht schlecht, wenn du deinem Vater mal für eine Weile aus dem Weg gehst. Du kannst dich ja melden, wenn etwas ist. Komm auch ruhig in die Kaufhalle, wenn du etwas brauchst.«

5

Aus Rainers Schrank nahm sich Jesse einen Teller und legte die Knäckebrotscheiben darauf, zwei unten, eine darüber. Wie drei Ziegel. Im selben Moment musste er an die Dreiteilung der rechteckigen Plastikteller denken, auf denen ihnen im Betrieb das warme Essen serviert wurde. Wir sind die Peacefraktion, hörte er sich und Rainer sagen, wenn sie die Mahlzeit einnahmen und den Teller so vor sich hinstellten, dass die Aufteilung den geraden Strich nach oben verlaufen ließ und das Teller-Ypsilon auf dem Kopf stand. Das ist doch das Zeichen von Mercedes, widersprachen die meisten anderen Arbeitskollegen. Einen Mercedes hatten sie alle schon einmal zur Leipziger Messe gesehen.

Auch nach dem kargen Frühstück konnte sich Jesse nicht aufraffen, auf die Straße zu gehen und ein paar Lebensmittel einzukaufen. Er hörte auf die Geräusche ringsum. Inzwischen kannte er fast ihre Abfolge. Am Morgen knatterten die Zweitakter, kurz darauf befuhren Lieferwagen der nahen Brauerei mit schepperndem Leergut oder Kästen voller Flaschen die Straße. Punkt sieben balancierten die Eheleute aus dem vierten Stock, denen Jesse am Vortagmorgen im Treppenhaus begegnet war, ihr Kind im Kinderwagen, ein Exportstück mit Speichenrädern und verchromten Schutzblechen, nach unten. Kurz danach waren im Treppenhaus immer die gleichen zwei trällernden Frauenstimmen zu hören, die in etwa auf derselben Tonhöhe lagen. Das ging einher mit dem Klappen und Schließen von Klosetttüren. Ungewohnt für Jesse war an Rainers Wohnung das Außen-WC, das sich nicht einfach nackt oder in der Unterhose aufsuchen ließ. Immer musste man darauf gefasst sein, einem Hausbewohner oder Besucher oder dem Postboten zu begegnen.

Die meisten Stimmen konnte Jesse schon nach kurzer Zeit orten. Eine gehörte Frau Kranz aus dem Erdgeschoss, die mit dem bettlägerigen Herrn Kranz verheiratet war. Das Ehepaar betrieb bis vor wenigen Jahren das nunmehr geschlossene Friseurgeschäft um die Ecke. Rainer hatte es ihm beim Einkellern der Kohlenlieferung erzählt. Die andere Stimme gehörte Fräulein Schwieler, die im ersten Stock wohnte und aus Ostpreußen stammte.

Doch bei aller Wiedererkennbarkeit hatten die Geräusche nichts Vertrautes. Vielmehr spürte Jesse eine Leere. Mit Rainer konnte er sich immer austauschen. Egal, ob über Oldies oder Newcomer. Er wusste von Verbindungen der Musiker untereinander und fand nicht selten für Jesses Archiv die Vornamen der Songwriter, Komponisten oder Arrangeure heraus, die sich, zumeist nur auf den Anfangsbuchstaben reduziert, auf den Plattenetiketten befanden. Im Gegensatz zu Jesse hatte Rainer jedoch nie Wert darauf gelegt, alle Daten zu einer Schallplattenpressung zusammenzutragen oder diese gar zu katalogisieren. Ihm reichte ein Zettel am Fach, in welchem er die Platten aufbewahrte. Dazwischen hatte er in einem großen Schrank, der im Korridor stand, mit Hilfe von ein paar farbigen Karteikarten Grenzen zwischen den verschiedenen Genres gezogen und innerhalb dieser Abschnitte die Platten nach den Interpreten alphabetisch sortiert.

Aus einem speziell für Singles eingerichteten Regalfach zog Jesse eine Beatles-Platte der Leningrader Firma Мелодия. Mit seinen Russischkenntnissen stand es nicht zum Besten, aber der Name Lennon ließ sich in kyrillischen Buchstaben leicht dechiffrieren, jedoch bei Маккартни musste er schon etwas rätseln. Im Gegensatz zu dem von Rainer, der einen Faible für Prince und Madonna hatte, war sein Musikgeschmack eher den 70er-Jahren verhaftet. Diese Musik legte Jesse mit Vorliebe auf. Sein Ehrgeiz bestand darin, zu all seinen 21 Lebensjahren die wichtigsten Longplayer zusammenzutragen, und er wusste auf Anhieb die Jahre zu nennen, bei denen noch Lücken zu schließen waren. Aber eines Tages, davon war Jesse überzeugt, würde er seine Sammlung komplett haben.

In Rainers Wohnung hatte sich Jesse still verhalten und mit Nichtstun die letzten beiden Tage verbracht. Sein Schädel brummte. Er war zwei Tage nicht an der Luft gewesen und fünf Tage nicht auf Arbeit. Die *Rollende Woche* war für ihn mit einem Mal zum Stillstand gekommen. Anfangs stand er unter Dampf, wie eine Lokomotive nach der Notbremsung. Jetzt hatte schon so etwas wie Lethargie von ihm Besitz ergriffen. Dabei konnte er sich nicht entsinnen, nach der Lehrzeit je krank gewesen zu sein.

Rainers Fernsehgerät, ein in die Jahre gekommener Apparat mit kleiner Schwarz-Weiß-Bildröhre, das in der Wohnküche stand, benutzte er nur in halber Lautstärke. In den Berichten der beiden DDR-Fernsehkanäle war fast ununterbrochen von den bevorstehenden Feierlichkeiten zum *Republikgeburtstag* die Rede. Keine Nachrichtensendung, kein Kommentar, kein Magazin ließ die herannahende Jubelfeier aus. Kinder schnitten Blütenblätter aus Buntpapier und schmückten damit die Fenster ihres Kindergartens. Dorfstraßen wurden von fröhlichen Menschengruppen gefegt und Girlanden an Bushaltestellen angebracht. In den Kleinstädten stand man auf Leitern und zog Spruchbänder quer über die Straße. Vor laufenden Kameras verpflichteten sich Erntebrigaden und Betriebskollektive zu Bestleistungen zu Ehren der Republik. Das Westfernsehen bot dagegen das volle Kontrastprogramm: Wieder und wieder liefen die Aufnahmen von den in Reichsbahnzügen transportierten Flüchtlingen aus der bundesdeutschen Botschaft in Prag über den Bildschirm. Jubelnde Menschen, die Dokumente, die sie als DDR-Bürger auswiesen, hinter dem bayrischen Hof in kleine Stücke rissen, um sie vor laufender Kamera wie Konfetti aus dem fahrenden Zug zu werfen. Einige von ihnen riefen lauthals: »Endlich frei!« In den Händen hielten sie eine Erstausstattung mit Decken und Kleidung vom Roten Kreuz. Nur wenig Abwechslung boten die Berichte westlicher Fernsehkorrespondenten von der ungarischen Grenze. Er sah Kinder, huckepack genommen von ihren Vätern, und Kleinkinder, die, als wären sie dem Ertrinken nahe, an den Hälsen ihrer Mütter hingen.

Am Ende hätte Jesse nicht mehr sagen können, von welchem Fernsehkanal welche Nachrichten stammten. Lähmung hatte ihn ergriffen. Er sah Stechschritt übende Soldaten sich wandeln zu einer hetzenden Menge, abgelöst von Kinderwagen schiebenden Müttern, die Feldstaub aufwirbelten, der sich auf den Stiefeln von Soldaten niederschlug, während diese lachend den Stacheldraht auf großen Spindeln einrollten.

Völlig apathisch hatte er bis zum Abend den Fernseher tonlos laufen lassen und die grauen Bilder, die sich zappelnd bewegten, nur noch als Chiffre angesehen. Weiße Helme im Kontrast der Nacht, Reihen von Campingwagen, dampfende Lokomotiven, endlos wirkende Fahrzeugkolonnen und immer wieder die Rümpfe von Nachrichtensprechern mit gescheiteltem Haar und in akkurat sitzenden Jacketts, fern aller Plätze des Geschehens.

Mit Blick auf die Unterschriftenlisten, die seit zwei Tagen unberührt auf Rainers Wandklapptisch lagen, dachte Jesse: Ich muss zum Treffpunkt der *Forum*-Leute und ihnen sagen, dass ich ihre Unterschriftenaktion für gefährlich halte. Er dachte an Katja und an die kaputte Schreibmaschine und daran, dass sie ihn quasi eingeladen hatte, sie im Büro zu besuchen.

Die Geschäftsstraße, in der sich das Büro des *Neuen Forums* befand, war belebt und ein Abbild des Rollenverhaltens. Männer in Arbeitskluft umlagerten um die Mittagszeit den Grilletta-Stand an der Ecke. Die Konsumfiliale gegenüber hatten Frauen in Kittelschürzen und Arbeitskleidung okkupiert. Es waren Beschäftigte aus den Betrieben der Umgebung, die ihre Mittagspause für das eigene oder das Wohl der Familie nutzten.

Vor der Bierkneipe ohne Mittagstisch, die sich am Straßeneck befand und immer erst am frühen Nachmittag öffnete, stand ein Brauereiwagen, und ein Mann warf über die Ladekante volle Aluminiumfässer auf eine gepolsterte Ledermatte, von wo aus sie ein anderer im Takt wegrollte. Die Matte schien in ihrem ersten Leben einmal in einer Sportstätte gelegen zu haben. Ihr Anblick ließ Jesse an die Turnhalle seiner Schule denken. Sofort war ihm der Geruch von Schweiß und Leder gegenwärtig. Einmal hatte er sich im Sportunterricht an der Naht einer solchen Matte den Unterarm aufgerissen. Herr Leisegang, der Sportlehrer, der Schuhe mit Kreppsohlen trug und deshalb bei allen nur »der Schleicher« hieß, hatte nur abgewinkt, als er Jesses blutenden Arm sah. »Sei kein Weichei! Mach bisschen Spucke drauf«, war sein Kommentar. Gleich am nächsten Tag stellte Herr Jesse den Sportlehrer zur Rede; dieser hatte gerade Hofpausenaufsicht und konnte dem Tadel von Jesses Vater nicht entgehen. Roland Jesse, in Schlips und Kragen, wirkte wie der Direktor der Schule, als ihm »Schleicher« im Trainingsanzug gegenüberstand. Aus einiger Distanz hatte Jesse die Aussprache beobachtet und triumphiert, als er beobachten konnte, dass Lehrer Leisegang immer kleiner wurde und sein athletischer Körper sichtlich an Spannkraft verlor. Sofort war bei dem Zehnjährigen aller Schmerz verflogen und der Stolz auf seinen mächtigen Vater schwellte seine Brust.

Es war ein Stolz, der Jesse gut zehn Jahre später wie eine Farce vorkam. Was war geblieben? Der Anzug, ja. Schlips und Kragen, ja. Das war des Vaters Alltagshaut. Bei allen Gelegenheiten fand der Vater Hemden und Krawatten auf dem Geschenketisch. Zudem sorgte die Mutter dafür, dass eine Anzuggeneration rechtzeitig die nächste ablöste, obwohl sich Roland Jesse nur schwer von gewohnter Kleidung trennen konnte. Erst recht dann nicht, wenn ihr der Verschleiß auf den ersten Blick nicht anzusehen war, sodass er vieles davon bei der Haus- und Gartenarbeit abtrug, bis Regina Jesse die Anzugteile nach und nach entsorgte. Und heute? War sein Vater nicht einer der Ersten, der den Polizeieinsatz begrüßte?

Direkt vor dem Vorderhaus, dessen Durchgang Jesse ansteuerte, parkte ein Kleinbus des Typs Barkas. Männer in nagelneuen blauen Overalls luden Teile einer Absperrung aus dem Wagen und stellten sie unmittelbar auf dem Gehweg ab, sodass die Passanten auf die Fahrbahn ausweichen mussten.

Jesse blieb auf der gegenüberliegenden Straßenseite stehen und beobachtete den Vorgang im Glas einer Schaufensterscheibe, die schemenhaft das Geschehen spiegelte.

Ohne Eile entluden die Männer das Fahrzeug. Stück für Stück errichteten sie mit den Absperrgittern und -böcken auf dem Trottoir ein Hindernis. Die Männer arbeiteten gleichmütig wie Roboter auf einem niedrigen Level. Zu ihren blitzsauberen Overalls trugen sie weiße Handschuhe, die Jesse an Micky-Maus-Comics erinnerten. Ansonsten aber war das Ganze wenig spaßig. Auf der Straßenseite, auf der Jesse stand, parkte ein grauer PKW der Marke Wartburg, der zum Vorschein gekommen war, nachdem sich der Bierwagen entfernt hatte. Der Personenwagen war voll besetzt. Offenbar hatte er dort schon eine geraume Zeit gestanden, ohne dass einer der Insassen das Fahrzeug verlassen hatte.

Man musste schon blind sein, um keinen Verdacht zu schöpfen. Fest stand, das Büro des *Neuen Forums* wurde observiert. Jesse erinnerte sich an Katjas Worte, als sie davon sprach, dass Lorenz und Andi am Ende der Woche nach Berlin fahren würden. Er war sich nicht sicher, ob die Fahrt für den heutigen Freitag oder bereits für den Tag davor geplant war. In Katjas Gegenwart war er viel zu aufgeregt gewesen, um sich im Moment der Verabschiedung das genaue Datum einzuprägen. Die vergangenen zwei Tage hatte ihn das schlechte Gewissen gequält, als Unterschriftensammler bisher auf ganzer Linie versagt zu haben.

Was jetzt? Jesse wusste ad hoc keine Antwort. Wenn Katja allein war, dachte er, musste er ihr beistehen. Das Hinterhaus konnte ohne jedes Aufsehen jeden Moment von den Overallmännern gestürmt werden.

Dann sah er plötzlich, wie einer der Overallträger die Ladetür des Kleintransporters öffnete. Drei andere trugen die Absperrgitter und -böcke vom Gehweg zurück und verstauten sie fachgerecht in dem kleinen Transporter. Jede Handbewegung saß, als hätten sie nie etwas anderes getan. Die Fahrzeugtüren vorn und hinten fielen fast gleichzeitig ins Schloss. Im Nu war der Fußweg vor dem Grundstück wieder frei. Alles hatte den Anschein, als wäre es eine Übung gewesen. Nachdem der Blinker gesetzt war, scherte der Transporter aus und war auf der Stelle im Fahrzeugstrom verschwunden. Das Knattern des Zweitaktmotors und der Geruch des Benzin-Öl-Gemischs lagen noch in der Luft. Und zu Jesses Überraschung setzte auf einmal auch der mit vier Mann belegte Wartburg den Blinker, und sein Motorengeräusch mischte sich in das robuste Konzert der Ottomotoren ein. Ein Geräusch, das für Jesse unverkennbar war.

Im Durchgang des Vorderhauses entdeckte Jesse nichts Auffälliges. Er ging über den Hof und musterte die Rückfront des Hauses. Bis auf ein offenstehendes Klosettfenster in den Zwischengeschossen waren alle anderen Fenster geschlossen und kein Bewohner des Vorderhauses zu sehen. Er drückte die Klinke der Hinterhaustür herunter. Die Tür war abgeschlossen. Jesse hatte nichts anderes erwartet. Er wollte sich bemerkbar machen. Seine Augen suchten den Boden nach einem kleinen Stein ab, als plötzlich eine Hand seine Schulter berührte. Erschrocken wandte er sich um. Katja stand vor ihm. Er hatte sie nicht kommen hören.

»Wartest du schon lange?«, fragte sie und gab ihm die Hand. »Ich, nein, ich habe erst draußen auf der anderen Straßenseite gestanden und mich umgesehen«, gestand Jesse. »Ich hatte ein ganz merkwürdiges Gefühl, als ich mich hier umsah. Wie in einem surrealen Film. Als wär die Wirklichkeit gar nicht wirklich, sondern würde vor deinen Augen projiziert. Kino eben. Aber eher Zeitlupe. Mir war, als würde man vor meinen Augen eine Maschine demontieren, um sie an anderer Stelle baugleich wieder zusammenzusetzen. Und das nur um mir zu zeigen, dass nicht ich das Geschehen bestimme, sondern es von anderen bestimmt wird. Aber wahrscheinlich rede ich Unsinn.«

Katja war die Verwunderung anzusehen. Sie blickte sich um, und ohne auf Jesses Worte einzugehen, zog sie den Schlüssel aus ihrer Kutte und schloss die Haustür auf. Mit einer knappen Geste ließ sie Jesse den Vortritt, um hinter ihm wieder abzuschließen.

»Komm erst einmal rein. Es wird zwar hundekalt sein, aber ich koche uns einen Tee.«

Tatsächlich war die Wohnung kalt und die Luft von Moder und dem Geruch alter Zeitungen durchsetzt. Die fehlenden Türen ließen die einzelnen Zimmer sich in einem großen Raum verlieren. Es war, als betrete man eine Baustelle, auf der provisorisch ein Quartier aufgeschlagen worden war. Ein Eindruck, der durch das zusammengestückelte Mobiliar verstärkt wurde.

Als beide wenig später auf der ausgedienten Schulbank nebeneinandersaßen und die Hände an den Teetassen wärmten, suchte Katja nach Worten, um auf Jesses Äußerung von eben einzugehen: »Für meine Begriffe hast du das gerade ganz treffend geschildert. Ich hatte auch schon so ein ähnliches Gefühl. So als würde die Zeit gedrosselt. Ich stand draußen und war wie gelähmt. Ich musste mich regelrecht überwinden, um einen Fuß in den Durchgang zu setzen. Überall sah ich Leute, die auf mich den Eindruck machten, als würden sie mich beobachten. Manchmal denke ich, allen, die observiert werden, ist ein zusätzliches Auge gewachsen. Eines, mit dem sie sich stets selber beobachten, ihr Tun bei jedem Schritt kontrollieren, bedacht darauf, dass weder die Gesten noch ihre Mimik verraten, was sie denken.«

»Für mich ist die Situation ganz neu«, versuchte Jesse Katjas vertraulichen Ton zu treffen. »Bisher bin ich immer rotiert. Jetzt habe ich das erste Mal so richtig Zeit, um nachzudenken. Mein Freund und Kollege Rainer ist über die ungarische Grenze nach Österreich getürmt. Ich wohne jetzt bei ihm oder anders gesagt, ich hüte seine Wohnung. Das heißt, ich sitze da, in einer fremden Umgebung und denke nach. Manchmal denke ich gar nicht, da ist alles leer.«

»Dieses Gefühl kenne ich auch. Das geht mir oft in Vorlesungen so. Hier beim *Forum* weiß ich, was ich mache, was ich soll, da vergehen die Stunden wie im Fluge, und am Ende ist doch noch vieles liegengeblieben. Aufrufe, Handzettel, Briefe. Ätzend ist vor allem die Zeitungsschau. Ich habe mich dummerweise dafür gemeldet, ohne zu ahnen, was auf mich zukommt. Täglich bekommen wir stoßweise aus der gesamten Republik von unseren Mitgliedern Tageszeitungen und Betriebszeitungen zugeschickt. Lorenz holt jeden Tag einen neuen Packen von der Post ab. Ich muss sie anschließend nach Artikeln über Demos oder über das *Neue Forum* durchforsten. Das sind meist nur kurze, versteckte Meldungen. Nur heute, heute wurde uns ganz offensiv gedroht.«

»Wie meinst du das?«

»Ich meine die Zeitung von heute. Da war klipp und klar zu lesen, dass wir *Staatsfeinde* sind, *gewissenlose Elemente*, vor denen man den Staat schützen müsse, wenn nötig, *mit der Waffe in der Hand*. Bei uns im Wohnheim sprachen alle davon. Mein Vater stand gleich heute Morgen auf der Matte und hat mir die Drohung dieses Kampfgruppen-Kommandeurs unter die Nase gehalten. Er hat den ersten Zug nach Leipzig genommen. Wieso er in Feldberg von diesem Artikel wusste, ist mir ohnehin ein Rätsel. Vielleicht hat ihm die Stasi die Zeitung in den Briefkasten gesteckt. Wenn mein Vater gekonnt hätte, hätte er mich auf der Stelle mit nach Mecklenburg genommen und wahrscheinlich gleich in meinem alten Kinderzimmer weggeschlossen. Was da steht, ist die reinste Kriegserklärung. Und es gibt in diesem Staat keine Institution, an die man sich offiziell wenden könnte. Das Ministerium des Innern hat uns und damit alle, die zu Demos gehen, für ungesetzlich erklärt. Wir wollten ja legal sein und das wollen wir immer noch …«

»Du … ich«, kam Jesse ins Stocken, »ich war nicht sehr erfolgreich beim Sammeln von Unterschriften.«

»Das ging mir anfangs nicht anders«, beruhigte ihn Katja. »Und jetzt, nach der Ankündigung, uns mit der Waffe in der Hand von der Straße zu vertreiben, ist es sowieso besser, wenn du nichts riskierst. Ich hänge da einmal mit drin. Ich bin aktenkundig. Aber du bist doch erst einmal auffällig geworden – oder?«

Jesse nickte.

»Auf dein Konto kommt höchstens, dass du die Maschinerie für die Verbreitung illegaler Schriften repariert hast. Das könnte dir auf die Füße fallen.«

Katja sah Jesse schelmisch an: »Zeig mal deine Hände, ist da noch blaue Farbe dran? Wir sollten von dem Gerät alle Fingerabdrücke entfernen.«

Wie es geschah, hätte Jesse hinterher nicht beschreiben können. Er hatte Katja die bloßen Hände entgegengestreckt, sie hatte ihre Handflächen auf die seinen gelegt. Mit einem Mal war die Kälte ringsum vergessen, Wärme durchströmte sie beide.

So, als wäre sie plötzlich wach geworden, zog Katja abrupt ihre Hände zurück und stand auf. Sie strich sich eine imaginäre Strähne ihres hellen Haars aus dem Gesicht und überspielte ihre Verlegenheit.

»Weißt du«, begann sie den Satz, der klang, als sollte er in einen Vortrag münden, »die Äußerung des Kampfgruppenkommandeurs ist nur die Spitze des Eisberges – oder sollte ich eher Bajonett sagen?«

Jesse sah sie an. Der Schreck weitete ihm die Pupillen.

»Es gibt schon seit Wochen sogenannte Unmutsbekundungen, die verdammt nach Volksseele klingen. Und sofort stellen sich bei mir Parallelen zum Dritten Reich ein: Volksseele, Volkszorn, Volksgesundheit, Volksschädling. Das ist normal auf deutschem Boden. Meinen Vater, der jetzt fast 40 ist, hat man im Sommer '67 überfallen, und das nicht, um ihn auszurauben. Man hat ihm schlichtweg mit dem Hirschfänger die Haare geschnitten. Irgendwo bei Rudolstadt. Er war mit seinen Kumpels hingetrampt. Im Urlaub. Er hat erzählt, dass sie als Langhaarige stets und ständig Mode waren, wie er sagte, und auf der Straße von jeder Polizeistreife angehalten worden sind und ihre Ausweise vorzeigen mussten. Und du weißt ja, den Ausweis bekommt man mit 14, da sieht jeder Junge wie ein Bubi aus. Die Vopos haben sich einen Spaß daraus gemacht, die Passbilder in den Personalausweisen mit dem Äußeren der bärtigen jungen Männer zu vergleichen und haben sie jedes Mal mit aufs Revier genommen. Angeblich zur Feststellung ihrer Personalien. Dort mussten sie stundenlang warten, bis man sie wieder laufen ließ. Als Langhaarige, sagte mein

Vater, wurden sie überall angepöbelt, und in manchen Kneipen oder Läden wurden sie gar nicht bedient. Ja, es wurde ihnen auch ganz unverhohlen nachgerufen, man hätte vergessen, sie zu vergasen. So viel zur Volksseele. Toleranz ist eben kein deutsches Wort. Und nun hör dir das an.«

Jesse schwieg, ihm fiel der Begriff »Pilzköpfe« ein, mit dem anfangs die Beatles bezeichnet wurden.

» … also, in der Volkszeitung vom 29. September äußerte sich der Bürger Manfred Martin: *Als Rentner freuen wir uns, beim Spaziergang die vielen jungen Ehepaare mit ihren Kindern zu sehen. Auch das Bauen im Stadtzentrum, die neuen Wohngebiete und die vielen Instandsetzungen betrachten wir mit Genugtuung. Wir lieben unsere Stadt und sehen: Es geht voran. Umso mehr packt uns die Wut, wenn dieser Frieden durch antisozialistische Kräfte gestört wird.* Gleich am nächsten Tag meldeten sich Mitarbeiter eines Industriekraftwerkes zu Wort und schlugen in dieselbe Kerbe: *Wir sind dafür, daß diese Unruhestifter mit aller Härte unserer Gesetze bestraft werden. Wir wollen in Ruhe und Frieden unserer Arbeit nachgehen und uns und unseren Kindern eine gesicherte Zukunft schaffen.*«

»Der Kommentar könnte glatt von meinem alten Herrn stammen.«

»Warte, es kommt noch besser, unsere Industriekraftwerker haben noch Kräftigeres auf Lager: Wir *verstehen nicht, daß einige Vertreter der Kirche solche Aktionen zulassen, wo in unserem sozialistischen Staat jedem Bürger Glaubensfreiheit zugesichert ist. Glaubt man etwa, daß man durch solche Zusammenrottungen Ziele erreichen kann, die gegen unseren Staat und unsere Politik gerichtet sind? Wir sagen dazu ein klares Nein!*«

»Du hast recht«, Jesse war aufgebracht, »das passt alles

zusammen. Die Äußerungen gleichen sich, als kämen sie von ein und demselben Schreibtisch. Ich muss gestehen«, seine Stimme wurde leiser, »ich habe von all dem nicht viel mitbekommen. Ich lese keine Tageszeitung, manchmal überfliege ich die Betriebszeitung, die ist umsonst und ist auch danach. Und einen Fernseher habe ich auch nicht, manchmal höre ich im Radio Nachrichten. Aber eher zufällig, bevor eine Sendung losgeht, auf die ich warte. Oft weiß ich nur das, was die Kollegen in den Pausen von sich geben. Bei uns auf Arbeit nimmt keiner ein Blatt vor den Mund. Da war auch der Bericht aus der Tagesschau Thema, wo Stasileute zu sehen waren, die vor der Kirche Demonstranten ihre Transparente entrissen haben. Auf einem soll gestanden haben: *Für ein freies Land mit freien Bürgern!* Alle fanden das ziemlich kühn. Aber keiner bei uns auf Arbeit würde mit einer solchen Losung auf die Straße gehen. Die meisten aus meiner Schicht meinten, wenn die Leute weg sind, könne es nur besser werden, da würde es sich der Staat überlegen, ob er noch mehr Bürger verärgert und aus dem Land ekelt. Dass ich am Montag mitgelaufen bin, war eher eine Mischung aus Zufall und Neugier. Ich bin eigentlich nicht fürs Demonstrieren. Schon als Kind musste ich früher auf Vaters Schultern am 1. Mai mit meinem Fähnchen den alten Herrschaften auf der Tribüne zuwinken. Und heute gehe ich am 1. Mai zum Pflichtlauf, nur, um den Kollegen nicht zu schaden. Ich lasse mich sehen, registrieren und verdrücke mich dann bei der erstbesten Gelegenheit. An den Parteidinosauriern laufe ich jedenfalls schon lange nicht mehr vorbei.«

»Du weißt aber schon, dass das nicht reicht.« Katjas Blick war mit einem Mal streng. »Personenkult, und nichts anderes ist dieses Vorbeidefilieren einer Mehrheit an einer Minderheit, wird nicht dadurch abgeschafft, indem sich Einzelne dem Ganzen entziehen. Geändert werden muss etwas Grundsätzliches.«

»Du meinst, man sollte den Vorgang einfach umkehren?«

»Ich weiß, worauf du hinauswillst.« Katja konnte sich ein Lächeln über das Aufflackern in Jesses Augen nicht verkneifen. »So etwas Ähnliches habe ich mal in einem Gedicht von Bertolt Brecht zum 17. Juni '53 gelesen. Er empfahl der Regierung, wenn sie unzufrieden mit ihrem Volk sei, sich ein neues zu wählen. Bei uns an der Uni hat ein Mädchen dieses Brecht-Gedicht kursieren lassen. Das war ein paar Semester, bevor ich mein Studium begonnen habe. Sie wäre dafür fast geext worden, hieß es.«

»Ist Brecht nicht Schulstoff?«

»Das schon, aber nicht dieses Gedicht. Als Kind habe ich sein Gedicht von den Vögeln im Winter gleich nach dem ersten Hören aufsagen können. Heute wüsste ich gern, was er zur Situation in unserem Land sagen würde.«

»Vielleicht wäre der auch schon drüben.«

»Kann sein. Ich weiß es nicht. Irgendwer sagte mal, er habe einen österreichischen Pass gehabt und man hätte ihm gar nichts anhaben können. Fand ich seltsam. Vielleicht stimmt es auch nicht. Aber egal, jetzt muss ich dich leider hinauskomplimentieren. Unsere Schreibmaschine kannst du dir ein anderes Mal vornehmen. Morgen ist Jahrestag. Den wollen wir nutzen, um Unterschriften zu sammeln und Infozettel zu verteilen. Da ist noch einiges vorzubereiten. Wenn du willst, sehen wir uns morgen. Es wäre schön, wenn du kommst. Wir treffen uns Punkt fünf. Oben auf der Fußgängerbrücke an der *Blechbüchse*. Das *Blaue Wunder*, das kennst du doch? Die Jungs haben eine Überraschung vorbereitet. Kommst du?«

6

Am Morgen darauf war es Jesse schlecht. Er hatte das Gefühl, plötzlich ein ganz anderes Leben zu führen, in das sein Körper noch nicht hineinpassen wollte. Er musste an das dritte Auge denken, von dem Katja gesprochen hatte, und sah sich in der Wohnküche sitzen. Der Fernsehapparat lief tonlos, der Kühlschrank, den er mit Butter, Wurst und Käse aufgefüllt hatte, surrte. Ständig hielt er inne und lauschte den Schritten und Stimmen vor seiner Tür. Was wird Rainer jetzt machen?, fragte er sich. Der Freund war fern, unerreichbar fern. Von Österreich wusste Jesse nicht viel. Er hatte etwas von Bergmassiven und gepantschtem Wein gehört und natürlich die Schulbuchbilder vor Augen, als Hitler 1938 mit seinen bewaffneten Truppen dort einmarschiert und von einer jubelnden Menge empfangen worden war. Im Gedächtnis geblieben war ihm auch ein Film, dessen Titel er vergessen hatte. Eine Art österreichischer *Soldat Schwejk* kam darin vor, allerdings in einer Fleischerschürze. Jesse erinnerte sich daran, wie die Leute auf der Straße, vornehme Wiener, aber auch Pöbel, sich daran ergötzten, dass schwarzgekleidete, bärtige Juden mit langen Schläfenlocken, bis eben noch ihre Nachbarn, unter der Aufsicht von SA-Männern mit Zahnbürsten das Pflaster schrubben mussten. Erheitert hatte Jesse der Held des Films, der Besitzer einer Fleischerei, der dort Fleischhauer hieß. Er wurde von der Gendarmerie genötigt, mit einer Hakenkreuzfahne seinen Laden zu dekorieren. Beflissen und mit Wiener Schmäh kam er, als neuer Reichsdeutscher, dem Befehl nach, indem er allerdings eine viel zu große Fahne aufhängte, eine Standarte, die zu zwei Drittel im Straßendreck lag. Und als er gezwungen wurde, diese vom Boden aufzuheben und an der Stange umzuschlagen, verschwand der weiße Kreis mit dem Hakenkreuz, und übrig blieb die rote Fahne. Was für ein Triumph.

Heute, der Gedanke schoss Jesse durch den Kopf, wollten sie als *Neues Forum* ebenfalls Flagge zeigen. Bei dem Gedanken spürte er das flaue Gefühl in der Magengegend gleich doppelt. Er sah auf die Uhr. Vom Tag war schon die Hälfte vergangen. In einer Stunde erwartete man ihn auf der Fußgängerbrücke, um dort am Geländer ein Transparent aufzuhängen. Das wusste er von Lorenz, den er unmittelbar nach der Verabschiedung von Katja im Durchgang zum Vorderhaus getroffen hatte. Ein guter Bekannter von Lorenz hatte den Auftrag, das über das Geländer gespannte Spruchband zu fotografieren. Dafür sollte er sich im Turm der Reformierten Kirche postieren. Ein befreundetes Pärchen, das ein Auto besaß, sollte in der Löhrstraße warten und das Transparent beim Unterfahren der Brücke gleichfalls fotografieren. Lorenz, dessen Vater als Betriebselektriker ohne Mühe an Litze herankam, hatte den Draht besorgt, um das aus zwei Bettlaken genähte Banner zu befestigen. Sie wussten alle, dass das Transparent keine Viertelstunde hängen würde. Aber in dieser Zeit sähen es etliche Wartende an den Straßenbahnhaltestellen und Hunderte Autofahrer, die die Fußgängerbrücke unterquerten. Sie alle würden die Forderung mit Zustimmung oder Ablehnung verbreiten: NEUES FORUM ZULASSEN!

Als Jesse aus dem Haus trat, konnte er durch das teilweise schon entlaubte Geäst sehen, dass die Kleingärtner von der Gartensparte auf der gegenüberliegenden Straßenseite den Feiertag zum Abpflücken der restlichen Obstbestände oder bereits zur Kultivierung der Beete nutzten. Einige hatten Leitern an ihre Bebauungen gelehnt und kehrten das Laub von den Dächern. Es wurde genagelt, Erde aufgehäuft, Laub gefegt und nach den Spitzen der Bäume gehangelt. In der Luft lag der Rauch der ersten Herbstfeuer und vermischte sich mit den Ausdünstungen der umliegenden Industrie- und Chemieanlagen, Brikettfabriken und Kokereien. Ein Gemisch, das Kleinkindern Hustenattacken bescherte, als wären es Greise, und Bäume auf halber Höhe altern ließ. Unterstützt vom Hausbrand und den Autoabgasen hatte der giftige Himmel die Stadt mit einer gleichmäßigen graubraunen Patina überzogen, sodass aller Zierrat an den Fassaden seit Langem dem Auge entrückt war.

Gewöhnt waren die Augen auch längst an die vielen Notdächer, jene ewigen Zeugen der Bombardements auf die Stadt im zweiten Maschinenkrieg. Es sah aus, als seien aus den einst notdürftig reparierten Mietshausdächern die kahlen, ungeschützten Schornsteine wie Pilze gewachsen. Dass die Mansardenaufbauten fehlten, bemerkte nur, wer die Firsthöhen der Häuser miteinander verglich.

Auf derlei hatte auch Jesse bislang nicht geachtet. Ihm waren die Lücken in der Dachebene der Häuserreihen bis jetzt nicht aufgefallen. Seine Kindheit war geprägt vom Grün der Siedlung und seine Jugend vom Licht der Werkhallen. Grau empfand er meist den Morgen nach der Nachtschicht. Dunkel den Abend davor. Einzig auf dem Weg zur Spätschicht gab sich die Stadt hell und betriebsam. Und in der Frühe, wenn er zur ersten Schicht aufbrach, sah er die Stadt verschwommen und schemenhaft hinter den angelaufenen Scheiben der Straßenbahn.

Dass sein Blick plötzlich für den Verfall der Gründerzeithäuser geschärft war, überraschte ihn. Man musste kein Fachmann sein, um zu erkennen, dass die Horizontalsperren im Mauerwerk längst vor der aufsteigenden Feuchtigkeit kapituliert hatten. Der an vielen Stellen herabgefallene Putz hinterließ an den Fassaden Verletzungen, die niemand versorgte. An den Wänden der Kellergeschosse blühte Salpeter auf und trieb Salz in die Wunden.

An einer Stelle der Straße hatte der Krieg eine Lücke gerissen, die von Gras überwuchert und von Vogelbeerbüschen besetzt worden war. Ein vergessenes Terrain. Rings um das Grundstück waren blutrote Spritzer auf den Granitplatten zu sehen. Helle geschliffene Steine, die, Kante an Kante gelegt, sich zum Trottoir fügten. Jene Vögel, die an diesen Herbsttagen zu schwach oder zu orientierungslos waren, sich aufzuschwingen, um gen Süden zu ziehen, pickten die überreifen Früchte auf. Als Jesse sich den Ebereschen näherte und die Vögel aufflogen, erschrak er. Sofort war ihm wieder unwohl. Aber das Unwohlsein kam diesmal nicht von den Stunden, die hinter ihm lagen, sondern von den Stunden, die ihm bevorstanden.

Es war ihm unangenehm, die Unterschriftenliste, die neben seiner eigenen nur noch eine weitere Unterschrift *mit Namen und Hausnummern* enthielt, so wie sie war zum Treffpunkt mitzunehmen. Rasch hatte er allen Mut zusammengenommen und bei Rainers Nachbarn geklingelt. Und als dieser fragte: »Ist es wieder soweit, sammeln Sie für die Volkssolidarität?«, hatte er nicht widersprochen und ihm mit schneller Hand nach dessen Unterschrift die Liste wieder entzogen. Vielleicht, so hoffte er, würde er am Wochenende noch andere aus Rainers Haus zu einer Unterschrift bewegen können. Klingeln wollte er bei dem Kinderwagenpaar aus dem Vierten, bei der aus Ostpreußen stammenden Frau Schwieler und bei dem Ehepaar Kranz aus dem Erdgeschoss. Auch der Arzt aus der Poliklinik, der ihn behandelt und ihn für Montag der kommenden Woche in seine Sprechstunde bestellt hatte, könnte ein Anwärter für eine Unterschrift sein. Im besten Fall wären das sechs weitere Namen.

Und im Betrieb, wenn er nach seiner *Kasse* in der Nachtschichtpause die Liste auf den Tisch legen würde, gäbe es gewiss auch den einen oder anderen, der seinen Namen für die Zulassung des *Neuen Forums* hergäbe. Es müsste nur einer den Anfang machen. Rainer, ja wäre Rainer da, er hätte gewiss unterschrieben, war sich Jesse sicher. Und sein Votum hätte sicherlich auch andere aus der Schichtbrigade veranlasst, gleichfalls zu unterschreiben. Rainer fehlte. Gerade jetzt. Auch an dieser Stelle. Wer könnte ihn ersetzen?, fragte er sich. Wer wäre geeignet, den Anfang zu machen? Schwertfeger vielleicht, der nach einem abgebrochenen Medizinstudium bei ihnen in der Fräserei gelandet war. Er sollte sich ein halbes Jahr in der Produktion bewähren. In Schwertfegers Fall hieß die Bewährung am Anfang: Schweißbrennerei. Er arbeitete als Abräumer, sozusagen ganz unten. Eine Arbeit, für die sich sonst nur Sechstklässler oder Exknackis fanden. Nach dem halben Jahr war Schwertfeger im Betrieb hängen geblieben. Es hieß, er habe eine von den Technischen Zeichnerinnen geschwängert und deshalb sein Studium an den Nagel gehängt, um erst mal Geld zu verdienen. Dafür, dass er eine von oben, eine aus der Konstruktionsetage, aus ihrem weißen Kittel gewickelt hatte, wurde ihm von den

Arbeitskollegen Respekt gezollt. Aber Schwertfeger war für den Kumpelton in der Fräserei nicht empfänglich. Er war ein asketischer Typ, der wenig aß und wenig sprach und dessen Arbeitsanzug immer sauber blieb oder von ihm täglich gewechselt wurde. Er war der Mann in Weiß, obwohl seine Kluft blau war. Niemand außer dem Meister wusste, warum man ihn in die Produktion gesteckt hatte. Schwertfeger sprach nicht darüber. Er war auch der Einzige, der in der Pause las und dabei alles ringsum vergessen konnte. Und er las nicht etwa das Gewerkschaftsblatt »Tribüne«, das rumlag und das bis auf das Kreuzworträtsel kaum jemanden interessierte. Schwertfeger vertiefte sich in medizinische Fachzeitschriften und wirkte oft etwas abwesend, wenn es hieß: »Dann woll'n wir ma' wieder!« Munter wurde Schwertfeger, wenn er sich nach irgendeinem Symptom erkundigte, um auf Wunsch eines Kollegen eine seiner Diagnosen zu stellen. Er hätte sicher allen Grund, vermutete Jesse, sich eine Veränderung der Verhältnisse zu erhoffen. Besser, ich hätte zu Schwertfeger mehr als *guten Weg* und *guten Tag* gesagt, sagte sich Jesse. Einmal gab es eine Situation, aus der sich ein Kontakt hätte ergeben können. Schwertfeger war gerade neu in die Abteilung gekommen und stand nach der Schicht etwas hilflos im Duschraum. Alle Duschen waren belegt, bis auf eine, unter der stand niemand, obwohl sich die anderen Brausen mitunter zwei Männer aus der Schicht teilten. Schwertfeger fragte in die Runde, ob die Dusche kaputt sei. Alle schüttelten mit dem Kopf und manche konnten sich ein Grinsen nicht verkneifen. Schwertfeger trat unter die Brause und mischte sich das Wasser und seifte sich dann in aller Ruhe ein. Keiner rührte sich, auch die nicht, die fertig mit Duschen waren. Dann kam, was kommen musste. Edgar, der bei den Frauen aus der Stanzerei nur »der schöne Eddi« hieß. Er war ein Eisbader und Sommerfrischler. Seine Haut war vom Wind gegerbt und von der Sonne gebräunt. Edgar trug sie wie eine Kleidung. So richtig blass wurde sie auch im Winter nicht, denn Edgar, das wusste jeder, sprang nach jedem Sonnenstrahl. Manchmal nahm er gar in der Tagschicht mit freiem Oberkörper ein Sonnenbad auf dem Hallendach und zog so manchen weiblichen Blick auf sich.

Schwertfeger stand auf Edgars Platz. Etwas, was sich niemand aus der Schicht getraut hätte. Die Brause in der Fensterecke, bei der sich das Seifenwasser nicht staute, sondern gleich in der Abflusssenke verschwand, war Edgar vorbehalten. Ein ungeschriebenes Gesetz, und das seit Jahren. Jeder Lehrling lernte das zu respektieren, gleich am ersten Lehrtag, wenn ihm der Spind zugewiesen wurde. Nur Schwertfeger wusste davon nichts. Das konnte nur ein Versehen sein. Vielleicht aber war es auch Absicht. Schwertfeger trat sogar noch ein Stück beiseite, als Edgar nackt den Duschraum betrat und einen Moment im warmen Nebel stehenblieb. Edgar nahm die Arme hoch, als sollten sie seinem Körper Deckung geben, und spannte die Bizeps an. Niemand sprach ein Wort. Nur die Duschfontänen rauschten. Einen Moment später lag Schwertfeger auf dem Fliesenboden. Normalerweise wurde jeder Ausrutscher mit einem Gelächter quittiert. Doch diesmal blieb es merkwürdigerweise still.

Ich hätte ihn warnen können, warnen müssen, hatte sich Jesse im Nachhinein vorgeworfen. Und ich hätte zur Seite gehen und ihm meinen Duschplatz anbieten sollen. Vielleicht wären wir Freunde geworden. So aber ist Schwertfeger, ohne sich abzuseifen, vor seinen Spind getreten und war wenig später ohne Gruß verschwunden. Vielleicht hatte dieses Erlebnis Schwertfeger so schweigsam gemacht.

Wenig später fiel Jesse Wilhelm ein. Er könnte ebenfalls infrage kommen. Wilhelm, der eigentlich Hans Busch hieß, aber von allen nur Wilhelm genannt wurde. Bei Brigade- oder Weihnachtsfeiern stimmte Wilhelm, der ein geselliger Mann war, Volkslieder an und scheute auch sonst keine Mühe, das alte Liedgut zu verbreiten. Abendelang schrieb er vor jeder Feier Strophen und Refrains auf kleine Zettel, die er verteilte und als Gegenleistung unerbittlich Sangeslust einforderte. Wilhelm wohnte am Stadtrand und fuhr täglich zweimal eine Strecke von 15 Kilometern mit dem Fahrrad, und das bei fast jedem Wetter. Von Frühsommer bis Herbst führte er immer einen prallen Rucksack mit sich. Zog ein Gewitter auf, war er es, der als Erster am Firmament einen hellen Streifen entdeckte. Es verging kaum ein Tag, an dem Wilhelm nicht in der Pause seine Warenkollektion auspackte. Typisch für ihn war, dass er sich stets die Hände an seiner Arbeitshose abwischte, ehe er eine von seinen Früchten auspackte. Und die Folge der Erträge war Jahr um Jahr dieselbe, erst Erdbeeren, dann Knorpelkirschen und Kornäpfel, später Pflaumen, hin und wieder ein Sträußchen Petersilie und schließlich lagerfähige Äpfel und Birnen. Alles aus seinem Garten. Ein Grundstück, das er nebenher bewirtschaftete. Auch Eier bot Wilhelm an, Eier vom eigenen Hühnerhof. Und Weihnachten verkaufte er Gänse und Kaninchen, die begehrt waren und die man bei ihm rechtzeitig vorbestellen musste. Möglichst im Mai, wenn man in den Kreis seiner Kunden aufgenommen werden wollte. Selbst bis zum Büro der Betriebs-Parteileitung hatte sich Wilhelms Früchtesortiment herumgesprochen, sodass der Parteisekretär regelmäßig seine Vorzimmerdame zum Kollegen Busch schickte, um die reservierten Eier und das bestellte Obst abzuholen. Ärger hatte es nur einmal gegeben, als Wilhelm die Eier in die *MiNNa* eingewickelt hatte, so die Kurzform für die »Mitteldeutschen Neuesten Nachrichten«, das Presseorgan der National-Demokratischen Partei Deutschlands, eine von den Blockparteien, und der Sekretärin des Parteisekretärs das nicht aufgefallen war. Seither transportierte Wilhelm eigens für den Parteisekretär die Eier in einer neutralen Plastikverpackung, deren Aussparungen für den Eiertransport allesamt genormt waren. Wilhelm, dem es nicht in den Sinn käme, sein sächsisches Idiom zu verbergen, hatte seinen Lapsus auf seine Art weggesteckt. »Grischdor äb'n Einheitseier, dor Parteier«, erheiterte Wilhelm die Runde.

Wenn, mutmaßte Jesse, Wilhelm die Blockzeitung las, dann lag es nahe, dass er nicht unbedingt mit der SED sympathisierte. Ihn kümmerte die Parteidisziplin sicher nicht. Also könnte er durchaus gewillt sein, den Aufruf zu unterschreiben.

Ich muss die *Forum*-Leute um Geduld bitten, nahm sich Jesse vor. Ohne Plan und vor allem unbedacht kann ich nicht losgehen, sonst bekomme ich eher mehr Schwierigkeiten als mir lieb sein kann. Heute ist heute, und morgen ist morgen. Ich bin ein lausiger Anfänger in Sachen Verschwörung. Das wird jeder verstehen, verstehen müssen. Auch Katja.

Aber darum sorgte sich Jesse im Moment nicht. Katja hatte ihm quasi bereits am Tag zuvor Absolution erteilt. Doch wollte er sie auf keinen Fall enttäuschen und bald schon so viele Unterschriften wie möglich abliefern. Morgen kann es besser laufen, bestärkte er sich, morgen könnte meine Unterschriftenliste anwachsen und übermorgen und so weiter. Doch heute ist erst einmal die Aktion auf der Fußgängerbrücke angesagt. Ich werde das Transparent aufrollen und es am Geländer festmachen, ehe die anderen überhaupt zum Zuge kommen. Die Leute in den vorbeifahrenden Autos und die auf der Straße werden die Aufschrift lesen und uns auf der Brücke zuwinken. Katja wird mich fest umarmen, und Andi und Lorenz werden mir auf die Schulter klopfen.

Ohne es zu merken, hatte Jesse einen Schritt zugelegt und fast die ganze Strecke von Rainers Haus bis zum Stadtzentrum zu Fuß hinter sich gebracht. Am Ende der Wintergartenstraße lag bereits das Gebäude des Hauptbahnhofs vor ihm, das aus zwei gleichgroßen grauen Reisetempeln bestand, die durch einen Mittelbau miteinander verbunden waren. Der Vorplatz war wie immer voller Menschen. Straßenbahnen trafen aus verschiedenen Richtungen ein und bildeten gelbe Schlangen. Es war, als hätten die Menschen an diesem Nachmittag ihre Gangart verlangsamt, als wären sie von einem seltsamen Phlegma ergriffen. Auch die Bahnen warteten länger, ehe sie ihr Abfahrtssignal ertönen ließen. Es schien, als lastete eine Schwere auf den Menschen, die ihre Ursache nicht allein im schwindenden Tageslicht und bevorstehenden Wechsel der Jahreszeiten hatte.

Jesse sah sich nach der Stelle um, an der es ihm am Montagabend gelungen war, dem Zugriff der Uniformierten zu entkommen. Er spürte sofort wieder den Schlag auf den Kopf und griff reflexartig nach der Wollmütze, die er, um dem nasskalten Wetter zu trotzen, über dem Verband trug. Er zog sie sich tiefer ins Gesicht.

Über die dreispurige Straße rollte der Autoverkehr, als wäre er hier nie zum Stehen gekommen. Der Ring war um diese Stunde befahren wie eh und je. Und doch wirkte es, als bewege sich die Autoschlange behäbiger als sonst.

Was der Blick nicht freigab und erst Tage später bekannt wurde, waren die Hundertschaften der kasernierten Volkspolizei, die wenig später das Stadtbild dominieren sollten. In den Seitenstraßen und im Hof des Hauptpostamtes standen LKWs mit graugrünen Planen über den Planken. Sie gehörten zu den Einsatzkräften, die aus der näheren Umgebung zusammengezogen worden waren. Auch unter diesen herrschte pure Anspannung. Ein Teil der Einsatzkräfte lief in Zivil, ein anderer in Uniform bereits seit Stunden im Stadtgebiet Streife. Ein dritter hielt sich in Befehlsbereitschaft.

Seit den Mittagsstunden waren die Polizeikräfte im Einsatz. Ihr Augenmerk galt vorrangig dem Umfeld der Nikolaikirche. Hier patrouillierten sie, lösten Ansammlungen von wenigen Personen auf, trieben Menschen über den Platz und nahmen jene, die nicht schnell genug waren, fest. *Zuführen* hieß das in ihrem Sprachgebrauch und bedeutete, Menschen aus dem Blickfeld zu schaffen, sie auf LKWs zu verladen, sie abzutransportieren und in Gewahrsam zu nehmen. Bei all dem hielten die Uniformierten ihre Hunde und Gummiknüppel im Anschlag.

Die Friedfertigkeit, die jetzt noch über dem Platz lag, war trügerisch. Es war, als würden die Tramfahrer heftiger als sonst die Bremsen betätigen, um das Klingeln ihrer Straßenbahnen wie Notrufe ertönen zu lassen.

Auch für Jesse war die Anspannung deutlich zu spüren. Nur noch 400, 500 Meter trennten ihn vom Treffpunkt, an dem er beweisen musste, dass er mehr als ein bloßer Beobachter des Geschehens war.

Den Menschen, die ihm auf dem Platz vor dem Bahnhofseingang entgegenkamen, war die Bedrückung anzusehen. Ihre Gesichtszüge griffen der zunehmenden Dunkelheit vor. Mütter zogen ihre Kinder hinterdrein, als stünde ein Gewitter bevor. Und Väter trugen ihre Nachkommen, die ihre ersten Schritte lange hinter sich hatten, auf dem Arm, geschwind, als wäre für die Schulkinder längst Schlafenszeit.

Die Eindrücke, die auf Jesse einströmten, ließen in ihm das Gefühl aufkommen, die Wirklichkeit auf einmal doppelt zu sehen. Zum einen war da die schleichende Apathie, zum anderen waren da Aufbruch und Hektik. Er steckte mittendrin. Und alles war neu für ihn. Er hatte den beständigen Kreislauf aus Schicht – Freizeit – Schicht verlassen. Neue Gerüche und Geräusche hatten die vergangenen Tage bestimmt. Seine Sinne fuhren Karussell. Doch plötzlich stoppte den Lauf eine Hand, die sich ihm auf die Schulter legte, und eine Stimme erreichte sein Ohr: »Mensch, Jesse, was machst du denn hier? Biste nich krank? Der Alte meinte, du seist auf'n Kopp gefallen.«

Obwohl gesetzlicher Feiertag war und der Arzt Jesse zwar Ruhe, aber keine Bettruhe verordnet hatte, beschlich ihn sofort ein schlechtes Gewissen. Er wusste, wie die Kollegen über jene dachten, die *Kasse* machten. Allen voran der Alte, der Meister, der nicht wusste, wem er die geplante Arbeit zuweisen sollte, wenn bei Schichtbeginn eine Maschine unbesetzt blieb. Denn jede Krankschreibung brachte die Erfüllung des Planes in Gefahr und konnte sich negativ auf die Höhe der Jahresendprämie auswirken.

Vor Jesse stand Edgar, der »schöne Eddi«. Er war tadellos rasiert, trug einen flachen, steingrauen Hut und einen bis oben zugeknöpften Übergangsmantel in derselben

Farbe. Er war bepackt – was ihn nicht daran gehindert hatte, Jesse die Hand entgegenzustrecken. Jesse nahm die Hand und fasste mit der Linken demonstrativ nach seiner Kopfbedeckung und hob den Mützenrand ein wenig.

»Oh, oh, oh«, staunte Edgar. »Siehst ja aus wie 'n russischer Partisan aus e'm Propagandafilm.«

Edgar – durchfuhr es Jesse nach dieser Begrüßung. Warum habe ich nicht an ihn gedacht? Edgar würde bestimmt der Erste sein, der unterschreibt, und damit die Unterschriftenliste der Kollegen aus der Schicht anführen.

Der Genannte trat ein Stück zurück, als könnte er ahnen, dass Jesse ihn gerade für eine Anführerrolle nominiert hatte, sodass mit einem Mal die schmächtige Frau an seiner Seite zum Vorschein kam.

»Meine Mutter«, stellte Edgar die Frau vor.

Und Jesse gab ihr höflich die Hand. Die Hand der Frau war kalt und fasste sich an, als fehlten ihr die Knochen. Schnell zog Jesse seine Hand zurück. Die Frau senkte den Kopf und verbarg ihre glasigen Augen.

»Es geht ihr nich gut«, erklärte Edgar mit Blick auf seine Mutter, die stumm neben ihm stand. »Aber se wollte unbedingt zu'n Markttaachen. Sie denkt immar noch, hier würde Erntedankfest gefeiert und der Tisch wäre prall gefüllt. Aber was Besondres war nich im Angebot. Äppel ham mer eingesackt, wie de sehn kannst. Nich wahr, Muttchen.«

Die verhärmt aussehende Frau nickte, und der schöne Edgar forschte inzwischen in Jesses Gesicht. »Willste ooch zur Nigolaigirche?«, fragte er. Und ohne eine Antwort abzuwarten, fuhr er fort: »Das würdsch mir an deiner Stelle abber überleschen. In'n Seidenstraßen sinn se offgereiht, de grün'n Minnas. Nich wahr, Minna. Sie heißt ooch Minna. Abber se versteht nich mehr viel. Nur manschma isse hellwach … Ein Glück, dass heute frei is, da kann ich mich wenigstens mal um se kümmern, mal mit ihr an de Luft gehn. In dem Heim, in dem se sonst is, hockt se den ganzen Tag in ihr'm Zimmer am Fenster und kommt nich raus. Abber du willst sicher weiter.«

»Schon, ja«, gab Jesse zu.

»Abber denk dran, geh nich zu nah an de Girche. Es wimmelt von Bullen. Man hört nischt Gutes.«

Die Verabschiedung von Edgar und seiner Mutter hatte Jesse rasch hinter sich gebracht. Die Überraschung, den schönen Edgar so fürsorglich und vor allem redselig zu erleben, saß tief. Bisher hatte sich Jesse über den Kollegen kaum Gedanken gemacht. Er galt als Aufreißer, als Frauenheld. Als einer, der nicht lange fackelte, bei dem die Fäuste locker in der Arbeitshose steckten. In der Kantine war er nicht selten der Mittelpunkt, wenn ihm Kolleginnen aus anderen Abteilungen ihren Nachtisch an den Tisch brachten. Für die Kranführerinnen in der Halle galt die Regel, Edgar immer zuerst zu beliefern oder die Behälter mit den Werkstücken, die er fertiggestellt hatte, vor allen anderen an den Haken zu nehmen, kaum dass er eine Losgröße beendet hatte. Edgar hasste Leerlauf. Jetzt nahm er seine betagte Mutter an die Hand und machte sich sogar Sorgen um ihn, Jesse, den er sonst eher übersah.

Jesse konnte Katja schon von Weitem auf der Fußgängerbrücke entdecken. Sie hatte sich mit dem Oberkörper über die Brüstung gelehnt und schaute dem Verkehr zu, der unter der Brücke hinwegfloss. Bunte Autoboote, in eine Richtung getrieben, im grauen Fluss der Straße. Neben ihr stand Lorenz. Er gestikulierte, als wollte er Katja auf etwas aufmerksam machen. Doch Katja schüttelte den Kopf. Gleichzeitig hievte sie eine rote Reisetasche auf das Geländer, die für die geplante Aktion viel zu auffällig war.

Rasch legte Jesse einen Schritt zu und nahm hastig die Treppe nach oben. Kaum auf der Plattform der Brücke angekommen, hatte ihn Katja entdeckt. Sie winkte ihm zu.

»Entschuldigt, ein Kollege aus meinem Betrieb hat mich aufgehalten.«

»Macht nichts, wir sind sowieso noch nicht komplett.«

Die Begrüßung des Trios war knapp ausgefallen. Jesse hatte Lorenz nur kurz und Katja etwas unbeholfen die Hand gegeben.

Lorenz' Gesicht hatte die Farbe verloren. »Wirklich, wir müssen das Ganze abblasen«, wandte er sich wieder an Katja. Verzweiflung lag in seiner Stimme.

»Was meinst du?«, spielte Katja den Ball Jesse zu.

Dieser sah Lorenz fragend an.

»Ich habe Katja gerade erklärt, dass es eine Schnapsidee von uns war, ausgerechnet am *Tag der Republik* unser *Forum*-Banner aufhängen zu wollen. An so einem Tag wie heute ist die Innenstadt voller Polizei und Stasileute. Wir sollten die Sache auf einen anderen Tag verschieben. Heute ist das Risiko einfach zu groß.«

Jesse zögerte mit der Antwort. »Wollen wir nicht auf Andi warten und dann entscheiden, ob oder ob nicht?«, schlug er vor. »Immerhin hat er sich die Sache einfallen lassen.«

»Ja, sollten wir«, stimmte Katja sofort zu und stellte die Tasche zurück auf die Betonfläche. Dann wandte sie sich von den beiden ab und sah erneut dem Verkehr auf der Fahrbahn zu.

»Hast du die Litze?«, erkundigte sich Jesse bei Lorenz.

»Sicher.«

»Wenn wir uns beeilen, sind wir in null Komma nichts wieder verschwunden. Vier Mann, vier Ecken. Katja und ich ziehen den Stoff straff. Andi und du, ihr macht das Transparent fest. Die Litze können wir ja schon mal zurechtschneiden und über die Breite des Geländers aufteilen. Dann geht es schneller.«

»Die Litze habe ich schon vorbereitet. Kein Problem. Aber wir hätten das Ganze mal in Ruhe üben sollen«, beharrte Lorenz und rührte sich nicht von der Stelle. »Hier oben geht Wind. Das Spruchband braucht sich nur zu verheddern, dann haben wir den Salat.«

Die Uhr der Kirche, die Katja im Blickfeld hatte, schlug viermal. Beim fünften Schlag wandte sie sich wieder Jesse und Lorenz zu: »Ich verstehe das nicht. Sonst ist Andi immer pünktlich.«

Die Enttäuschung in ihren Augen galt sowohl Andi, der nicht zur verabredeten Zeit auf der Brücke stand, als auch Jesse, der Lorenz' Zaudern Nahrung gab.

»Wir sollten nicht auf Andi warten. Wenn wir hier oben noch länger rumstehen, fallen wir erst recht auf. Hat jemand Zigaretten dabei? Wir sollten wenigstens so tun, als rauchten wir. Stehen Nichtraucher irgendwo rum, fallen sie immer auf.«

»Katja hat recht. Bei dem ungemütlichen Wetter hier rumzustehen, ist wirklich auffällig.«

Lorenz sah auf die Uhr, als wollte er Zeit gewinnen. Seit dem Glockenschlag war kaum eine Minute vergangen. »Fünf Minuten noch«, schlug er vor.

»Gut.« Katja drehte sich wieder um, und Jesse stellte sich neben sie. Als er sie mit seiner Schulter berührte, sah sie ihn an und zog ihre Stirn kraus. Ihre Unzufriedenheit vermochte sie nicht zu verbergen.

Dann ging alles auf einmal sehr schnell. Zwei Männer, ein gedrungener und ein hochgewachsener, beide in graublauen Anoraks und etwa Mitte 30, mit durchtrainierten Körpern und einheitlich kurz geschnittenen Haaren, standen plötzlich vor ihnen. Einer hielt eine Zigarette in der Hand und fragte, ob jemand Feuer hätte. Und während Lorenz den Kopf schüttelte und Jesse die Frage verneinte, hatte sich Katja blitzschnell nach der Reisetasche gebückt und sich im selben Moment einen Weg gebahnt. Ehe die beiden Männer reagieren konnten, war Katja, die Tasche unterm Arm, zum Ende der Brücke gerannt und hatte die Treppe Richtung Ringmessehaus nach unten genommen.

Sowohl Jesse und Lorenz als auch den beiden Unbekannten war die Überraschung anzusehen. Vier Augenpaare auf der Brücke und ein mit einem Teleobjektiv ausgerüsteter Fotograf im besonderen Auftrag hatten das kurze Schauspiel verfolgt.

Während der eine seine kalte Zigarette wie eine Attrappe in die Packung zurücksteckte, forderte der andere Jesse und Lorenz nach einem Moment des Schweigens auf mitzukommen. Erschrocken wichen die beiden zurück, bis sie das Brückengeländer im Rücken spürten.

»Was soll das? Wer sind Sie?«, fragte Lorenz mit angstgefärbter Stimme.

»Es geht um die Klärung eines Sachverhalts«, unterstrich der Hochgewachsene von beiden die Aufforderung.

»Wir bräuchten die Ausweise von Ihnen beiden«, ergänzte der andere und hielt die Hand auf. »Wir bitten nicht lang.«

»Das ist keine Antwort auf seine Frage«, versuchte Jesse Zeit zu gewinnen und schob demonstrativ seine Hände noch tiefer in die Hosentaschen. Gleichzeitig taxierte er mit einem Blick aus den Augenwinkeln die Möglichkeit, es Katja gleichzutun und auf der Stelle zu verschwinden. Er müsste nur Lorenz rechtzeitig ein Zeichen geben können. Ihn wollte er nicht hängenlassen.

Doch dieser tat nichts dergleichen, sondern nahm allen Mut zusammen. »Ich habe Sie gefragt, was das soll?«, wiederholte er stur. »Was haben wir mit Ihnen zu schaffen? Was wollen Sie von uns?«

»Sie wissen, was für ein besonderer Tag heute ist …?«

»Ja, Samstag«, fiel Lorenz dem Mann ins Wort, obwohl er längst wusste, worauf der Hochgewachsene hinauswollte.

»Heute feiert unsere Republik Geburtstag, und wir als brave Bürger feiern mit«, ergänzte Jesse spaßig im Unterstufenton. Doch keinerlei Regung kam über die Gesichter der Männer, die Jesse zur Rechten und Lorenz zur Linken in die Zange nahmen.

»Mitkommen!«, befahlen sie, und es war unverkennbar, dass sie einen Widerspruch nicht länger dulden würden.

Und einen Augenblick später ergänzte der Gedrungene, der nach der Besonderheit des Tages gefragt hatte: »Heute gilt eine erhöhte Sicherheitsstufe. Wenn Sie uns nicht folgen wollen, müssen wir Sie zwingen. Und das wird nicht angenehm für Sie, glauben Sie mir.«

»Keine Widerrede, basta«, bestimmte der Hochgewachsene. »Sie haben gegen das Versammlungsverbot verstoßen und dafür die Verantwortung zu tragen.«

»Wir haben uns hier getroffen«, erwiderte Jesse so unbedarft wie möglich.

»Eben, das ist es«, frohlockte der Basta-Mann, als hätten Jesse und Lorenz gerade ein Geständnis abgelegt. »Illegale Gruppenbildung, und das an einem strategisch relevanten Ort. Das wirkt strafverschärfend. Aber das wird Ihnen alles haarklein Ihr Vernehmer erläutern.«

»Und jetzt los, wir haben genug Zeit verloren«, ergänzte der Gedrungene.

»Einen Moment«, versuchte Jesse die aufgebrachte Stimmung zu dämpfen und sich gleichzeitig selbst zu beruhigen.

»Was ist noch?«, fragte der Wortführer unwirsch.

»Was noch ist?«, erwiderte Lorenz aufmüpfig und seine Stimme wurde fester. »Sagen Sie uns, wer Sie sind«, beharrte er. »Wodurch legitimieren Sie sich? Wie kommen Sie auf uns?«

Jesse sah, dass der hagerer, asketische Basta-Mann rot anlief. Da ihm die Lage auf der Brücke für ein Verschwinden wenig Aussicht auf Erfolg zu bieten schien, versuchte er seinerseits einzulenken: »Komm, lass, es wird sich aufklären, es muss sich aufklären«, wandte er sich Lorenz zu.

Doch kaum hatte Jesse den Satz ausgesprochen, gab der Gedrungene ein Zeichen, indem er den Arm nach oben streckte. Auf sein Kommando stürmten zwei Uniformierte auf die Gruppe zu. Die Uniformierten, junge Männer etwa in Jesses und Lorenz' Alter, trugen die ausgewaschenen Monturen von kasernierten Polizisten. Strapazierte Overalls, denen all die vergangenen Übungen anzusehen waren. Die neuen glänzenden Dienstmützen, die sich von der schlichten Kleidung abhoben, hatten sich beide tief ins Gesicht gezogen, sodass die Mützenschilde auf den Nasenrücken aufsaßen.

Es war nur ein kurzes Handgemenge. Ihrer Ausweispapiere entledigt, wurden Lorenz und Jesse von den beiden Zivilisten rabiat vorwärtsgestoßen. Statt der Treppe nahm das Sextett den Fahrweg für Rollstühle und Kinderwagen. Jesse hoffte, dass ihnen hier ein Rollstuhlfahrer oder noch besser eine Mutter mit einem breiten Zwillingskinderwagen entgegenkäme. Das könnte einen Stau erzeugen und ihnen die Gelegenheit bieten zu fliehen. Doch kam ihnen niemand entgegen. Auf dieser Seite der Brücke schien jede Fußgängerbewegung ausgestorben zu sein. Es war bedrohlich still. Nur die metallbeschlagenen Stiefelpaare der beiden Bereitschaftspolizisten waren zu hören.

Unten angelangt, gaben die Anorakmänner den Polizeischülern erneut ein Zeichen und beide griffen zu und flankierten sowohl Jesse als auch Lorenz zu einem unter der Fußgängerbrücke parkenden Mannschaftswagen.

Kaum waren Jesse und Lorenz übergeben, machten die beiden kehrt und schwangen sich betont sportlich über das Brückengeländer. Sie wollten keine Zeit versäumen und für Nachschub sorgen.

Einen Augenblick lang standen Jesse und Lorenz unschlüssig vor dem geöffneten Mannschaftswagen, dessen Plane nach oben geschlagen war, und blickten ins Dunkle.

»Los, los. Rein da! Hier wird nicht in der Gegend rumgeglotzt. Auf den Wagen! Los, hab ich gesagt«, befahl einer der Polizisten, der mit klatschenden Händen einen derben Takt vorgab.

Kaum hatten Jesse und Lorenz auf einer der am Rand angebrachten Pritschen Platz genommen, scheuchte sie der Polizist auseinander. »Jeder einzeln auf eine Bank! Wir sind hier nicht im Kino. Und Maul halten, verstanden!«

Es dauerte nicht lange und vor dem LKW tauchten die beiden Greifer von eben mit zwei Jugendlichen auf, die wie Zwillinge in gleichen Bluejeans und Parkas steckten.

Wieder klatschte der Polizist heftig in die Hände und gab seine Anweisungen. Als die beiden Jungs im Alter von Oberschülern dabei waren, den LKW zu erklimmen, riss er dem schmalsten von beiden von hinten die Kapuze vom Kopf und hielt ihm einen der Personalausweise, die ihm einer der Anoraktäger übergeben hatte, entgegen. Es machte dem Uniformierten sichtlich Freude, den Jugendlichen am Schlafittchen zu nehmen und sein gequältes Gesicht mit dem Foto auf dessen Personaldokument zu vergleichen. Dann ließ er von ihm ab, und die Jungs hatten sich gerade zu Jesse und Lorenz gesetzt, als ein anderes Anorakduo mit weiteren Festgenommenen auf den Lastwagen zukam.

Als es wenig später vor dem LKW ein Gerangel gab und sich bereits zwei Uniformierte an den Enden der Pritschen postiert hatten, um die Neuankömmlinge ins Innere das Wagens zu ziehen, überschlug sich die Stimme des Wachtmeisters und er bellte seine Kommandos über den Platz.

Binnen kurzer Zeit wurden immer mehr Menschen zugeführt. Junge und alte. Männer und Frauen. Angst saß in den meisten Augenpaaren. Und wer vor dem Wagen noch lautstark aufbegehrte, dessen Protest wurde im Wageninneren vom Schweigen aller überstimmt.

7

Längst hatte die Abenddämmerung eingesetzt, und es gab keinerlei Beleuchtung im Kastenwagen. Vor Abfahrt des LKW waren die Planen geschlossen worden. Nur schemenhaft konnten die Insassen des Pritschenwagens ihr Visavis erkennen. Manchmal drang durch eine undichte Naht Laternenlicht ins Innere und spiegelte sich auf den lackierten Kappen der Schirmmützen.

Wer zu den Ersten zählte, die festgenommen wurden, konnte anfangs noch einen Platz auf einer der Seitenbänke der Ladefläche finden. Die später Zugeführten mussten mit dem Boden vorliebnehmen. In den Kurven hielt sich Jesse an der Sitzfläche fest und stemmte sich gegen die Fahrtrichtung. Ein älterer Mann, der ihm zu Füßen hockte, hatte ihn schon einige Male angestoßen und sich jedes Mal dafür entschuldigt, bis der Schein einer Taschenlampe aufblitzte und eine Stimme »Ruhe!« befahl. Das Haar des Mannes, das konnte Jesse sehen, war dicht und grau, und in seinen Brillengläsern spiegelte sich eine Sekunde lang der Lichtstrahl der Lampe.

Nach gut zehn Minuten war jedem Ortskundigen klar, dass die Fahrt nicht zum Polizeipräsidium in die Beethovenstraße ging. Die Halte an den Ampeln waren immer seltener geworden. Auch das Fahrgeräusch, das kaum noch von Schaltvorgängen unterbrochen wurde, hatte etwas Monotones.

Bis zur Abfahrt waren für Jesse und Lorenz etwa anderthalb Stunden vergangen, die sie stumm auf dem zugigen LKW verbracht hatten. Die einzige Abwechslung bestand im Anwachsen der Zahl der Festgenommenen. Inzwischen hatte ein heftiger Regen eingesetzt und trommelte auf das Planendach. Ohne Schirme, denn diese hatte man ihnen abgenommen, standen die Neuen völlig durchnässt vor der Ladefläche und hievten sich nach oben. Gab es anfangs noch einzelne Proteste, wurde mit zunehmender Dunkelheit stillschweigend den Anweisungen der Uniformierten Folge geleistet.

An seinem Handgelenk trug Jesse nur eine einfache Armbanduhr, ohne beleuchtetes Zifferblatt. Doch war es ihm im Grunde gleichgültig, wie spät es war. Mit Lorenz konnte er jetzt keinen Blick mehr wechseln. Am meisten beruhigte ihn, dass Katja so plötzlich und umsichtig reagiert hatte. Er war sich sicher, dass nach der Ankunft alle auf dem Wagen ihre Kleidungs- und Umhängetaschen würden leeren müssen und die Uniformträger alles belastende Material sofort beschlagnahmen würden. Das Transparent konnte niemand bei Lorenz oder ihm finden. Jesse hoffte nur, dass Katja keinem anderen Festnahmekommando aufgefallen war. Allerdings verunsicherte ihn, dass er die angefangene Liste mit den Unterzeichnern des *Forum*-Aufrufs bei sich hatte. Es standen bisher nur sein Name und der von Rainers Nachbarn darauf. Das Deckblatt mit dem Text des Aufrufs hatte er zum Glück auf Rainers Küchenklapptisch liegen lassen. In Gedanken durchforschte er seine Kleidung und war sich sicher, da dürfte nichts sein, was ihn verdächtig oder gar angreifbar machte.

Mit einem Mal verlangsamte der Fahrer das Tempo, er fuhr Schritt und zu hören war, wie ein Tor geöffnet wurde. Der Wagen begann zu schwanken. Die Insassen hatten Mühe, nicht von den Pritschen zu rutschen.

Einzelne hielten im Schutz der Dunkelheit nicht länger an sich. »Eh, was soll das?« – »Wohl verrückt geworden!« – »Viehtransport, was!«, protestierten sie. Was sofort das zweisilbige Polizeideutsch hervorrief: »Schnauze!« Damit war erneut die Tonart gesetzt. Es war Samstagabend. *Sportschau*, Feierabendbier und das weitere Abendprogramm fielen für die uniformierten Familienväter aus. Seit Wochen schon galt für sie der Modus *Erhöhte Einsatzbereitschaft*, was in der Konsequenz nichts anderes als 24-Stunden-Dienste und Urlaubssperre bedeutete.

Zwei Mann vor Ort, die den Lastwagen in Empfang genommen hatten, rissen die Haken aus der Verriegelung, lockerten die Planen und klappten den Laderaum auf. Zuerst sprangen die Uniformierten ab und postierten sich zu beiden Seiten des LKW. Das war ein Spalier, das Jesse an den vergangenen Montag erinnerte und auf das er gern verzichtet hätte.

Der vom Regen aufgeweichte Boden dämpfte den derben Tritt der Stiefel, auch die Kommandos klangen in dem von Baumwuchs und Stallungen umgebenen Terrain weniger hart. Diszipliniert stiegen die Zugeführten nacheinander vom LKW ab. Ihnen war die Verunsicherung anzusehen. Jesse zählte 38 Personen. Die meisten sahen sich misstrauisch um. Paare rückten zusammen. Wer bis jetzt noch die Hoffnung gehegt hatte, seine Festnahme würde sich auf der Stelle aufklären lassen, verlor angesichts dieser einer Gerichtsbarkeit fernen Umgebung den Glauben daran.

An den Seiten parkten LKWs, deren Standlicht die Wege erhellte. Dennoch hatten die frisch Angekommenen Mühe, sich zurechtzufinden. Sie standen viel zu eng beieinander, um, als es hieß »Vorwärts!«, den Pfützen ausweichen zu können und den Pferdestall, in den sie getrieben wurden, mit trockenem Schuhwerk zu erreichen.

Es roch nach Stroh, doch in den Boxen standen keine Tiere. Hinter den Abtrennungen waren Menschen zu erkennen. Auf Geheiß der Uniformierten blieben die Neuankömmlinge am Eingang stehen. Mit einer bloßen Handbewegung wurde die Gruppe geteilt und die Männer hatten sich auf der einen und die Frauen auf der anderen Seite aufzustellen. In Zellophanbeutel, die ausgegeben wurden, hatte jeder seine Taschen auszuleeren. Umhängetaschen und Einkaufsbeutel mussten auf einem Tisch abgestellt werden. Ein Polizist tastete die Kleidung ab, ein anderer schrieb die Namen auf und vermerkte, wem was gehörte.

Jesse war, von Lorenz getrennt und gemeinsam mit dem grauhaarigen Mann, der kurz zuvor zu seinen Füßen gesessen hatte, in Richtung einer Pferdebox, die schon mit 20 oder mehr Mann besetzt war, geschoben worden.

»Wir sind voll«, klang es ihnen entgegen.

»Schnauze!«, kam es zurück.

Der Wachhabende drängte Jesse und den älteren Mann, die an der Tür des Verschlags stehen geblieben waren, hinein und verriegelte hinter ihnen die Gittertür. Es entstand ein Gerangel in der nur schwach beleuchteten Box. Die Neonröhren unterm Dachfirst surrten wie Fliegen. Jesse kam es vor, als wäre er in eine überfüllte Straßenbahn zugestiegen. Nur dass sich die Plattform nicht bewegte und es hier keine Abfahrt und auch keinen Ausstieg gab. Noch wusste er nicht, dass es Stunden dauern sollte, ehe sich die Reihen lichten würden und auch er zur Vernehmung gerufen wurde.

Jesse, der mit dem Rücken zur holzverkleideten Tür stand, die – ebenso wie die Zwischenwände – nur im oberen Bereich vergittert war, bot dem grauhaarigen Mann seinen Platz an. Dieser war froh, dass er sich anlehnen konnte. Doch schon einen Augenblick später erfasste ihn die Unruhe und er spähte entlang der vergitterten Türoberkante nach seiner Frau.

»Ob die Frauen auch hier im Stall sind?«, fragte er leise in die Runde.

»Sind sie«, bestätigte eine Männerstimme, und eine andere Stimme ergänzte: »Warum solls den Weibern besser gehn.«

Der kurze Wortwechsel reichte aus, dass einer der Wachhabenden mit dem Stiefel gegen den Verschlag trat und »Ruhe da drin!« brüllte.

Gern hätte Jesse gewusst, aus welchen Gründen man die anderen Männer hier festhielt. Soweit er das feststellen konnte, schien der Grauhaarige, mit dem er gekommen war, der Älteste in diesem Gewahrsam zu sein. Ihm gegenüber stand ein Mann um die 40 im hellen Trenchcoat, der mit den Fingern nervös die Knopfleiste seines Mantels hoch und runter fuhr. Es sah aus, als würde er permanent alle Tasten eines Aufzugs drücken, voller Unruhe, ob es nach oben oder nach unten ging.

In der Box war es warm; das war für den Moment das einzig Gute. Aber die Wärme sollte bald zur Belastung werden. Die Männer litten Durst. Viele hatten seit Stunden nichts zu sich genommen. Der Mann im Trenchcoat zog aus seiner Tasche eine Packung Pfefferminzdragees und reichte sie in die Runde. Einige nickten, andere murmelten einen Dank. Fast alle bedienten sich. Frischer Atem kam auf.

Dann pfiff plötzlich einer die Erkennungsmelodie der *Tagesschau*. Es war 20 Uhr.

»Guten Abend, meine Damen und Herren«, sprach mit verstellter Stimme leise ein anderer. »Hier im Kabuff sind nur Männer, du Idiot!«, zischte einer dazwischen. Sofort hieß es wieder: »Ruhe!«, und abermals bekam der Verschlag einen Stiefeltritt. Woraufhin alle zurück in Schweigen verfielen.

Nach etwa anderthalb Stunden im Stehen spürte Jesse schmerzhaft, dass ihm die Bewegung fehlte. Mehrmals schon hatte er die Schulter gehoben und gesenkt und sein Gewicht von einem Bein auf das andere verlagert. Für größere Bewegungen fehlte der Platz. Taub fühlten sich mittlerweile seine Füße an und der Rücken schmerzte.

»Los raus, Essen fassen!«, schrie plötzlich einer der Wachmänner über den Mittelgang des Pferdestalls, und es klang für Jesse wie eine Erlösung. Bewegung kam in die zusammengepferchte Menge. Die Tür des Verschlages wurde geöffnet.

»Raustreten, aber einzeln!«

Eine Gruppe Uniformierter stand bereit. Auf einem Wagen, der von zwei Mann herangeschoben wurde, stand ein Teekübel, aus dem sich jeder eine Kelle voll in einen Pappbecher schöpfen durfte. Ein dritter, der über ein Tablett mit Bockwurst und Brötchen wachte, teilte mit gönnerhafter Geste jedem eine Portion zu. Als einer nach Senf fragte, hieß es nur: »Wir sind hier nicht im Interhotel!«

Wie Jesse sehen konnte, waren in den Boxen gegenüber Frauen untergebracht. Sie drängten sich an die Verschläge. Einer der Uniformierten grinste und sagte zu seinem Genossen: »Denen werden wir die Wurst wohl in Scheiben schneiden müssen.«

Scheißbullen, dachte Jesse. Da er vorn stand, war er als einer der Ersten drangekommen. Er nahm sich Zeit, in die

Box zurückzukehren, und hüpfte auf der Stelle, so wie er es von seinem Vater kannte, bei einer Rast nach einer langen Autofahrt. Aber kaum war er den Uniformträgern auffällig geworden, stießen sie ihn in die Box zurück.

Die Abwechslung hatte die Situation der Eingesperrten in der Pferdebox etwas entspannt. Auch kam wieder Hoffnung auf, bald hier rauszukommen.

Der Mann im Trenchcoat hatte sich in der Box angeschmiert und versuchte, mit Taschentuch und Spucke den hellen Mantel zu säubern. Die Männer ringsum belächelten das Schauspiel, auch Jesse musste grinsen.

Als Erster wurde der Grauhaarige zur Vernehmung geholt. Etwa eine halbe Stunde später war Jesse dran. Inzwischen hatte es bei den Polizeikräften im Lager eine Ablösung gegeben. Junge Männer, die den Militärdienst bei der Polizei ableisteten, waren an die Stelle der Dienstalten getreten. Als er, flankiert von zwei Bereitschaftspolizisten, aus dem Pferdestall trat, blendete ihn ein Scheinwerfer. Betrieben von zwei Notstromaggregaten, die so viel Lärm machten wie eine Moped-Gang, leuchteten vier oder fünf Strahler das Gelände bis in den kleinsten Winkel aus. Vor dem LKW standen Hundeführer, die ihre trainierten Tiere im Zaum hielten. Eine falsche Regung seinerseits hätte genügt, sie von der Leine zu lassen.

In der Baracke, in die Jesse geführt wurde, saß ein Mitarbeiter des Ministeriums für Staatssicherheit im Range eines Oberleutnants hinter einem Schreibtisch und bedeutete Jesse ohne aufzublicken, ihm gegenüber Platz zu nehmen. Jesse ließ sich dankbar auf dem bereitstehenden Stuhl nieder.

Der Mann, dessen Gesichtsfarbe fahl war, als hätte er tagelang zu wenig Schlaf bekommen, hatte keine Eile, was

Jesse im Moment nur recht sein konnte. Er genoss es, sitzen zu können und bestätigte wortkarg die Angaben zu seiner Person, die der Mann betulich der Schreibmaschinentastatur anheimgab.

»Aufstehen!«, schrie plötzlich der Offizier, nachdem er aufgeblickt hatte, und sah Jesse wütend an. »Sind Sie wahnsinnig, Mann, hier Ihre Mütze aufzubehalten? Keine Kinderstube, was?«

Jesse war aufgesprungen und hielt sich an der Stuhllehne fest. »Die Mütze schützt meinen Verband. Ich muss mich normalerweise schonen, sagt der Arzt. Das, was Sie hier machen, ist unmenschlich.«

»Raus, raus, raus. Ich vernehme Sie erst wieder, wenn Sie normal sind, junger Mann. Und kommen Sie mir nicht mit unmenschlich; unseres ist das menschlichste System auf deutschem Boden.«

Auf Kommando standen zwei Bereitschaftspolizisten im Raum und fassten Jesse hart an.

»Moment«, sagte dieser. »Ich habe mir nichts zuschulden kommen lassen. Ich bin krankgeschrieben und verlange ärztliche Betreuung.« Dabei zog er sich die Mütze vom Kopf. Beim Anblick des Kopfverbandes wichen die jungen Polizisten ein Stück zurück.

Der Oberleutnant wies wieder auf den Stuhl und gab den Polizeischülern gleichzeitig einen Wink, sich draußen bereitzuhalten.

»Sie sind also krankgeschrieben. Aber um die öffentliche Ordnung und Sicherheit zu stören, sind Sie offenbar gesund genug?«

»Ich habe niemanden gestört, im Gegenteil. Außerdem wurde mir keine Bettruhe verordnet. Ich habe einen Freund getroffen, nichts weiter.«

»Einen Freund, soso.« Der Vernehmer machte eine Pause. »Sie würden mir doch zustimmen«, fuhr er fort, »wenn ich sage, Freunde besucht man hin und wieder oder schreibt ihnen eine Geburtstags- oder Urlaubskarte.«

Jesse erschrak und atmete für einen Moment viel zu schwer. Er musste an Rainers Wien-Karte denken. Ob sein Gegenüber davon wusste?

»Stimmen Sie mir zu oder nicht?«, forschte dieser.

»Doch schon, ja.« Jesse nickte.

»Ihr Freund, mit dem Sie sich, wie Sie sagen, getroffen haben, wann haben Sie ihm das letzte Mal eine Postkarte geschickt?«

»Das weiß ich nicht mehr, das ist lange her«, schob Jesse die Frage von sich und war erleichtert, dass der Schreibtischmann nicht auf Rainer zu sprechen kam.

»So, das ist lange her, sagen Sie. Und wohin haben Sie die Karte geschickt?«

»Na, ans Studentenwohnheim, wohin sonst?« Jesse war froh über den Einfall.

»Anders gefragt: Was wissen Sie über Ihren Freund?«

»Er ist Student eben. Arbeiter und Intelligenz, das passt doch gut.« Im selben Moment dachte Jesse, dass sich der Mann jetzt gefoppt fühlen müsse.

»Halten Sie andere nicht für blöd. – Herr Wöhrmann hat übrigens schon gestanden.«

Also Wöhrmann heißt Lorenz mit Nachnamen. Das hätte mich hier niemand fragen dürfen. Erleichtert lächelte Jesse.

»Das Grinsen wird Ihnen schon noch vergehen.« Die Stimme des Vernehmers wurde schärfer. Ich habe handfeste Beweise dafür, dass Sie sich am Volkseigentum vergangen haben.«

»Ich?«

»Ja, Sie!«

»Wie meinen Sie das: vergangen?«, fragte Jesse erstaunt. Vor seinem inneren Auge lief indes ein Fließband ab. Es sah aus wie das in der samstäglichen Rudi-Carrell-Show, die er sich als Halbwüchsiger im Fernsehen angeschaut hatte, wenn er mit seiner Mutter allein war. Auf Jesses Laufband lagen alle möglichen Schrauben, Unterlegscheiben, Muttern, die er irgendwann einmal in seine Arbeitshose gesteckt und für den Bau von Lautsprecherboxen oder Regalen oder die Fahrradreparatur verwendet hatte. Auch ein Stahllineal fuhr vorbei und ein Löffel aus der Kantine, der in seinem Werkzeugschrank lag.

»Ich denke, Sie wissen, wovon ich spreche?«

»Weiß ich nicht«, wehrte Jesse ab.

»Dann sehen Sie mal her.« Der Mann stieß sich mitsamt dem Stuhl ein Stück vom Schreibtisch ab und zog das Schubfach auf. »Und das«, fragte er und legte ein Knäuel Kupferkabel auf den Tisch, »ist das etwa kein Volkseigentum?«

»Das sehen Sie doch«, verteidigte sich Jesse, »das kommt nicht von der Rolle, das sind Reste, Abfall.«

»Sie geben also zu, dass Sie diese Kupferlitze kennen.«

»Ich gebe zu, dass ich diese Litze für Abfall halte, ja. Aber was soll das Ganze? Was wollen Sie mir anhängen?«

»Ihr Freund Wöhrmann«, verkündete der Vernehmer mit Genugtuung. »Ihr Freund Wöhrmann sagte aus, dass er das Zeug von Ihnen habe.«

»So, sagt er das?« Jesse tat erstaunt. Gleichzeitig durchfuhr ihn der Gedanke, dass Lorenz natürlich keine plausible Erklärung dafür hatte, woher er, als Student, Kupferlitze haben sollte, wollte er nicht seinen Vater hineinziehen, in dessen Garage er das Material entdeckt und an sich genommen hatte. Jesse wollte Lorenz nicht verpfeifen, doch wusste er nicht, wie er sich selbst aus dieser Kupferdrahtschlinge herauswinden sollte.

»Buntmetall – das sagt Ihnen doch was? Und Sie wissen auch, dass unser Staat das meiste davon exportieren muss. Um Devisen zu sparen, muss es recycelt werden. Aber was uns viel mehr interessiert, was wollten Sie oder Ihr Freund Wöhrmann damit? Niemand trägt Samstagabend diese kleingeschnittenen Kabelstücke mit sich herum.«

»Es war Nachmittag, als man uns ohne jeden Grund festgenommen hat.«

»Sie haben die öffentliche Ordnung gestört. Aber dazu kommen wir noch. Jetzt möchte ich, dass Sie mir einfach meine Frage beantworten.«

»Ich will darüber nicht reden. Das verstehen Sie doch sowieso nicht.«

»Da irren Sie sich«, lenkte der Vernehmer plötzlich ein. »Unsere Aufgabe ist es gerade, Zusammenhänge herzustellen, die sich auf den ersten Blick nicht erschließen. Reden Sie, ich höre Ihnen zu.«

Jesse rutschte auf seinen Stuhl hin und her. Irgendeine plausible Erklärung muss sich doch finden lassen, hoffte er. »Es sollte ein Geschenk werden …«

»Ja, und …? Und wie verhält es sich mit Herrn Wöhrmann?«

»Ich will daraus Schmuck herstellen, Kupferschmuck. Für meine Freundin. Bei Herrn Wöhrmann hatte ich das Material nur versehentlich liegen lassen, im Wohnheim. Er war so nett und hat es mir mitgebracht«, log Jesse.

Das Gesicht des Mannes wirkte mit einem Mal noch farbloser. Mit rascher Geste strich er das Kabelknäuel zurück in das Schubfach, das noch immer offen stand. Danach rückte er wieder an seinen Platz zurück und damit auf Jesse zu. Einen Moment lagen seine Hände auf der Schreibtischplatte. Er betrachtete sie, als seien sie etwas völlig Fremdes. Unverwandt zog er sie zurück und verbarg sie in seinen Sakkotaschen.

Unbehagen beschlich Jesse. Das wird noch nicht alles gewesen sein. Der andere, mutmaßte er, sortierte gewiss die Armee seiner Argumente neu.

Und tatsächlich schnellten die Hände des Vernehmers wieder vor, als hätte er ein zweites Paar unterm Tisch verborgen gehalten. In einer Hand hielt er ein Blatt Papier, in der anderen einen Kugelschreiber. »Hier, schreiben Sie auf, warum Sie die öffentliche Ordnung gestört haben.«

»Aber, ich …«

»Keine Widerrede! Schreiben Sie alles auf. Warum waren Sie im Stadtzentrum, obwohl Sie, wie Sie sagen, krankgeschrieben sind, was wollten Sie dort? Was oder wer hat Sie dazu veranlasst? Jedes Detail und nichts auslassen!«

Der Mann hatte sich erhoben und seinen Platz am Schreibtisch verlassen. Er trat auf Jesse zu und breitete Schreibzeug und Papier vor ihm aus. »Wenn Sie nicht kooperieren wollen, schicke ich Sie zurück in den Pferdestall. Und Sie schmoren dort als Letzter. Darauf können Sie Gift nehmen!«

Kaum dass der zivile Leutnant an seinen Platz zurückgekehrt war, spannte er zwei neue Bögen in die Schreibmaschine ein, zwischen die er vorsorglich ein Blatt Kohlepapier gelegt hatte, und postierte sie unter dem Schlitten. Es war ein Geräusch, als lade er ein Jagdgewehr.

Jesse allerdings hatte noch keinen Strich getan. Das Stochern seines Gegenübers in der Tastatur vermochte ihn kaum anzuspornen. Er grübelte, was er schreiben sollte.

Von Katja kein Wort. Aber was wird denen bekannt sein? Ich muss daran festhalten, dass ich mich allein mit Lorenz, also mit Herrn Wöhrmann getroffen habe, um den Bauernmarkt zu besuchen. Und genau das schrieb er in drei knappen Sätzen auf und reichte das Blatt dem Vernehmer.

»Ihre Unterschrift!«, zischte dieser und gab das Blatt, nachdem er es mit einem kurzen Blick gemustert hatte, zurück.

Nachdem Jesse unterschrieben hatte, rief der Oberleutnant die vor der Tür postierten Bereitschaftspolizisten herein. »Abführen!«, befahl er, und ehe sich Jesse versah, fand er sich im Pferdestall wieder. In den Duft von Stroh hatten sich die Ausdünstungen der Insassen gemischt. Ein strenger Geruch, der Jesse unangenehm entgegenschlug. Nur flach atmen, nahm er sich vor. Und ihm fiel ein, dass er irgendwo gelesen hatte, dass Angst zu riechen sei.

»Müssen Sie Ihre Notdurft verrichten?«, fragte eine halbe Stunde später einer der jungen Beamten, der sonst am Eingang der Halle saß, dort, wo alle ihre Taschen abzugeben oder zu entleeren hatten. Sein Ton klang besorgt.

Richtig, dachte Jesse. Eine gute Frage. Er sah auf die Uhr, es war elf Uhr. Vor sieben Stunden war er das letzte Mal pinkeln gewesen. »Ich müsste …«, stockte er.

»Klein oder groß?«, kam es zurück.

»Nur klein.« Die Situation war ihm peinlich.

Wiederum flankiert von zwei jungen Polizisten, die sich im Dickicht vor der Baracke etwa drei, vier Meter von ihm entfernt hielten, urinierte Jesse. Beinahe vergnügt versprengte er erleichtert seinen warmen Urin in die Nacht, der dampfte wie in der Nähe die Hundeschnauzen.

In den Pferdestall zurückgekehrt, hielt er Ausschau nach Lorenz, doch konnte er dessen pausbäckiges Gesicht in keiner der Bretterboxen entdecken. Sicherlich gab es hier noch weitere Pferdeställe, die als Interimslager dienten, vermutete Jesse.

Zurück in der Pferdebox stellte er fest, dass sich die Zahl der Männer binnen weniger Minuten gelichtet hatte. Apathisch sahen ihn die vier Männer, die in der Box verblieben waren, an. Allein der Grauhaarige lächelte still.

Als hinter Jesse die Tür verschlossen war und sich die beiden Bereitschaftspolizisten entfernt hatten, fragte ihn der Grauhaarige: »Und, was wirft man Ihnen vor?«

Für einen Moment war Jesse verblüfft. Er zögerte die Antwort hinaus. Es war ihm unangenehm. Was sollte er sagen? Es gab eigentlich nichts, dessen er sich einem Dritten gegenüber hätte erklären oder gar schuldig bekennen könnte. Außer, er würde die Wahrheit sagen.

»Die öffentliche Ruhe und Ordnung, die hätte ich gestört, heißt es.«

»Und, haben Sie?«

Das Interesse des Grauhaarigen wirkte auf Jesse beklemmend. Was wollte dieser von ihm? Warum forschte er ihn aus?

»Ich habe mich mit einem Freund getroffen, nichts weiter!«, erwiderte er barsch. Aber schon einen Moment später bereute er die Schärfe seines Tons und fragte den Grauhaarigen versöhnlich nach dem Mann im hellen Trenchcoat.

»Der ist noch nicht zurück. Aber auffälliger ging's bei ihm wohl nicht.«

»Was meinen Sie?«, fragte Jesse irritiert.

Der Grauhaarige sah Jesse ungläubig an. »Sie wissen offenbar gar nichts«, stellte er fest.

»Aus Protest haben sich doch viele Leipziger auf dem Nikolaikirchhof versammelt und demonstrativ helle Kleidung getragen. Die Kleidung sollte optisch eine Verbindung zwischen ihnen herstellen und außerdem steht ein heller Farbton für Friedfertigkeit. Gleichwohl wollten sich diese Leute damit auch deutlich vom Stadtbild absetzen und von den Grünuniformierten natürlich.«

»Soweit ins Stadtzentrum sind mein Freund und ich gar nicht vorgedrungen, uns hat man gleich auf der Fußgängerbrücke festgehalten und mitgenommen.«

»Vielleicht hattet ihr Pech, und es stand noch jemand in der Nähe. Ab drei Personen heißt es: Gruppenbildung. Und da macht sich jeder verdächtig.«

»Und Sie? Was wirft man Ihnen vor?«

»Das ist es ja. Wir waren zu dritt. Meine Frau, meine Tochter und …«

»Ruhe!« Einer der Polizeischüler war vor den Verschlag getreten. Jesse und der Mann verstummten.

»Wird sich sicher aufklären lassen.« Flüsternd versuchte Jesse den Grauhaarigen zu beruhigen, nachdem sich der Uniformierte wieder entfernt hatte.

»Ärgerlich ist, dass sie meine Aktentasche konfisziert haben.«

Mit zusammengekniffenen Augen sah Jesse den Mann an. Was soll die Bemerkung, fragte er sich. Was hat es mit der Aktentasche auf sich? Jeder musste die Hosen- und Jackentaschen leeren. Und außerdem hatten sie allen die Umhänge- und Handgelenktaschen oder Einkaufsbeutel abgenommen. Richtig, erinnerte sich Jesse, eine Aktentasche thronte inmitten der anderen auf dem Tisch, hinter dem die Polizisten saßen, die alles aufgelistet hatten.

»Ich hatte in der Tasche«, begann der Grauhaarige erneut und wurde immer leiser, »Papiere, die nicht für fremde Augen …«. Der Mann bewegte nur noch den Mund, und

Jesse las die Worte »bestimmt waren« von dessen Lippen ab. Er musste sofort an seine Unterschriftenlisten für das *Neue Forum* denken.

»Was für Papiere?« Er gab sich Mühe, ahnungslos zu klingen.

Wieder musste er die Antwort von den Lippen des anderen ablesen. Etwas, was ihn der Maschinenlärm in der Werkhalle gelehrt hatte. »Ge-heim-pa-piere.«

»Echt?«, fragte Jesse im Flüsterton zurück.

»For-schung-ich-bin-in-der-For-schung.«

»Na und?« Jesse wusste damit nichts anzufangen. Er konnte sich nicht vorstellen, was für Papiere der Mann am Samstagnachmittag bei sich trug. Er hatte keine Lust, sich noch länger von ihm in ein Gespräch verwickeln zu lassen. Er winkte ab, als der andere den Mund öffnete, und wies mit einer Handbewegung hinter die Abtrennung, wo die Uniformierten standen. Ihm war das Redeverbot in dem Moment ganz recht.

Im selben Augenblick waren Schritte zu hören, der Verschlag der Box wurde geöffnet und der Mann im hellen Trenchcoat hineingeschoben. Ohne ein Wort trat dieser in die Mitte der Pferdebox. Nachdem sich hinter ihm die Tür geschlossen hatte, rutschte er förmlich in sich zusammen und ließ sich, ungeachtet seines hellen Mantels, auf dem schmutzigen Boden nieder.

Nach einer Sekunde der Verblüffung beugte sich Jesse zu dem Mann hinunter und fragte, ob ihm übel sei und er jemand rufen solle. Der Mann schüttelte den Kopf, und hinter seiner starken Brille verschwammen die Augen. Das Bild erinnerte ihn an die Black Mollys im elterlichen Aquarium, wenn diese mit ihren Köpfen an die Glaswand stießen. Ohne noch länger zu zögern, setzte er sich kurzerhand zu dem

Mann im Trenchcoat. Und auch die anderen Männer in der Pferdebox hielten nicht länger an sich und setzten sich ebenfalls auf die Strohlage über dem Steinboden. Stehen blieb für einen Moment allein der Grauhaarige, der auf Zehenspitzen noch einmal nach Frau und Tochter Ausschau hielt, ehe er sich ebenfalls niedersetzte. Doch kaum, dass er saß, wandte er sich dem Mann im Trenchcoat zu und fragte im Flüsterton, was die Situation vertraulich erscheinen ließ: »Wie war's? Was wollten die von Ihnen?«

Auch der Trenchcoat-Mann wich, wie schon Jesse, bei dieser Frage zurück. »Man hat mir gesagt: Staatsfeinde haben keinen Anspruch auf Rechtsstaatlichkeit! Genügt das?«

»Wegen Ihres … Aufzugs?« Der Grauhaarige ließ nicht locker.

»Wegen meiner Ansichten!«, gab der Mann im Trenchcoat zurück, lehnte sein Gesicht zur Seite. Für ihn war die Unterhaltung beendet.

Die Nacht war kühl und das schüttere Stroh auf dem Steinboden hatte sich längst in starre Halme verwandelt. Anfangs hatte Jesse noch jede halbe oder Viertelstunde auf die Uhr geschaut. Irgendwann hatte ihn dann ein flacher Schlaf übermannt. Doch es dauerte nicht lange, dann wurde von einem der jungen Wachhabenden die Tür der Pferdebox entriegelt.

»Zwei Mann raustreten!«, befahl er, »und mir folgen!«

Alle Männer hatten sich erhoben und jeder zögerte, dem Bereitschaftspolizisten gegenüber zu signalisieren, dass ausgerechnet er sich angesprochen fühlte.

»Ihre Sache«, sprach dieser und stemmte die Hände in die Hüften, »ob Sie weiter im Dreck sitzen oder mir folgen, um Stühle zu fassen.«

»Wir kommen mit!«

Während der Trenchcoat-Mann noch umständlich versuchte, die Schöße seines Mantels zu säubern, stand Jesse schon draußen. Beide folgten dem Uniformierten ans andere Ende der Halle. Auf dem Weg kamen ihnen Insassen anderer Boxen entgegen, die Stapel von Stühlen vor sich hertrugen. Unter anderen Umständen hätte man glauben können, es solle eine Festtafel bestuhlt werden – am *Tag der Republik*.

»Ist ja doch nicht wie in Chile«, bemerkte der, der vor etlichen Stunden den Tagesschau-Sprecher imitiert hatte, als Jesse und der Trenchcoat-Mann zurückkamen. Jeder trug drei Stühle für die Sechsergruppe in die Box und verteilte sie. Im Nu saßen alle. Die Kunststoffsitze der aus Stahlrohr bestehenden Stühle waren eisig.

Trotz der grellen Leuchtstoffröhren sahen die Männer den Oktobermorgen langsam aufkommen. Hinter dem flachen Fensterband, das die Seitenwände mit dem Dach verband, verlor sich allmählich die Nacht.

Jesse dachte an die Frühschicht, die gleich beginnen würde. Doch im selben Moment vertrieb den Gedanken einer der Uniformierten, der bereits im Gang des Pferdestalls laut Jesses Namen aufrief und ihm mit einer knappen Handbewegung bedeutete, aufzustehen.

Der Blick des Grauhaarigen blieb Jesse nicht verborgen. Doch stellte sich der Mann, dem Jesse nicht vertrauen mochte, sofort wieder schlafend.

In der Baracke, in der er vor Stunden schon einmal verhört worden war, musste Jesse auf dem Gang warten. Man ließ ihn diesmal nicht draußen stehen, sondern wies ihm einen Stuhl zu. Der Posten, der ihn begleitet hatte, war am Eingang stehen geblieben. Jesse sah sich um. Die ganze

Baracke schien aus Pressspanwänden zu bestehen. Der schmale Gang war mit rotbraunem Linoleum ausgelegt, das mit erdfarbenen Schuh- und Stiefelspuren übersät war. Links und rechts gingen Türen ab, die geschlossen waren. In das obere Drittel der beigefarbenen Türen waren Quadrate aus Milchglas eingefasst. Auffällig war, dass nur noch in zwei Räumen Licht brannte. Offensichtlich ging für alle diese Nacht dem Ende zu.

Das Zimmer, das sich ihm öffnete, kannte Jesse noch nicht. Aber es war genauso möbliert wie das, das er bereits hatte kennenlernen müssen. Der Vernehmer, der hinter ihm die Tür schloss und Jesse den Platz vor dem Schreibtisch zuwies, war ein anderer, aber vom selben Zuschnitt und mit derselben fahlen Gesichtsfarbe wie sein Vorgänger. Für Jesse blieb er ohne Namen.

Ich werde ebenso blass aussehen, war sich Jesse gewiss. Mehr als zehn Stunden hatte er mittlerweile in dem Pferdestall verbracht. Ihm brannten die Augen vor Müdigkeit. Gut, dass einem hier niemand einen Spiegel vorhält. Doch kaum hatte er das gedacht, hielt ihm der Vernehmer, der hinter ihm stehen geblieben war, eine Fotografie unter die Nase, die ihn, wenn auch unscharf, auf der Fußgängerbrücke mit Katja und Lorenz zeigte. Das Foto musste vom Ring-Messehaus am Ende der Brücke aufgenommen worden sein.

Jesse zwang sich, nicht tief Luft zu holen, und verbarg seine Überraschung, so gut er konnte.

»Das sind Sie doch! Daran gibt es keinen Zweifel.« Während er diese Worte sprach, hatte der Vernehmer ihm gegenüber Platz genommen. Er stützte beide Ellbogen auf. »Und wer sind die anderen?«, fragte er fordernd.

»Wie, die anderen?« Jesse spielte auf Zeit.

»Na, die anderen. Ist das Ihr Freundeskreis?«

»Kann ich das Foto noch mal sehen?« Jesse strapazierte sichtbar die Geduld seines Gegenübers.

»Bitte!« Mit lässiger Handbewegung schob der Leutnant der Staatssicherheit das Foto über den Schreibtisch.

Jesse griff danach und hatte nur Augen für Katja.

»Machen Sie mir nichts vor. Sie kennen das Mädchen.«

»Es stand nur dort und hat auf die Fahrbahn geschaut wie wir«, wehrte Jesse ab.

»So, und die Tasche?«, hakte der Vernehmer nach.

»Welche Tasche?«

»Die Tasche zu Ihren Füßen. Halten Sie mich nicht für blöd.«

»Die Tasche vor meinen Füßen …«, wiederholte Jesse langsam, und dann schneller: »Ja, die Tasche vor meinen Füßen … die muss dem Mädchen gehört haben. Es hat sie sich geschnappt und ist damit weggelaufen. Genau so war es.«

»Warum bestreiten Sie, dass Sie das Mädchen kennen? War es vielleicht gar nicht so harmlos wie Sie tun? War es am Ende ein konspiratives Treffen – dort auf der Fußgängerbrücke? Sie sollten wissen, dass ab drei Personen jedes Zusammenstehen als Gruppenbildung gelten kann; gerade an einem solch sensiblen Tag wie an unserem Republikgeburtstag.«

Der Vernehmer war voller Eifer. Sein Gesicht hatte an Farbe zugenommen. »Mit mir können Sie über alles reden.« Der Ton klang konziliant. »Im Grunde ist Ihnen ja nichts vorzuwerfen. Es ist ja nichts passiert.«

So ermattet und müde Jesse auch war, der Lockruf in der Stimme des Leutnants blieb ihm nicht verborgen.

»Sagen Sie, was war in der Tasche? Und warum ist das Mädchen so plötzlich auf und davon?«

»Ich weiß nicht, was in der Tasche war«, beharrte Jesse. »Ich habe sie angesprochen, als sie da am Geländer lehnte. Mehr war nicht. Leider.«

»Und was sagt Ihnen der Name Hans-Karl Neumann?«

»Neumann – ist das einer aus unserem Werk?«

»Neumann ist Genosse Neumann und uns bekannt als Hausbuchführer. Seine Adresse steht mit der Ihren auf einer Unterschriftenliste, die man bei Ihnen gefunden hat.«

»Gefunden ist gut, abgenommen hat man sie mir. Wie alles andere auch.«

»Junger Mann, seien Sie vorsichtig mit Ihren Kommentaren, meine Reizschwelle ist im Moment sehr sehr niedrig. Ich bin nicht zum Witzemachen aufgelegt. Schon gar nicht nach zwölf Stunden Dienst. Und das am Feiertag. Also, was hat es mit der Namensliste auf sich? Sollen wir den Genossen Neumann aus dem Bett holen und ihn befragen?«

»Das müssen Sie nicht.« Jesse versuchte ruhig zu bleiben. Angestrengt suchte er einen Punkt im karg eingerichteten Zimmer, einen Anker. Die Liste … wie könnte der Name von Rainers Nachbarn auf die Liste gekommen sein? An eine Ausrede hatte er schon vor Stunden gedacht.

Schließlich nahm er die Erklärung, die er sich zurechtgelegt hatte. »Die ganze Angelegenheit dürfte für die Polizei nicht weiter von Belang sein«, preschte er vielleicht eine Idee zu schnell vor. »Ist alles harmlos. Herr Neumann ist der Nachbar eines Arbeitskollegen und wollte für Weihnachten eine Gans bei einem anderen Arbeitskollegen von mir bestellen. Deshalb steht er auf der Liste. Er hat von unserem Hobbyfarmer gehört. Weil ich krankgeschrieben bin, habe ich die Bestellung noch nicht weitergegeben. Und mein Name steht darauf, weil ich bei der Gelegenheit auch gleich eine Gans bestellen wollte, um meine Eltern zu überraschen.«

Für einen Moment herrschte Schweigen. Dann erhob sich der Vernehmer und schaute hilflos auf Jesse herab. Es war, als hätte er an Form verloren. Seine Stimme klang dünn: »Gut, dann war's das für Sie, Herr Jesse. Ihre Aussage haben Sie ja bereits unterschrieben. Das ist sicher alles ein dummer Zufall. Aber denken Sie immer daran, Sie leben in einem Staat der Wachsamen. Das sind wir den Genossen, die für uns Nachgeborene ihr Leben ließen, schuldig. Und bei der Gelegenheit gebe ich Ihnen noch Grüße auf den Weg. Grüßen Sie mir Ihren Vater. Ein guter Mann. Ich kenne ihn von der Parteischule. Passen Sie auf sich auf und auf Ihren Umgang. Wir haben im Block A der Anlage eine Art Fundus eingerichtet. Man wird sie dorthin führen. Dort bekommen Sie Ihre Sachen zurück. Auch die Litze für Ihr Hobby. Viel Glück damit.«

Nur nicht zu schnell aufspringen, mahnte sich Jesse und erhob sich eher zu gemächlich.

»Ist noch was?«, fragte der Leutnant irritiert.

»Nein, nein. Ich bin nur total erledigt und will nichts weiter als in mein Bett.«

8

Jesse hatte fast anderthalb Tage durchgeschlafen, als er am Morgen des 9. Oktober, einem Montag, von den Geräuschen im Treppenhaus geweckt wurde. Das Ehepaar aus dem vierten Stockwerk trug, wie jeden Werktag, Punkt 6.30 Uhr gemeinsam seinen Kinderwagen nach unten. Danach hastete die Frau nach oben, um den Säugling zu holen. Wenig später drehten sich Schlüssel in Schlössern und klappten die Türen der Außenklosetts – das Haus erwachte.

Den Sonntag hatte Jesse glatt verschlafen und damit auch sein Vorhaben, sich am Nachmittag auf den Weg zum Büro der *Forum*-Leute zu machen, in der Hoffnung dort zuallererst Katja und zum Zweiten Lorenz zu treffen. Offenbar hatte der erste Vernehmer geblufft. Denn Lorenz konnte gar nicht gestanden und ihn belastet haben. Sonst wäre die Erklärung, die er abgegeben hatte, sicher null und nichtig gewesen.

Mit einem Blick auf die Uhr plante er die nächsten Stunden. Zuerst musste er nach Hause, um zu duschen und sich umzuziehen. Anschließend wollte er seine Mutter in der Kaufhalle anrufen und sie wissen lassen, dass er wohlauf war und sie sich keine Sorgen machen müsse. Möglicherweise hatte der Vater schon von seiner Festnahme und den Verhören erfahren.

Als er die schrille Stimme von Frau Kranz aus dem Erdgeschoss vernahm und die etwas piepsige von Frau Schwieler aus dem ersten Stock, fiel Jesse die Unterschriftenliste wieder ein. Der verschwindend geringe Bestand hatte sich noch nicht geändert. Aber es war ein Glück. Ein Name mehr – und Jesse hätte wohl so schnell kaum eine plausible Erklärung gefunden. Ein Glück, dass der Vernehmer nicht weiter nachgeforscht hatte, womöglich hätte am Ende auch noch sein Kollege Wilhelm alias Hans Busch Ärger bekommen. Denn wer weiß, ob dieser seinen Nebenverdienst angemeldet hatte.

Es war ein Genuss, das lauwarme Wasser in Strömen über den Körper laufen zu lassen. Doch die Dusche spülte die Gedanken nicht aus Jesses Kopf. Er scherte sich nicht darum, dass der Verband vor Nässe triefte. Er hatte heute den Arzttermin, dort würde er gewechselt oder, wie er hoffte, durch ein Pflaster ersetzt.

Die Sonne stand schon ziemlich hoch, als er frisch gestärkt in neuer Kleidung das elterliche Haus verließ, um sich in der Poliklinik zu melden. Den Sozialversicherungsausweis hatte er dabei, um die Krankschreibung nachträglich vom Arzt dokumentieren zu lassen. Obgleich Jesse nicht zu den notorischen Krankmachern zählte, würde er den Ausweis am nächsten Arbeitstag noch vor Schichtbeginn im Betrieb vorlegen müssen. Ein Blick des Meisters genügte, um ihn zu sich heranzubeordern. Manchmal vergab der Meister auch einen Schonplatz, wenn der, der sich wieder arbeitsfähig gemeldet hatte, doch nicht so gesund aussah. Schon deshalb wollte Jesse den Verband loswerden. Mit verbundenem Kopf würde ihn der Meister bestimmt zu den Entgraterinnen schicken, und er müsste den ganze Tag dort sitzen, dicke Lappen auf dem Schoß, und von den noch warmen planen Metallstücken den Grat abfeilen, damit sich bei der Weiterverarbeitung niemand daran verletzte.

Der Arzt, in dessen Sprechstunde Jesse schon nach wenigen Minuten aufgerufen wurde, empfing ihn wie einen guten alten Bekannten.

»Nun, wie geht es uns denn heute?«, bemühte er die Standardfrage der Mediziner, um dann im vertraulichen Tonfall nachzusetzen: »Eigentlich müsste ich Sie hierbehalten!«

Die Schwester hatte indessen den Verband entfernt und war dabei, Jesses Sozialversicherungsausweis abzustempeln.

Der Arzt schob eine Lampe, die einer Friseurhaube ähnelte, zu dem Hocker, auf dem Jesse saß, und schaltete sie ein.

»Wie, hierbehalten?«, fragte Jesse irritiert.

»Hierbehalten eben. Damit Sie den Kopf nicht ganz einbüßen.« Der Arzt tauschte kurz einen Blick mit der Sprechstundenhilfe und fügte dann leise hinzu: »Wir sind seit heute Morgen in Alarmbereitschaft und müssen uns auf einen langen Dienst einrichten. Alle Krankenwagen wurden vollgetankt, und in den Kliniken sind Blutkonserven bereitgestellt. Ich kann nur sagen, Sie müssen äußerst vorsichtig sein. Mit anderen Worten: Ich verordne Ihnen strengste Bettruhe. Wir verstehen uns?«

Ungeachtet der Warnung des Arztes hatte sich Jesse am frühen Abend auf den Weg zum Quartier des *Neuen Forums* begeben und sich mit Katja, die dort bereits auf ihn wartete, sofort auf den Weg ins Stadtzentrum gemacht. An der Straßenbahnhaltestelle hieß es, die Innenstadt sei dicht. Kurzerhand hatten sie eine Trambahnlinie gewählt, von der sie über die Westseite ins Stadtzentrum gelangten. Schon an der Thomaskirche fiel ihnen auf, dass der Platz vor der Kirche und die Straßen rings um den Kirchhof voller Menschen waren. Nur langsam kamen sie auf der Grimmaischen Straße voran. Trotz der Fülle an Menschen, die aus den Seitenstraßen Richtung Karl-Marx-Platz drängten, schwebte eine merkwürdige Stille über allem.

Katja hatte Jesses Hand genommen. Sie ging voran und bahnte ihnen den Weg. Er genoss es, von ihr geführt zu werden. Auch wenn sich damit gegenwärtig keine Gelegenheit bot, ihr von seiner Nacht im Pferdestall und den Vernehmungen zu berichten.

Auf dem Platz vor der Oper angekommen, rückten Jesse und Katja noch dichter zusammen, um sich zwischen den vielen Gruppen von Passanten nicht zu verlieren. Ihnen fiel ein Wortführer auf, der in der einen Hand ein Flugblatt hielt und in der anderen eine brennende Kerze. In deren Schein las er den Text des Flugblatts, so laut er konnte, vor:

Wir haben Angst … Angst um uns selbst … Angst um unsere Freunde … um den Menschen neben uns … und Angst um den, der uns da in Uniform gegenübersteht … Wir haben Angst um die Zukunft unseres Landes … Gewalt schafft immer nur Gewalt … Gewalt löst keine Probleme … Gewalt ist unmenschlich … Gewalt kann nicht das Zeichen einer neuen, besseren Gesellschaft sein …

Wir bitten alle: Enthaltet Euch jeder Gewalt!

Die Gruppe, die den Sprecher umringt hatte, begann zu applaudieren und ihr Klatschen wurde immer rhythmischer.

»Wir – sind – das – Volk! – Wir – sind – das – Volk!«, riefen sie, »Keine – Gewalt! – Keine – Gewalt!«

Anders als an dem Montag zuvor war mitten auf dem Platz der Stadtfunk eingeschaltet. Bruchstücke eines Aufrufes waren zu hören. Die Stimme mahnte zur Besonnenheit. Der Text war im Ganzen nur in der Nähe des Lautsprechers zu verstehen. Die Worte *friedlich, Sorge, SED, Dialog, Verantwortung, freier Meinungsaustausch* kamen darin vor und wurden Mensch um Mensch weitergegeben. Die Mahnung »Friedlich, bleibt friedlich, Leute!« machte die Runde. Und die Männer und Frauen, die bis eben noch nebeneinandergestanden hatten, rückten nun enger zusammen und formierten sich, bis sie sich in einem Marschblock wiederfanden.

Wieder kam der Ruf auf: »Schließt euch an!«

Wieder bildeten die Mutigen die ersten Reihen.

Wieder wurde die *Internationale* angestimmt, ein Lied, das in diesem Herbst an die Stelle der textlosen *Nationalhymne* getreten war.

Jesse erinnerte sich an eine lange zurückliegende Unterrichtsstunde im Fach Musik, in der die vom Belgier Pierre Degeyter komponierte Melodie als Tondichtung eines Sonntagvormittags vorgestellt wurde. Seit ihrem Entstehen hatte sie Heerscharen von Entrechteten zu mobilisieren vermocht, war aus der Melodie eine Hymne geworden, die den Sprachlosen eine Stimme gab, einen Imperativ, der an diesem Montag nach Eifer und Verwirklichung verlangte: *Auf zum letzten Gefecht!* Der Gesang verstärkte sich Reihe um Reihe, während die Formation vom Karl-Marx-Platz gen Wintergartenhochhaus entschlossen Schritt aufnahm.

Es rettet uns kein höh'res Wesen,
kein Gott, kein Kaiser noch Tribun
Uns aus dem Elend zu erlösen
können wir nur selber tun!

Nur wenige der Demonstranten kannten den Text aller Strophen, sodass der Kehrreim *Völker hört die Signale ...* wieder und wieder erklang. Und tatsächlich waren es die Völker, die der Stadt und des Umlands, die sich hier auf der mehrspurigen Straße zusammengefunden hatten. Ihnen gehörte die Straße, die sich auf den Grundfesten der ehemaligen Stadtmauern zu einem Ring formte: dem Volk der Arbeiter, dem Volk der Angestellten, dem Volk der Hausfrauen, dem Volk der Studenten, dem Volk der Männer, dem Volk der Frauen, dem Volk der Jugendlichen. Fast jeder von ihnen hatte bis eben noch zum Volk der Dulder gehört, zum Volk der Ja-Sager, zum Volk der Stillhalter, zum Volk der Zufriedengestellten.

Jetzt hatten Mann an Mann, Frau an Frau die Breite der Straße eingenommen und ließen sich nicht länger aufhalten. Jetzt waren sie *das Volk*. Kein bloßer Pulk von Leibern. Sie störten nicht die öffentliche Ordnung, sie schufen sie. Sie waren die Masse, ihnen gehörte die Fahrbahn, ihnen gehörte die Stadt. Schritt um Schritt kamen sie voran. Keiner brach mehr aus. Und sie riefen: »Wir sind das Volk!«

Und mit ihnen Katja und Jesse, beide Hand in Hand.

»Wir sind das Volk!«

»Wir bleiben hier!«

»Demokratie – jetzt oder nie!«

Nichts und niemand hielt die Menschen auf. Der Demonstrationszug zog wie eine Woche zuvor über den Georgiring. Aber diesmal erreichten die Demonstranten den Hauptbahnhof, überquerten die Straßenkreuzung Gerberstraße. An der Reformierten Kirche verbreiterte sich der Strom. Mensch um Mensch drängte hinzu. Weiter ging es, an der *Blechbüchse*, dem Konsumentkaufhaus, vorbei, zum *Blauen Wunder* am Friedrich-Engels-Platz. Jesse blickte nach oben. Er suchte die Stelle, an der er und Lorenz vor zwei Tagen festgenommen worden waren und Katja so geistesgegenwärtig reagiert hatte. Aber die Fußgängerbrücke war voller Menschen. Sie alle jubelten ihnen zu.

Die zentrale Feuerwache war hell erleuchtet. Auf dem Parkplatz davor standen Krankenwagen. Das Tempo des Zuges verlangsamte sich. Wer ortskundig war, wusste: nur noch wenige Meter, dann erreichte der Demonstrationszug den neuralgischen Punkt, die *Runde Ecke*, die verhasste Bezirksbehörde des Ministeriums für Staatssicherheit, die lokale Schaltstelle der Überwachung.

»Stasi raus!«, riefen einige.

»Stasi in den Tagebau!«, verbesserte die Überzahl.

Nur einzelne Fenster des Stasi-Gebäudes, das einst einem Versicherungsunternehmen als Prunkbau diente, waren erleuchtet. Vor dem Haupteingang waren die Wachen abgezogen worden.

Immer näher kam der Zug dem Gebäude, wurde langsamer, aber er stoppte nicht. In Jesse wuchs die Angst. Vor einer knappen Stunde erst hatten sie davon gesprochen, dass Leute vom *Neuen Forum* berichtet hatten, dass Hundertschaften der kasernierten Polizei und Verbände der Kampfgruppen in der Innenstadt bereitstünden, die Demonstration mit Gewalt aufzulösen. Er dachte an die Warnung des Arztes und überlegte, ob er Katja vorschlagen sollte, aus dem Zug auszuscheren, noch ehe sie die Feuerwache hinter sich gelassen hatten. Er befürchtete, dass es jeden Moment zu einer Eskalation kommen könnte. Wer wirft den ersten Stein? Und wer wartet nur darauf? Hat man in dem Gebäude Maschinengewehre in Stellung gebracht und hinter den noch geschlossenen Fenstern bereits den Lauf auf die Straße gerichtet? Standen auf

Höfen Panzer bereit wie im Juni in Peking auf dem Platz des Himmlischen Friedens?

Jesse hatte das Gefühl, als würde der Demonstrationszug nur zentimeterweise vorwärtskommen. Oder war es sein eigenes Auf-der-Stelle-Treten? War allein er es, der sich zurückfallen ließ? Er spürte Katjas Hand, spürte, wie sie ihn zu sich zog.

»Schau!«, rief sie, »schau nur!«

Und tatsächlich war der Eingang des Gebäudes strahlend hell. Auf sämtlichen Treppenstufen des Aufgangs der Bezirksbehörde waren Kerzen aufgereiht. Ein Flammenteppich, zu dem immer mehr Menschen ihre Kerzen dazustellten und den hellen Schein vermehrten.

Jesse sah, wie sich eine Frau im Alter seiner Mutter plötzlich aus dem Menschenstrom löste. Sie hastete der Treppe zu und stellte sich zwischen die brennenden Kerzen. Viele Augenpaare waren auf die Frau gerichtet. Was hatte sie vor? Wollte sie provozieren? Aber die Frau achtete nicht auf die anderen, sondern riss die Arme in die Höhe und sang, Vers um Vers, immer lauter werdend:

We shall overcome
We shall overcome
We shall overcome, some day

We shall all be free
We shall all be free
We shall all be free, some day

We'll walk hand in hand
We'll walk hand in hand
We'll walk hand in hand, Monday

Aus den Reihen der Demonstranten klang es *We shall overcome, Monday*, als gäbe es ein Echo. Einen Montagssieg. Am liebsten wäre Jesse jetzt stehengeblieben, um Katja zu umarmen. Aber die Menge zog sie beide mit.

MONIKA, SEPTEMBER 1990

1

Monika hatte schon einmal unter den wuchtigen Platanen, die den Park von der Straße abschirmten, gestanden und die glatte Haut ihrer Stämme bewundert. Das war an einem Februartag, der genau anderthalb Jahre zurücklag. Jetzt, im September, waren die dichten Kronen der Bäume mit Früchten beladen. Stachlige, gelbbraune Kugeln, die wie Christbaumschmuck an den Zweigen hingen.

Sie nahm den Weg, der sie zu dem Teich im Inneren der Parkanlage führte, und stand wenig später auf einer der beiden hölzernen Brücken, die die künstlichen Gewässer miteinander verbanden. Gestützt auf beide Arme lehnte sie sich über das Geländer und atmete tief durch. Viel Zeit war seither vergangen. Zeit, die ihre Erinnerung zu einem Moment komprimiert hatte. Zum Ende des Winters, obgleich er in der Stadt milde war, blies ein nasskalter Wind und die kahlen Baumkronen vermochten keinen Schutz zu bieten. Am Tag der Eignungsprüfung waren ihr im Park nur wenige Menschen begegnet. Einige unentwegte Jogger und ein paar gemächliche Hundehalter. Aufgefallen war ihr, dass sich in den sonnenfernen Nischen besonders gern die Hunde tummelten und wie Schneefräsen mit ihren Hinterläufen den Pappschnee aufwühlten, als verberge er eine andere Zeit.

Längst hatten die Wetter die Wege abgetrocknet und wieder durchnässt und wieder abgetrocknet. Wer ein wenig ausharrte, konnte beobachten, dass die nicht müde gewordenen Sonnenanbeter den schwächer werdenden

Septemberstrahlen regelrecht nachliefen. Monika sah, wie sich etwa 10 oder 15 von ihnen gleichzeitig erhoben, ihre Decken und Sitzkissen rafften, um sie ein paar Meter weiter erneut auszubreiten.

Im Jahr zuvor im Mai, bei ihrem zweiten kurzen Aufenthalt in dieser Stadt, hatte sie den Park von der Straße aus mit ihren Blicken nur kurz streifen können. Sie war in Eile gewesen. Sie, ein Prüfling nach der Prüfung. Es wäre ihr unpassend erschienen, sich allein auf eine der Parkbänke zu setzen. Es tat ihr vielmehr gut zu laufen. Und sie lief und lief und nahm erst nach etwa einer halben Stunde die Straßenbahn, um den Rest des Weges zurückzulegen und rechtzeitig am Werktor der Fabrik zu stehen, in der ihr Bruder als Arbeiter an einer Fräsmaschine stand. Die ganze Straße rings um die Maschinenfabrik roch nach Schmieröl. Auch ihr Bruder Rainer roch danach, als er wenig später, obgleich frisch geduscht, vor ihr stand. Als sie ihn mit Eiferwangen auf der Werksstraße begrüßte, hatte sie das Gefühl, es müsse ihr anzusehen sein, dass sie soeben die Aufnahmeprüfung an der Staatlichen Schauspielschule mit Bravour bestanden hatte. Quasi aus dem Stand heraus war es ihr gelungen, das ganze Programm zwischen Vorsprechen, Szenenspiel, Pantomime, Gymnastik, Tanz und Gesang zu absolvieren. Sie hatte nicht ein einziges Mal gepatzt. Selbst bei den tückischen Zungenbrechern war sie nicht steckengeblieben. Zum Abschluss, als sie vor der Riege der Prüfer stand, hieß es, sie habe den Erwartungen der Aufnahmekommission voll entsprochen. Bereits am Nachmittag rief sie die Gesangslehrerin Frau von Greylitzsch bei ihrem Vornamen. »Monika«, hatte sie entzückt geäußert, »wir werden gemeinsam viele Couplets einstudieren. Sie haben ein komisches Talent, das müssen wir ausbilden.«

Dem als Feier deklarierten Umtrunk hatte sich Monika nach den Stunden der Anspannung nicht anschließen mögen. Es waren fünf oder sechs durchtrainierte Jungen im Mannesalter und drei schlanke hochgewachsene Mädchen, ein schwarzhaariges, ein rothaariges und eines mit blondem Igel, die wie sie die Aufnahmeprüfung bestanden hatten. Monika zog es vielmehr an den Saum des Stadtparks, dessen Jasminduft sie schon am Morgen auf dem Weg zur Prüfung betört hatte. Die Arme von sich gestreckt genoss sie das Wechselspiel des Lichts der Platanenallee, das sie an die alten Schwarz-Weiß-Aufnahmen in den Fotoalben der Eltern erinnerte.

Ihren Eltern im Erzgebirge, dem *Schreitar-Will* und der *Schreitar-Eri*, wie sie im Ort hießen, hatte Monika nichts von der bevorstehenden Aufnahmeprüfung gesagt. Schon über den Termin und Ausgang der Eignungsprüfung, die während der vorjährigen Winterferien angestanden hatte und von ihr als Museumsbesuch in der Bezirksstadt deklariert worden war, hatte sie Stillschweigen bewahrt.

Der Einzige aus ihrer Familie, der um ihre Zukunftspläne wusste, war ihr knapp sieben Jahre älterer Bruder Rainer, der in der 130 Kilometer entfernten Messestadt lebte. Auch er hatte, wie ihre künftigen Kommilitonen, nach der bestandenen Aufnahmeprüfung sofort das Wort *feiern* benutzt und sie in eine verqualmte Eckkneipe geführt, in der schon am frühen Nachmittag voller Betrieb war. Ein Blick genügte Monika, um am liebsten auf der Türschwelle umzukehren. Doch wollte sie ihren Bruder, den sie so selten zu Gesicht bekam, nicht enttäuschen. Offenbar störte er sich nicht an der kargen Einrichtung, den blanken Holztischen und dem Zwielicht der Beleuchtung. Sie aber fühlte sich vom ersten Moment an unwohl.

Über der Theke waberten Wolken von Tabakqualm, und der Stuhl, den sie zu sich heranzog, fasste sich klebrig an. Die Tischmitte bildete ein Stapel schmuddeliger Bierdeckel, deren Pappe teilweise schon verquollen war. Mit spitzen Fingern packte Monika die Untersetzer und beförderte sie auf den Tisch nebenan.

Das Standardfoto des Staatsratsvorsitzenden an der Wand zierten ein paar verschlissene Faschingsgirlanden, die nach irgendeiner Fastnacht hängengeblieben waren und dem bebrillten Mann von Weitem Ähnlichkeit mit einem Stammesfürsten verliehen. Der Stamm hier, die Gäste ringsum, waren ausnahmslos Männer. Auch die Zapfanlage bediente selbstredend ein Mann, dessen hohe Stirn genauso hell wie der aufpolierte Schanktisch glänzte. Hinter einem seiner fleischigen Ohren klemmte ein Bleistift, dem die Kopfbewegungen des Mannes offenbar nichts anhaben konnten. Routiniert handhabte er den Zapfhahn, füllte ein Glas nach dem anderen und setzte ihnen zum Abschluss eine weiße Schaumkrone auf. Kaum dass einer der Männer im Umkreis seiner Armlänge das geleerte Bierglas absetzte, tauschte er es flugs gegen ein volles aus. Gleichzeitig kommentierte seine Mimik die Worte der Männer, die vor ihm an der Theke standen und abwechselnd den Glückspielautomat und die Musikbox mit Münzen fütterten.

Monika hatte mit Erstaunen beobachtet, wie selbstverständlich sich die Männer im Gastraum bewegten. Sie trugen nach ihrer Schicht ihre Arbeitskleidung, als wäre sie ihnen angewachsen. Ein speckiges Blau, das ihnen für Außenstehende etwas Verwechselbares gab. Der Wirt aber, gewohnt, sich die Gesichter und Manieren seiner Kundschaft einzuprägen, schien nicht weiter darauf achten zu müssen, dass der Bierdeckel, auf dem er das Servierte anstrich, zum jeweiligen Gast gehörte. Ohnehin tranken die Männer, die an der Theke zusammenstanden oder Karten spielend oder würfelnd als Quartett an den Tischen saßen, meist dasselbe Quantum.

Schließlich reckte Rainer den Hals, und Monika trommelte mit ihren lackierten Fingernägeln auf der blanken Tischplatte. Beiden kam es vor, als wäre eine Ewigkeit vergangen, bis sich der Kneiper endlich bequemte, seinen Platz an der Theke zu verlassen, um die Bestellung der beiden aufzunehmen. Ungeduldig stand er vor dem Geschwisterpaar.

Gerade als Rainer einwarf »Ich lad dich ein«, dachte Monika an das Stegreifspiel vor der Prüfungskommission eben. Sie gab sich ganz damenhaft und verlangte: »Einen Cappuccino, bitte.«

»Einen was?«, fragte der Kneiper sichtlich irritiert und sah dabei nicht Monika, sondern deren Bruder an. Das war etwas, was die 17-Jährige absolut nicht vertragen konnte. Ihre Stimme wurde schärfer: »Einen Cappuccino habe ich gesagt, was ist daran so schwer zu verstehen?«

»Kapos und Kapp-Putsch kenn ich, Fräulein, aber Cappu-dingsda führ'n wir nicht«, beharrte der Mann, der bereitstand, auf einem kleinen Block das Bestellte zu notieren. Dabei wich er weiterhin Monikas Blick aus.

»Zwei Bier und zweimal Bockwurst. Gibt's Kartoffelsalat?«, versuchte Rainer zu schlichten.

»Moment mal«, mischte sich Monika ein, »haben Sie wenigstens geschlagene, aufgeschäumte Milch? Dann würde ich ein Kännchen koffeinfreien Kaffee nehmen.«

»Milch kriegen Sie, Fräulein, frische Milch. Auch wenn wir kein Kaffeehaus sind, die Milch beziehen wir täglich frisch.

Es brauchte nicht viel, damit Monika bemerkte, dass ihr Bruder erleichtert aufatmete, als der Kneiper seinerseits einen Schlusspunkt unter den Dialog setzte, indem er beiden den Rücken zukehrte.

Wie sehr sie die Szene erheiterte, ließ sich Monika gegenüber ihrem Bruder nicht anmerken. Brav lobte sie nach dem ersten Schluck den Kaffee, den, ebenso wie den Kartoffelsalat, zwei fleischige Arme durch eine Luke neben der Theke geschoben hatten, ehe eine kurzfingrige Hand auf eine Glocke schlug und der Wirt Monika und Rainer schnellen Schritts die Speisen und Getränke servierte.

Das Bild der bloßen Arme in der Luke hatte Monika daran erinnert, wie sie als Kind mit ihrem Bruder Kasperletheater gespielt hatte und dabei ebenfalls nur die nackten Arme ihres großen Bruders zu sehen bekam. Der Anblick seiner Arme, der ihr vertraut war, hatte ihr geholfen, sich nicht allzu sehr zu fürchten, wenn er mit verstellter Stimme das Krokodil oder die Hexe oder den Wolf führte, die dem aufmüpfigen Kasper allesamt an den Kragen wollten.

Im selben Moment hatte sie daran denken müssen, dass es wohl eines Tages ihr, als angehender Schauspielerin, zukommen würde, das Kasperletheater der Familie vom Boden des Elternhauses zu holen und es herzurichten.

Doch gab es bislang kein Anzeichen dafür. Ihr Bruder hatte bisher kein Wort von einer festen Bindung verlauten lassen und die bei allen Familienfeierlichkeiten aufkommenden Anspielungen der Eltern, wann sie denn nun Großeltern werden würden, stets mit routinierter Gleichgültigkeit übergangen. Überhaupt wusste Monika recht wenig von ihrem Bruder. Erst zweimal hatte sie ihn in seinen eigenen vier Wänden besucht und war immer nur kurz dageblieben. Das erste Mal gemeinsam mit den Eltern, kurz nach Rainers Einzug, zu einem Kaffeetrinken auf Kisten, und beim zweiten Mal an dessen 25. Geburtstag, als gerade die bestandene Eignungsprüfung hinter ihr lag und ihr Rainer samt seiner Gäste furchtbar alt vorgekommen war. Rainer ist fleißig, er baut sich in der Großstadt eine Existenz auf, hieß es in der Litanei der Eltern. Und Schichtarbeit war für die Leute im Erzgebirge nichts Ungewöhnliches. Hier versammelten sich die Leute auf dem Markt, um in den vom Betrieb eingesetzten Werksbussen an ihren Arbeitsplatz befördert zu werden. Es hieß immer nur, wenn man sich auf der Straße begegnete: »Hast du Früh, Spät oder Nacht?« Und die matten Gesichter waren oftmals Antwort genug.

Da auch Rainer in wechselnden Schichten arbeitete, war es Zufall, dass der Termin für Monikas Aufnahmeprüfung an der Staatlichen Schauspielschule in dessen Frühschichtwoche gefallen war.

Auf dem elterlichen Kalender, der in der Küche hing, wurden jedes Jahr Rainers Schichten vermerkt; bereits zu Weihnachten wurden sie für das kommende Jahr vorgetragen. Im Jahr 1990 waren die Einträge ausgeblieben. Zwischen den Jahren war Rainer diesmal nicht, wie in den Jahren zuvor, nach Hause gekommen. Stattdessen stand ein Paket in der guten Stube, ein Westpaket, das nach Apfelsinen roch und Bohnenkaffee. Vor Heiligabend wurde das Paket nicht geöffnet. Das gehörte sich nicht, darin waren sich Monikas Eltern einig. Ihr *Großar* wusste das und würde schon nichts Verderbliches geschickt haben. Außerdem stand das Paket kühl, da es Tradition war, die gute Stube nur an Sonn-, Fest- und Geburtstagen zu heizen. Den Mittelpunkt der Familie bildete das Jahr über die Wohnküche, das Zentrum der Schreiters. Sie war im Winter der wärmste Raum des Hauses.

Frisch notiert hatte der Vater, der den Kalender führte, im Jahr 1990 hingegen: »MKF«. KF stand für Klassenfahrt und M für Moni, wie sie bei allen hieß. Wilhelm Schreiter liebte Abkürzungen und erfand Kürzel für Gartenarbeit, Arztbesuche, den monatlichen Haushaltstag seiner Frau oder den gemeinsamen Jahresurlaub. Am Schuljahresende stand nur noch »MPW« für Monis Prüfungswoche an der Erweiterten Oberschule, die sie mit der Gesamtnote 1,3 abschloss, und zuletzt, als die Eltern Monikas Pläne widerstrebend akzeptiert hatten, »MnL« für Moni nach Leipzig im Kalender.

Und so war es gekommen. Monika Schreiter war jetzt in Leipzig, der Stadt in der Tieflandsbucht, der es an Bergen mangelte, sodass ihre Einwohner die an mehreren Stellen aufgehäuften und überwachsenen Kriegstrümmer schlichtweg als Berge bezeichneten. Auch im Stadtpark gab es zwei derartige Hügel, die dem Rundblick und im Winter den Kindern zum Rodeln dienten. Einen Wintertag hatte Monika in dieser Stadt noch nicht erlebt. Vielmehr empfand sie den jungen Herbst nachgerade als sommerlich. Zu Hause im Erzgebirge hatte es um diese Jahreszeit längst begonnen, frostig zu werden. In den sternenklaren Nächten legte der Reif sein kristallenes Glitzern auf die Haus- und Autodächer. Ein Glanz, der dem von Edelsteinen glich und der sich für Monika im Kindesalter viel zu schnell verflüchtigt hatte.

Noch immer auf das Brückengeländer gelehnt, betrachtete sie mit einem Mal fröstelnd ihr Spiegelbild, das von der Bewegung des Wassers in die Länge gezogen wurde. Ein

Anblick, als schaute sie in einen Jahrmarktsspiegel. Und ein langes Gesicht war es tatsächlich, das Monika und die anderen künftigen Kommilitonen zu Beginn des Herbstsemesters gezogen hatten.

Sie hatte hin und her überlegt, ob sie die Eltern anrufen und sie informieren sollte. Seitdem ihr Vater nach 20 Betriebsjahren im vorigen Jahr zum Abteilungsleiter im Motorradwerk aufgerückt war und mitunter auch nachts ins Werk gerufen wurde, hatte die Deutsche Post den Eltern einen Fernsprechanschluss gelegt. Es wäre jetzt ein Leichtes gewesen, sich zu Hause zu melden. Aber sie hörte schon die Eltern reden, dass die Schauspielerei ohnehin keine Perspektive habe, die Schließung der Schule Schicksal sei und sie auf der Stelle heimkommen solle. Sie könne ja erst einmal am Ort eine Arbeit finden oder in der Kreisstadt. Es sei für sie schon schmerzhaft genug, dass ihr *Großar de Hamit* verlassen habe. Und überhaupt, da kam das Großmutterwort wieder, das auf die Mutter übergegangen war, wäre ja in der Stadt sowieso das Laster allgegenwärtig. Laster, ein Wort, das Monika als Kindergartenkind so gar nicht verstehen konnte. Stand doch das Haus der Schreiters unmittelbar an einer Fernverkehrsstraße, die täglich von Lastern passiert wurde. Laster, ließ sie als Mädchen nicht locker, ohne zu wissen, wie recht sie hatte, Laster gäbe es doch auch im Dorf.

Überhaupt galt Monika früh schon als Außenseiterin. Sie sprach von Anfang an hochdeutsch und das in einer Gegend, wo alle, kaum dass sie zu sprechen anhoben, ins Mundartliche verfielen. Monikas Artikulation mussten sie deshalb als Provokation empfinden. Zuallererst die Kinder aus der Nachbarschaft und später ihre Klassenkameraden. Selbst der Hausmeister und mancher Lehrer missbilligten Monikas *Gehobe*, wie sie es nannten. Erst als sie zum Ende der sechsten Klasse bei einem *Wettbewerb zur Förderung der deutschen Sprache* mit dem Gedicht »Was alles in den Dingen steckt« von Franz Fühmann einen ersten Preis gewann und ein Einspalter mit einem Foto von ihr in der Erzgebirgszeitung stand, hörten die Hänseleien auf. Beim Fahnenappell zu Beginn des neuen Schuljahres belobigte sie sogar der Direktor. Mit rotem Kopf, blauem Halstuch und weißer Pionierbluse verkörperte sie an diesem Tag, ohne im Fach Erdkunde dafür belohnt zu werden, die Staatsfarben Frankreichs und der Tschechoslowakei.

»Was alles in den Dingen steckt«, das war fortan Monikas Aufsage-Gedicht, das sie bei allen passenden wie auch unpassenden Gelegenheiten zum Besten gab. Einmal sollte sie betagte *Aktivisten der Arbeit* damit erfreuen. Doch diese verstanden absolut nicht, was die Schülerin, die laut und deutlich sprach und deren blaues Halstuch einer Geschenkschleife ähnelte, ihnen damit sagen wollte. »Wos«, riefen einige von ihnen, »wos meint se? Wo is innar Fohne ahn Ohne? Meint se don Standortenführa, don Günner-Horbert, dar is lang schu dod.«

Gemeinsam mit der Lehrerin hatte die ganze Klasse dann selbst nach Worten in den Wörtern gesucht. Überrascht von dem Spaß, den Sprache hervorbringen konnte, hatten plötzlich fast alle Schüler Lust, sich daran zu beteiligen. Einer nach dem anderen brachten sie ganz kuriose Entdeckungen zum Vorschein, wie *arg* in *Sarg*, *rocken* in *Brocken* oder *Ehre* in *Gewehre* sowie auch eher schwierige Erkundungen wie *erst* in *Widerstand*. Ein Zettel machte die Runde und blieb von der Lehrerin unentdeckt, auf dem standen *Öse* in *Möse* und *Mus* in *Sozialismus*. Als dann wenige Tage später ein Mitschüler ein Scrabble-Spiel mit in die Schule brachte, lieferten sich die mit den besten Deutschnoten, umringt von den anderen, in den Hofpausen regelrechte Kämpfe um die höchste Punktzahl. Monika gehörte von Anfang an zu den Gewinnern. Punkte brachten ihr vor allem die Worterweiterungen ein. Manchmal genügte ein einziger Buchstabe, um den gesamten Wortwert noch einmal zu kassieren. Sie verwandelte *Asche* in *Lasche*, um dann später noch ein *F* davor zu setzen, und *Lamm* in *Klamm* und *Art* in *hart* oder *Lind* in *blind*.

Das Wort aber, das Monika gegenwärtig beschäftigte, hieß *Ausziehen*. Ausziehen aus der Studentenbude, kaum dass sie eingezogen war. Na gut, *Ente* steckt in dem Wort *Studentenbude* drin, aber das war nicht lustig. Denn es war bislang eine Ente, dass sie wie geplant in diesen Septembertagen des Jahres 1990 ihr Studium im Fach Schauspiel würde aufnehmen können. Vier Tage hintereinander war sie morgens Punkt acht vom Wohnheim zur Schauspielschule gelaufen und hatte mit den anderen den Aufgang zum Direktorenzimmer im ersten Stock des Hochschulgebäudes, einer in die Jahre gekommenen Fabrikantenvilla, belagert, um endlich Klarheit über ihre Immatrikulation zu erlangen.

»Wenn ihr keine Studenten seid, dann könnt ihr verständlicherweise auch nicht länger im Studentenheim wohnen. Das ist doch logo. Es muss endlich Schluss damit sein, dass sich Einzelne auf Kosten anderer Vorteile in unserer Gesellschaft erschleichen. Deshalb sind wir doch im Herbst auf die Straße gegangen.«

Den letzten Satz des Heimleiters hatte Monika schon von verschiedener Seite gehört. Einmal von einem Mann, dem die Schlange am Schalter der Reichsbahn zu lang war. Einmal beim Bäcker, als einem der Kunden die Brötchen zu blass waren und ein anderes Mal auf dem Einwohnermeldeamt, als ein Antragsteller den beantragten Pass nicht auf der Stelle ausgehändigt bekam. Es waren ausnahmslos Männer, die das riefen. Auch das Bild, das sich ihr von den Montagsdemonstranten aus den Nachrichtensendungen vermittelt hatte, war männlich geprägt. Männer in Lederjacken, Anoraks und Mänteln. Männerköpfe unter Kapuzen, Prinz-Albrecht-Mützen und Hüten, flankiert von Männern unter Uniformmützen oder hinter den Visieren von Plastikhelmen. Und dass sie in knapp einem Jahr zum Studieren in eben diese Stadt ziehen würde, deren Dunkelheit von Tausenden Kerzen erhellt wurde, beunruhigte sie etwas, denn von der Menge dort ging eine Geschlossenheit aus. Dagegen wirkten die Bilder von den Demonstrationen in der Kreisstadt Annaberg oder dem vogtländischen Plauen, wovon die Regionalzeitung berichtet hatte, wie nachgestellte Szenen mit den Kerzen und Kirchen im Weihnachtsland.

Gegen die Sonne, die jetzt schon etwas tiefer stand, sah Monika einem Schwanenpaar zu. Sie hatte gelesen, dass Schwäne ein Leben lang zusammenbleiben. Sie dachte an ihre Eltern, sah sich beim Sonntagsspaziergang auf dem Kammweg an der Hand ihres Vaters und sah Rainer an der Hand der Mutter, die er abzustreifen versuchte, sobald ihnen ein Schulfreund begegnete oder sie sich wieder dem Dorfe näherten.

Sie fühlte sich erschöpft, erschöpft vom Nichtstun. Vier Tage waren es nun schon, die sie mit den anderen, ihren Beinahe-Kommilitonen, das Treppenhaus der Staatlichen Schauspielschule im doppelten Sinne des Wortes besetzt hielt. Aber der Direktor, von dem sie eine Erklärung verlangten, hatte sich an keinem der Tage blicken lassen. Die einen sagten, er wäre über Nacht nach Moskau an die Partnerschule berufen worden, die anderen munkelten, er säße im Knast. Wieder andere sagten, dass er sich längst gen Westen abgesetzt hätte. War die Gruppe auf der Treppe anfangs noch aufgestanden oder zur Seite gerückt, als die Sekretärin des Direktors an ihnen vorbei zu ihrem Arbeitsplatz wollte, wurde die Stimmung Tag um Tag hitziger, und keiner der Protestierenden machte noch Anstalten, einen Mitarbeiter der Hochschule oder den Postboten vorbeizulassen. Nach einigen missglückten Versuchen, sich an den jungen Leuten vorbeizuhangeln, gaben die Angestellten des Hauses schließlich klein bei und hielten sich fortan im Erdgeschoss auf oder verließen von selbst das Gebäude.

Die Unsicherheit unter den Immatrikulationsanwärtern wuchs mit jeder Stunde und jedem weiteren Tag. Alle, wie sie da saßen, hatten die Verbindungen zu ihren Heimatorten ab- oder unterbrochen und waren mit Proviant, etwas Handgepäck und voller Erwartungen in die Messestadt gezogen. Das studentische Leben! Nicht essen, was auf den Tisch, sondern, was einem in den Sinn kommt. Sturmfreie Bude täglich!

Die Jungs, die schon Männer waren, ausgebildet an den Waffen, hatten, ehe sie studieren durften, ihren Grundwehrdienst in der Nationalen Volksarmee pflichtgemäß abgeleistet, die *Fahne* hinter sich gebracht. Anfänglich waren gerade sie es gewesen, die sich beherrscht und zurückhaltend zeigten. Gedrillt auf den Gleichschritt und die exakt gewinkelte Unterwäsche im Spind, bildeten sie ruhende Pole zwischen den im Treppenhaus aufgereihten Mädchen, die voller Aufregung auf den Stufen saßen, als posierten sie für ein Klassenfoto.

Die feierfreudige Truppe, die sich bereits am Nachmittag nach der Aufnahmeprüfung zusammengefunden und beim Wiedersehen geschwisterlich begrüßt hatte, hockte auch hier zusammen. Anfangs machte ein Campingbeutel die Runde, aus dem ein Flaschenhals lugte, bis schließlich eine ganze Batterie von unetikettierten trüben Obstweinflaschen zum Vorschein kam. Schlanke Flaschen, die sie kreisen ließen und die die rothaarige Elvi, die eigentlich Elvira hieß, aus der heimischen Mosterei mitgebracht hatte.

Bereits am zweiten Tage hatte Monika mit jeder und jedem aus der Runde ein paar Worte gewechselt und versucht, sich die einzelnen Namen einzuprägen, was ihr so schnell nicht gelingen wollte. Ebenfalls nicht zur Gruppe der Feierfreudigen gehörte ein blasser junger Mann, der ihr weder bei der Eignungs- noch bei der Aufnahmeprüfung aufgefallen war. Als er sich der Runde vorstellte, lachten fast alle. Auch Monika ließ sich von dem Gelächter anstecken. »Jordan, ich heiße Jordan«, stellte er sich vor, und sofort kam das Echo: »Wer geht über'n Jordan?«

»Und bei seiner Mutter«, rief Benjamin, der sich Benny nennen ließ, »hieß es früher, wer steigt über die Jordan?«

»Was quatscht ihr so blöd?«, erboste sich das Mädchen mit der blonden Igelfrisur, die sich der Runde als Isi vorgestellt hatte: »Isi wie easy«. Schnell sprang sie auf: »Von euch ist niemand bibelfest, was? Der Jordan ist der Fluss, in dem Jesus getauft worden ist. Der Fluss, den das Volk Israels trockenen Fußes überquert haben soll.«

Monika schämte sich für ihr Lachen. Offenbar war auch Benny, der den Klassenkasper zu geben schien, seine vorschnelle Bemerkung peinlich. Ein steifes Grinsen lag auf seinem Gesicht.

Die Blonde war indes auf Jordan zugegangen und hatte ihn zur Seite genommen. Allen fiel auf, dass Jordans Wangen rot angelaufen waren. Doch wenig später war der Zwischenfall vergessen. Als Monika sah, dass Isi und Jordan gemeinsam das Haus verließen, nutzte sie einen Gang zur Toilette, um sich gleichfalls davonzustehlen.

Noch immer stand Monika auf der aus Holz gezimmerten Brücke, deren Bretter nicht die Welt, aber den Tag bedeuteten. Der Park schien unverändert. Sie konnte sich an der Kulisse nicht sattsehen. Die Farben wirkten kräftiger als im Mai, so als ob sie in ihrer Tiefe nachgezogen worden wären. Doch die Sattheit täuschte. Denn an manchen Stellen in den Baumkronen blickten bereits einzelne gelbe und rote Blätter hervor und zeigten den bevorstehenden Wechsel der Jahreszeit an.

Monika verließ die Brücke, setzte sich auf eine Bank in der Nähe und sah den Spatzen zu, wie sie in Scharen schamlos die in Beton eingefassten Abfallkörbe an den Wegesrändern durchstöberten. Unbeeindruckt davon stolzierten nebenan die Amseln über die Wiese. Es schien, als nickten sie zur Begrüßung den Würmern zu, um sie anschließend mit ihren scharfen Schnäbeln aus der Erde zu ziehen.

Es war die Anonymität, die Monika in diesem Moment genoss, obgleich sie noch völlig ungeübt darin war. So vieles hatte sich in den vergangenen Monaten geändert. Beinahe schmucklos war ihr das Schulgebäude erschienen, ja trist, nachdem die Wandzeitungen und Transparente verschwunden waren. Manche Lehrer blieben von einem Tag auf den anderen fort. Auch Frau Lautenbach, ihre Deutschlehrerin, die sie bis zur Mitte der Zwölften hatte. Nur die Namen einiger Lehrer standen noch auf dem Stundenplan, aber sie selbst waren weggeblieben, ohne ein Wort des Abschieds. Andere Lehrer kümmerten sich in den Pausen und nach Unterrichtsschluss um die Schüler mit Leistungsdefiziten, damit jeder durch die Prüfung kam. Die Rituale hatten gewechselt. Plötzlich wehte auf dem Appellplatz eine weißgrüne Fahne. Das FDJ-Blusen-Blau war passé. Kurz vor der Abiturfeier wechselte die Währung. Davor hatte die Regierung gewechselt, hatten Straßennamen gewechselt, Ladenschilder, Schaufensterdekorationen und Angebote. Doch all das konnte diesem Park offenbar nichts anhaben. Er blieb, was er war, eine Oase für Stadtmenschen und die Tiere hier.

Verstohlen betrachtete Monika das wechselnde Gruppenspiel der Sonnenanbeter. So, als würde es von fremder Hand inszeniert, bot sich dem Beobachter eine sich ständig veränderte Zusammensetzung. Junge Mütter hatten die fahrbaren Untersätze ihres Nachwuchses zu einer Wagenburg zusammengestellt. Abwechselnd hoben sie ein Kind in hellblauem oder rosa Strampler in die Höhe. Andere Sonnenselige lagen Decke an Decke, um einen Mann gruppiert, der ihnen aus einem Buch vorlas. Wieder andere hatten ihre Fahrräder paarweise aneinandergelehnt, sodass sie ein Sinnbild der Vertrautheit abgaben, und picknickten.

Auf all das hatte sich ein blecherner Radiosound gelegt, der aus verschiedenen Winkeln zur Mitte drang und sich dort vermischte. Monika erinnerte die Beschallung an das jährliche Heimat- und Kinderfest zu Hause, nur dass hier im Park der Klang leiser und dünner war.

Gerade als sie überlegte, ob sie ihren schattigen Platz auf der Bank verlassen und sich unter die Sonnenhungrigen mischen sollte, bemerkte sie, dass Jordan und Isi auf ihre Bank zusteuerten. Sie waren ganz offensichtlich in ihr Gespräch vertieft und schauten nicht auf, während sie nebeneinander herliefen. Einen Moment lang dachte Monika daran, den beiden auszuweichen und ihre Position auf der Stelle zu verlassen.

Aber die beiden hatten indes den Kopf gehoben und Monika entdeckt und ihr zugewunken. Ohne zu fragen, setzte sich das blonde Mädchen auf die Bank neben Monika. Jordan zögerte einen Moment und nahm dann an Monikas rechter Seite Platz.

»Na, was ist?«, fragte Isi. »Hast wohl auch die Schnauze voll von der Warterei?«

»Ich weiß nicht, ich kann einfach nicht mehr klar denken«, erwiderte Monika. »Für mich gab es nichts anderes als diese Schule. Und nun stehen wir praktisch vor verschlossener Tür.«

»Jordan sagt«, und mit diesen Worten beugte sich die junge Frau nach vorn, »er habe verlauten hören, dass die Schule evaluiert wird.«

»Und was heißt das?« Monika blickte fragend zu beiden Seiten.

»Evaluieren heißt«, erklärte Jordan, während er sich bemühte, Monika und Isa abwechselnd anzusehen, »man stellt den ganzen Laden auf den Kopf, auf den Prüfstand sozusagen. Die Dozenten werden bewertet, die Leitung, der Lehrplan, der Hausmeister, alles.«

»Und was heißt das für uns?« Die beiden Mädchen sahen sich verunsichert an.

»Für uns heißt das: Es ist zu Ende, ehe es begonnen hat.«

»Und die Studenten, die jetzt schon da sind? Was wird

aus denen?«, forschte Monika weiter. »Gehen die mit uns auf die Straße und demonstrieren gegen die Schließung?«

Jordan winkte ab. »Die werden einen Teufel tun. Ihnen kann nicht viel passieren. Für sie findet sich bestimmt eine Lösung, und sei es nur übergangsweise. Und von Schließung ist ja gar keine Rede. Bestimmt wird es einen neuen Direktor geben, der alte wird sicher als Altlast entsorgt. Ein Altkommunist, das passt nicht ins Bild. Aber so ein Neustart kann dauern. Vor der Einheit passiert da nichts.«

»Mit anderen Worten«, fasste Monika zusammen, »wir stehen allein da.«

»Richtig.« Jordan nickte.

»Apropos stehen, ich muss los.« Isi erhob sich. »Und denkt an den ollen Brecht: *Um uns selber müssen wir uns selber kümmern.* Morgen entwickeln wir einen Schlachtplan.«

Beide sahen sie Isi nach, bis deren heller Schopf verschwunden war.

»Beschissen!«, sagte Monika nach einer Weile, ohne Jordan anzusehen. »Ich fühl mich beschissen!«

»Ja, dito. Aber was soll's, ist alles Erfahrung und stärkt unser Spiel.« Er nickte ihr zu, ohne dass sie von seiner Mimik Notiz nahm.

Eine Weile schwiegen beide, dann standen sie gleichzeitig von der Bank auf, gaben sich wortlos die Hand und gingen, nach einem Moment des Zögerns, ihrer Wege, jeder für sich.

2

Der von Isi aufgestellte Plan endete im Palaver. Noch immer hielten sie das Treppenhaus der Schauspielschule besetzt und saßen dort, Stufe um Stufe. Nichts ging vorwärts.

Jene Oberschülerinnen, die keine Oberschülerinnen mehr waren, und jene in die Reserve entlassenen Soldaten, die sich als Gefreite mehr als *Be*freite empfanden – sie alle sahen sich einer Situation ausgesetzt, in der es für sie keinerlei Status mehr gab.

Ihnen war vorgelebt worden, dass man sich für seine Ziele engagieren müsse. Sie hatten in Laienspielgruppen, Rezitationszirkeln oder in diversen Arbeitsgemeinschaften »Künstlerisches Wort« mitgewirkt. Die Mädchen hatten oftmals nicht lange mit sich gehadert, wenn man bei Festivitäten auf sie als Vorzeigepüppchen zurückgriff. Das galt auch für die Männer. Auch sie hatten Gedichte von Kurt Bartels und Max Zimmering gelernt, um ihren Vorgesetzten zu imponieren. Als sich der Flug ins All von Sigmund Jähn zum zehnten Mal jährte, kramten die Politoffiziere die alte Sputnik-Dichtung hervor. Diese hatten die Schauspielsoldaten mit Pathos vorzutragen:

Seht ihr am Himmel
den kleinen Silberfunken?
Ist das ein neuer Stern?
Sind meine Augen trunken?
Ihr Völker jubelt, singt:

Welch eine Tat gelungen.
Das Pünktchen, das da blinkt,
vom Erdball losgesprungen,
der Mensch, der es erfand
und in den Raum geschossen,
wuchs auf im Sowjetland,
welch großer Sieg, Genossen!

Auch erste Erfahrung im Umgang mit selbstgeschriebenen Sketchen brachten zwei der Schauspielschüler mit. In Schwejkscher Manier standen sie auf der Bühne eines Kompanie-Kabaretts und wussten nicht immer, ob die Lacher erlaubt waren. Ein anderer hatte schon vor der *Fahne* als Komparse gearbeitet, der vierte war Stimme bei einer Hörspielproduktion. Benny galt gar als Kinderstar, wie sich herausstellen sollte. Er ließ zwei Fernsehprogrammzeitungen herumgehen, die ihn als Darsteller in zwei verfilmten Märchen zeigten.

Sie alle hatten die Eignungsprüfung als erste Hürde genommen und anschließend die Aufnahmeprüfung bestanden. Kein Wunder also, dass sie sich als künftige Eleven des Schauspiels sahen oder darauf hofften, wie Benny irgendwann einmal nach Babelsberg zu kommen und ihren Namen im Abspann von Fernseh- oder gar Kinofilmen zu sehen.

Ernsthaft und mit Ausdauer hatten sie dieses Ziel verfolgt, manchen Neid und auch Spott ertragen und mussten jetzt mit ansehen, dass es Luftballons waren, die von der Prüfungskommission entfesselt worden waren. Schillernde bunte Versprechungen.

Schließlich war es Isi, die auf Jordan verwies und meinte, er kenne sich aus, wisse Rat.

»Jedenfalls hat er gestern den Eindruck vermittelt. Stimmt's, Monique?«

Das saß. Egal, ob es Absicht war oder ein Versprecher. Jetzt hatte Monika ihren Namen verpasst bekommen, wie Elvi und Isi und Marga, die eigentlich Margarete hieß. Ein einziges Wort, dahingesagt, und das brave Kammwegmädchen aus dem Weihnachtsland ließ sich verwandeln in die mondäne Monique, eine Städterin, selbstbewusst, strahlend, ehrgeizig. Ein Mädchen, das sich nicht unterkriegen ließ. So musste Schauspielerei sein. Egal, was jetzt mit der Scheißschule wurde: Monique was born.

»Wir gründen ein freies Theater«, hatte es vor einer halben Stunde geheißen. Hänsel hatte es vorgeschlagen, einer von den Stillen.

»Hänsel, hab Acht!«, rief auch gleich Arnfried, der sein Soldatengehabe nicht abzulegen vermochte und zum Übel aller morgens schon zackig auftrat und die anderen mit »Stilljestanden!« anherrschte. Nur dass das niemand lustig fand. Außer ihm. Einzig Bernhard, der gleich Hardy gerufen wurde, konnte angemessen kontern. »Jefreiter Arnkrieg!«, schnarrte dieser, »machen Se man kehrt, Jenosse!«

Langsam bekam Monique alias Monika einen Blick für die Leute um sie herum. Es tat gut, diese ganze Ungewissheit mit jenen teilen zu können, die gleichfalls betroffen waren. Sie wusste, dass die Tage im Wohnheim als Alias-Studentin für sie gezählt waren. Sie musste rasch eine andere Bleibe finden, bis sich mit der Ausbildung etwas ergeben hatte. Nichts Großartiges. Keine hochherrschaftliche Wohnung mit Parkett, Stuck und Prunkbad und schattiger, blumenumrankter Terrasse. Eine solche Filmkulisse könnte sie sich von ihrem Ersparten ohnehin nur für ein Wochenende leisten, obwohl ein solches Domizil, wie sie sich eingestand, weitaus besser zu einer Monique passen würde. Aber sie würde als Monika auf die Suche gehen müssen. Eine Kammer würde ihr reichen. Doch etwas mehr als ein Schlafplatz sollte es schon sein. Ein Bett, ein Schrank, ein Tisch, ein Stuhl oder besser zwei Stühle, wenn mal jemand zu Besuch kam. Ihr Bruder zum Beispiel oder Jordan. Ja, Jordan, ihn würde sie einladen. Rainer wollte sie auf keinen Fall in die Misere einweihen. Er würde sich sofort verantwortlich fühlen und sie bei sich aufnehmen wollen. Obwohl er sich nach dem Verlust der eigenen vier Wände seit Monaten auch von einem Notquartier zum nächsten hangelte. Rainer, der Hausbesetzer, der ohne feste Arbeit war. Nur gut, dass die Eltern davon nichts wussten. Er rief jeden Sonntagvormittag im Erzgebirge an, wirkte immer total beschäftigt und ließ kein Wort über seine wirkliche Situation verlauten. Sie hatten ihm aufgegeben, sich um seine Schwester zu kümmern, wenn sie in die Großstadt käme. Und sein Versprechen genügte ihnen, obwohl sie keinen Zweifel daran ließen, sich noch vor Eintritt des Winters zu ihren Kindern auf den Weg machen zu wollen, um nach dem Rechten zu sehen, wie sie sagten. Doch noch stand kein Termin für die Reise fest. Denn auch ihr Leben hatte sich binnen weniger Monate verändert. Die Kaufkraft des neuen Geldes hatte neue Wünsche hervorgerufen. Die Motorräder, die in Vaters Werk hergestellt wurden, mussten sich plötzlich an Maschinen von Suzuki oder BMW messen lassen. Erst einmal hatte Wilhelm Schreiter, der Mann aus der Buchhaltung, eine rote BMW aus der K 100-Serie gesehen und sich, als er Probe sitzen durfte, wie ein junger Spund gefühlt. In der Mittagspause hatten er und zwei Mitarbeiter aus seiner Abteilung vorm Werkstor gestanden. Niemand sprach es aus, aber alle dachten es: was für ein Wahnsinn, einmal so eine Maschine unterm Arsch zu haben, 90 PS, 1.000 Kubikzentimeter. Zu Hause liebäugelten die Schreiters seit Wochen schon mit einem VW. Die Mutter interessierte die Wagenfarbe, den Vater ebenso, aber ihn vor allem die Motorisierung. Ihnen war klar, dass sie sich mit einem Zweitürer begnügen würden. Die Kinder waren aus dem Haus. Nur eine Anhängerkupplung, darauf bestand Willy, müsse sein, obgleich er Zweifel hegte, ob sich die Vorrichtung seines Ostanhängers, den ihm mal billig ein Nachbar überlassen hatte, an den Westhaken nehmen ließ. Keine Sorge, das machen wir passend, hatte ihnen der Händler versichert und auf Willy Brandts berühmten Spruch vom *Zusammenwachsen, was zusammengehört* verwiesen.

Beinahe täglich hatten die Schreiters nach der Arbeit eine Runde ums Karree auf ihre Tagesordnung gesetzt. »Appetit holen« nannten sie die neue Bewegungsart vor dem Abendbrot. Davon hatte auch Rainer gesprochen, den die Eltern einmal auf ihre Runde mitgenommen hatten. Das Ziel war dabei immer das gleiche. An der Straßenecke, auf der sonst beim Heimat- und Kinderfest die Karussells, Schieß- und Losbuden standen, hatte im April urplötzlich ein Autohändler sein Zelt aufgeschlagen. Und das im wahrsten Sinne des Wortes. Ein quadratisches Zelt, wie man es vom Roten Kreuz kannte. Mit Beginn der Währungsunion hatte die Stelle des Zeltes ein Verkaufscontainer eingenommen. Von Anfang an wehten über diesem Platz Wimpelketten und zogen von weither Kaufinteressenten an. Die Preise für die Gebrauchtwagen, für die der Händler sechs Monate Garantie versprach, hatte er mit weißer Farbe in großen Ziffern auf die Windschutzscheibe gemalt. Es waren riesige Preise für Menschen, die von 100 Mark nur noch 50 in der Tasche hatten. Anfangs traute sich niemand, mit dem begehrten Modell eine Probefahrt zu unternehmen. Man ging rings um den Wagen, strich vorsichtig über den aufpolierten Lack, begutachtete das blitzende Chrom und die Reifen, die wie frisch geölt aussahen, öffnete die Fahrertür und staunte über die diversen Instrumente auf dem Armaturenbrett und das Blaupunktradio, das einen Kassettenschlitz für die Bänder mit den Lieblingshits besaß.

Viele Abende hatten die Schreiters in ihrer Wohnküche gesessen und gerechnet. Ein japanischer Taschenrechner war eine ihrer ersten Anschaffungen gewesen, nachdem ihnen der Autohändler dieses Wunderwerk der Technik zelebriert hatte. Gern führte Willy Schreiter das Gerät vor, egal, ob bei Tageslicht oder in der Dämmerung. Es gehörte zu einer neuen Generation, da es keine teuren Batterien erforderte, sondern ein modernes, daumennagelgroßes Solarfeld besaß, für das man nur Sonnenstrahlen oder den Schein der Küchenlampe benötigte.

Es muss sich rechnen, war eine neue Redewendung. Und ein solcher Taschenrechner rechnete sich. Das war eine Anschaffung mit Weitsicht. Denn Ausgaben, auf die zuvor kaum jemand geachtet hatte, mussten plötzlich in Westgeld bezahlt werden. Das hieß, Langlebigkeit war gefragt. Jeder wog daher jeden einzelnen Geldschein auf dem Handteller ab, ehe er ihn ausgab. Das Geld, das einem jeden zur Verfügung stand, war nach dem 1. Juli nicht mehr, sondern eher weniger geworden. Deshalb wollte jede Ausgabe genauestens geplant sein. Spontankäufe verboten sich fortan. Restaurantbesuche waren bis auf Weiteres tabu. Kuchen wurde wieder selbst gebacken und Bücher und

Schallplatten wurden aus der Bibliothek entliehen. Mit dem für Ostmark gehorteten Benzin ging man so sparsam wie möglich um. Und jene, die noch Konserven aus der Zeit des Alugeldes besaßen, hatten beim Essen nicht selten doppelten Genuss, wenn sie sich vollmundig vorrechneten, wie viel des neuen Geldes sie gerade gespart hatten. So auch Schreiters, die die ersten Wochen nach der Währungsumstellung ihre Tiefkühltruhe und die Batterie an Eingekochtem auf dem Schlafzimmerschrank plünderten und nur noch das auf den Tisch stellten, was vorrätig war. Und doch wuchs ihre Rücklage nur langsam, viel zu langsam für ihren VW-Traum. Denn über größere Geldbeträge hatten die Schreiters nie verfügt. Sie stellten keine großen Ansprüche. Das Siedlungshaus, das ursprünglich Wilhelm Schreiters Eltern Rudolf und Wanda gehörte, ehe diese es ihrem Sohn und dessen damals noch dreiköpfiger Familie überließen, war gediegen, aber es verfügte über wenig Komfort. Die jungen Schreiters hatten, kaum waren die alten Schreiters in eine Neubauwohnung an der Chemnitz gezogen, als Erstes eine Toilette mit Wasserspülung einbauen lassen, was nicht billig war. Früher wurde die Notdurft im ehemaligen Stall auf einem Trockenklo verrichtet, das alle zwei Jahre ausgepumpt werden musste. Dem WC folgte etliche Jahre später ein gefliestes Badezimmer. Doch so ein Haus verursachte Kosten. Für die Kinder wurde das Dachgeschoss ausgebaut, mit Hilfe eines Darlehns, das Monat um Monat penibel zurückgezahlt wurde. Lange hatten die Schreiters sparen müssen, um sich Mitte der 80er-Jahre den Einbau von Verbundglasfenstern leisten zu können. Die handelsüblichen Fenster hatten außerdem ein Standardmaß, sodass mühselig die Maueröffnungen vergrößert werden mussten, wobei Sohn Rainer half.

Insgesamt wurden den acht Fenstern zwei Urlaubsreisen geopfert. Etwas, was Erika und Willy Schreiter klaglos hinnahmen, und erst recht Monika, welcher die Tagesausflüge in die eigene Umgebung mit Picknickkorb und Decke ohnehin lieber waren. Immer schon fuhren Monikas Eltern Motorrad, es war ein Modell aus dem Werk an der Zschopau, das zum Belegschaftskontingent gehörte und für besondere Leistungen vergeben wurde. Angestellte durften die Kräder in Raten abzahlen. Früher sah man die Schreiters auf ihrem Gefährt nur mit Seitenwagen. Doch dieser stand aufgebockt und gegen Rost geschützt in der Garage und würde, hieß es lange vor dem VW-Traum aus Willy Schreiters Munde, erst wieder ausgepackt, wenn für die erste Tour mit den Enkelkindern zu rüsten sei. Doch sowohl die Montage des Gespanns als auch die Kaufentscheidung für den gebrauchten VW waren Zukunftsmusik. Vor der Theorie des Familiennachwuchses stand ganz praktisch der Erhalt des Familieneinkommens auf dem Programm. Es verging kein Tag im Erzgebirge, an dem nicht von Kündigungen oder der Abschiebung von Beschäftigten in den Vorruhestand zu erfahren war. Der Verlust des Arbeitsplatzes war Gesprächsthema Nummer eins. Leute, die jahrzehntelang über oder unter Tage gearbeitet hatten, wurden plötzlich auf Kurzarbeit gesetzt. Für die Zeit, die sie nicht arbeiteten, bekamen sie einen Lohnausgleich. Das bereitete den meisten von ihnen ein schlechtes Gewissen.

Auch Wilhelm Schreiter hatte als leitender Angestellter im Motorradwerk schon sämtlichen Jahresurlaub genommen und arbeitete jetzt nur noch eine Woche um die andere und wusste, das konnte nicht gutgehen. »Wenn die mich feuern«, war seine Rede, »dann muss ich auch nicht mehr den ollen Karren fahren; meine Knochen werden auch nicht jünger.«

»Aber wenn du deine Arbeit verlierst, dann können wir uns den VW aus dem Kopf schlagen«, widersprach Erika Schreiter, die die Haltung ihres Mannes nihilistisch nannte. Ein Wort, das Willy Schreiter in Monikas Fremdwörterbuch nachschlug, als niemand zu Hause war. Nihilistisch also, aha, sagte er sich. Aber nicht mit mir, ein Schreiter ist ein Kämpfer, schon immer gewesen.

Das Geld, das die Schreiters für Monikas Ausbildung seit deren Aufnahme in die Erweiterte Oberschule gespart und ihr anlässlich ihres bevorstehenden Studiums in der Pleißestadt am Vortag der Abreise in Form eines Sparbuches übergeben hatten, war in der Nacht vom 30. Juni zum 1. Juli halbiert worden. Vor lauter Aufregung darum, dass nun auch das zweite Kind das Haus verließ, hatten sie es versäumt, das Sparbuch rechtzeitig auf Monika umschreiben zu lassen. Sie trösteten sich damit, dass sie sich sagten, dass das Geld nun *richtiges Geld* sei. Immerhin wurde die Hälfte der Summe in ein internationales Zahlungsmittel verwandelt.

Und dieses Geld war Monikas sichere Bank. Sie trug das Sparbuch immer bei sich. Die Rücklage für ihr Studium. Nur dass es auf einmal kein Studium mehr gab, jedenfalls nicht in den nächsten Tagen oder gar Wochen. Niemand konnte etwas Genaues sagen. Monika scheute sich, den Betrag, den die Eltern für sie zusammengespart hatten, anzureißen, ohne gleichzeitig ihre Immatrikulationsurkunde in den Händen zu halten. Vielleicht lag zu Hause Post für sie mit dem Bescheid über die Stipendienvergabe. Doch war es die Zeit der Konjunktive, von manchen auch die Zeit der vielen Möglichkeiten genannt. Ihr Antrag auf ein Stipendium werde noch geprüft, lautete ein Zwischenbescheid aus der behördlich noch immer geteilten Spreestadt, der vor Monikas Abreise eingetroffen war, zuständig sei man jedoch künftig in der Elbestadt. Von der entsprechenden Dienststelle würde sie demnächst Nachricht bekommen, hieß es. Momentan häuften sich jedoch die Anträge. Außerdem würde das System in wenigen Monaten dem bundesdeutschen Ausbildungsförderungsgesetz angepasst, wovon alle Studienanfänger in den *Neuen Ländern* betroffen seien. Deshalb könne ein jetzt erlassener Bescheid nur ein vorläufiger sein und müsse gegebenenfalls widerrufen werden. Man bat um Verständnis und Geduld.

Die Geduld der Gruppe war nach fünf Protesttagen aufgebraucht. Jordan hatte indessen auch den anderen die Verzögerungstaktik des für die Schule zuständigen Ministeriums erklärt.

»Es gibt für die Behörde gar keine andere Wahl. Stellt euch einfach vor, ihr wärt an deren Stelle. Die Regierung ist voller Laien. Am Runden Tisch wird täglich ein neues Problem erörtert. Es findet quasi Vormittags- und Nachmittagspolitik statt, vielleicht auch nur Drei-Stunden-Politik. Wir können das ja als Fernsehzuschauer live beobachten. Was Montag richtig war, wird spätestens Mittwoch schon wieder verworfen. Versetzt euch mal in die Lage eines Ministers, der bis gestern Pfarrer war oder Arzt. Was interessiert den die Ausbildung neuer Schauspieler, wenn er weiß, dass er die alten bald entlassen muss. Seid nicht larmoyant, entwickelt vielmehr eure Begabung in dieser extremen Lage. Einfühlungsvermögen, das müsst ihr als künftige Schauspieler haben. Das ist euer Kapital.«

»Kapital ist gut«, höhnte Hardy, »ein paar Tage noch und ich bin pleite. Die paar Kröten Wehrsold habe ich umgerubelt und das meiste davon schon ausgegeben.«

»Ich, ich war sparsam, ich habe nur ver…verkostet.« Elvi, die die letzte Obstweinflasche rumgehen ließ, hielt sich am Treppengeländer fest. Sie konnte kaum noch aufrecht stehen.

»Dir bleibt noch der Flaschenpfand«, warf Benny ein, doch niemand lachte.

»Leute, die Lage ist ernst. Einfühlungsvermögen hin oder her, geht mal damit zum Bäcker.«

»Mensch, Hänsel, was willst'n nu damit?«, murrte Sebastian, der bis jetzt noch gar nichts gesagt hatte, es aber jedem verbot, ihn Basti zu rufen. Basti-Spasti, das kannte er zur Genüge. Ab jetzt wollte er Sebastian gerufen werden, allerdings in der französischen Form.

»Er will sagen«, sprang Arnfried für ihn ein, »dass die Kacke am Dampfen ist! Il y a de l'eau dans le gaz, wie der vornehme Franzose sagt. Oder, Sebastian, hast du eine andere Idee?«

»Halten wir doch mal fest, was unsere Situation ist.«

»Mann, ehrlich, das bringt doch nichts. Wir stehen auf der Straße, Jordan. Wir sind die ersten arbeitslosen Schauspieler, die noch gar keine Schauspieler sind. Wir sind das Paradoxon schlechthin.«

»Quatsch«, warf Benny ein, »zähl mal durch: Wir sind die zehn kleinen Negerlein!«

»Auch nicht schlecht für 'ne komische Nummer, aber Paradoxon klingt besser. Wir sind das PARADOXON, da hat Hardy recht.«

Isi riss der Geduldsfaden. »Wird das jetzt ein Gespräch unter Männern, Leute?«

»Du hast doch gehört, was Benny gesagt hat. Niemand grenzt die holde Weiblichkeit aus. Wir alle sind die zehn kleinen Negerlein. Auch ihr. Das Ende kennst du doch?«

»Blödsinn.«

»Sag ich doch«, warb Hänsel um Isis Aufmerksamkeit.

»Ich sage jetzt mal was«, mischte sich Monika ein, der das Ganze auf die Nerven ging. »Wir räumen hier das Feld und suchen uns einen sonnigen Fleck im Park und reden dort weiter. Einverstanden?«

Alle erhoben sich. Gegenstimme: keine.

3

Auch der Nachmittag im Park hatte zu keinem Ergebnis geführt. Die Protestwoche war zu Ende gegangen, wie sie begonnen hatte, ohne Ergebnis. Jordans Vorschlag, eine freie Theatergruppe zu gründen, erhielt zwar insgesamt Zustimmung, doch sobald es um Proben- und Auftrittsmöglichkeiten ging, wusste auch Jordan nicht weiter. Und überhaupt, wovon sollten sie leben? Sicher, da gab es die Pantomimen in den Fußgängerzonen, davon hatten die meisten schon gehört. Maskierte Einzelkämpfer, die sich auf einen aus einer Gemüsekiste gefertigten Sockel stellten und darauf hofften, mit ihrer Maskerade ein paar Mark zu verdienen.

Oder die Figuren aus Literatur und Geschichte, mit denen sich Touristen gern gegen einen geringen Obolus fotografieren ließen. In Leipzig, dem sogenannten Klein-Paris, böten sich Faust- oder Mephisto-Darsteller an. Aber sobald in den Boulevards die Jongleure und Feuerschlucker auftauchten, konnten auch sie einpacken.

Benny meinte, man solle wieder die gute alte Tradition der Moritatensänger beleben. Tragische Geschichten gäbe es ja jetzt genug.

Monika musste sofort an ihren Bruder denken. Was würde der wohl sagen, wenn sie sich auf den Marktplatz von Leipzig stellen würde? Mit lautem Singsang, eine Drehorgel vor sich und mit einem Zeigestock auf das Bild eines jungen Mannes weisend, *der, Leute, höret die Geschicht', ein bess'res Leben wollte, doch das bekam er nicht.*

Doch musste sie die Vorstellung nicht weitertreiben. Hänsel meldete sich zu Wort, richtig mit Handzeichen, und sprach davon, dass er bei einer Busreise in Italien erlebt habe, wie sich eine Gruppe Schauspieler am Kolosseum für die Touristen als Gladiatoren verkleidet und Schaukämpfe aufgeführt hätte.

»Hier auf diesem Boden, vielleicht fünf, sechs Kilometer Luftlinie entfernt«, ereiferte er sich, »war vor zig Jahren die Völkerschlacht. Ein paar Platzpatronen, etwas Theaterblut und schon zahlen die Leute. Du könntest den Russen geben, Benjamin, du den Franzmann, Sebastian, und du den Preißen, Arnfried«, was dieser mit einem zackigen »Wohl-wohl« quittierte, während die anderen beiden stumm vor sich hinblickten.

»Und unsere Mädels wären die Marketenderinnen, sehr gut. Bloß eines hast du vergessen, Hänsel. Das Völkerschlacht-Jubiläum war schon, genau vor zwei Jahren. Die nächsten Feierlichkeiten kommen erst 1993 wieder. Bis dahin sind wir verhungert.«

»Mensch, Jordan, du kannst einem auch jeden Spaß verderben.«

Und tatsächlich hatte danach niemand mehr Lust, etwas anderes vorzuschlagen. Irgendwie war die Luft raus. Da half auch die Sonne nicht mehr, die an diesem Tag noch einmal im Park ihre Bühne hatte.

Im Wohnheim fand Monika ein Schreiben der Verwaltung des Studentenwohnheimes vor. Sie wurde aufgefordert, unverzüglich den Nachweis ihrer Immatrikulation zu erbringen oder ihren Wohnheimplatz bis zum Monatsende zurückzugeben. Unweigerlich musste sie an den Spruch denken: *Dafür sind wir nicht auf die Straße gegangen!*

Richtig, begann sie ein Selbstgespräch, dafür ist niemand auf die Straße gegangen. Das fahrende Volk ist ja schon auf der Straße. Wen kümmert's? Zwei Handvoll Schauspielstudenten, weiter nichts. Die neue Matrikel, die keine ist. Das heißt, Studenten sind wir ja noch nicht einmal. Nur Studentenspieler, armselig, ohne Bühne und Applaus.

Ihr war zum Heulen zumute.

Was würden die Eltern sagen?

Ob sie sie nicht doch anrufen sollte?

Zum Glück kam im selben Moment das Mädchen, mit dem sie sich das Zimmer teilte, nach Hause. Es hatte sich ihr als Kerstin vorgestellt. Draußen an der Tür stand ihr voller Name. Nachdem Monika am vergangenen Sonntag einen Zettel mit ihrem Namen daneben gehängt hatte, waren sich beide gleich nähergekommen. Kerstin Lahm und Monika Schreiter, was für ein Duo. Ihr Lachen hatte sie vom ersten Moment an verbunden.

Kerstin genügte ein Blick auf den Brief, der auf dem Tisch lag.

»Und, ist es so weit«, fragte sie, »will man dich raushaben?«

»Ja, du hast es erfasst.«

»Schweinerei. Du kannst doch nichts dafür, wenn der Staat plötzlich auf dem Kopf steht.«

»Krieg wäre schlimmer, meinen meine Quasi-Kommilitonen.«

»Da haben sie Recht. Das ganze Ding hätte ja auch nach hinten losgehen können. Wenn sich die zwei Millionen Parteimitglieder bewaffnet und die Armee mobilisiert hätten, dann herrschte heute Bürgerkrieg.«

»Also soll ich mich freuen?«

»Unsinn. Aber das Beste daraus machen.«

»Und das wäre, bitteschön?«

»Du bleibst. Du bleibst in dieser Stadt und schlägst dich durch, wie Tausende andere auch.«

»Und wovon soll ich leben?« Kaum hatte Monika diese Frage geäußert, ärgerte sie sich über sich selbst. Von der Existenz ihres Sparbuches hatte sie niemandem erzählt. Nicht einmal ihrem Bruder, der völlig fertig gewesen war, als er sie an ihrem Ankunftstag vom Bahnhof abgeholt hatte. Schon Wochen zuvor, als sie noch im Erzgebirge war, hatte er sie in einem Brief gebeten, ihm nur postlagernd zu schreiben. Auf keinen Fall sollte sie den Eltern gegenüber ein Wort darüber verlieren, dass er derzeit ohne feste Adresse war. Für die Eltern wäre der Gedanke unvorstellbar, ihr Sohn könne obdachlos sein.

»Und ich habe auch schon eine Idee«, fuhr Kerstin fort, als wäre ihr Monikas Schweigen gar nicht aufgefallen. »Du übernimmst einfach meinen Job. Ich muss jetzt aufdrehen und endlich meine Diplomarbeit zu Ende bringen. Du weißt ja, ich habe jetzt schon das zweite Thema, nachdem der neue Prof das erste verworfen hat. Sozialistischen Kitschismus hat er es genannt. Dabei habe ich ewig herumrecherchiert und x-undneunzig Brigadetagebücher durchgeschwartet nach der *Rolle der Kunst für die Werktätigen*. Ich habe Leute interviewt, die mir stolz erzählt haben, dass sie nach dem Besuch der DDR-Kunstausstellungen ihre Scheu überwunden haben, eine Galerie zu betreten. Das kann ich jetzt alles in die Tonne treten, meint der neue Prof, während der alte Prof jetzt wahrscheinlich Rosen züchtet. Das ist erst'n Scheiß, sag ich dir. Die Dumme bin ich. Wenn die Heimleitung mitkriegt, dass ich längst die Regelstudienzeit überzogen habe, setzen die mich wahrscheinlich von heute auf morgen auch auf die Straße. Na dann gute Nacht und keen Bette, wie meine Großmutter immer sagt.«

Monika musste lachen.

»Deine Großmutter brauchen wir hier.«

»Ja, von der Oma nimmst du den Rat an, den du dir von deiner Mutter verbitten würdest. Aber jetzt mal ernsthaft. Was weißt du über Blumen und Zimmerpflanzen?«

»Naja«, versuchte Monika eine Antwort, »Rosen, Tulpen, Nelken kann ich schon unterscheiden. Auch Stiefmütterchen von Maiglöckchen. Aber was soll die Frage?«

»Nun«, versuchte Kerstin die Antwort hinauszuzögern. »Ich hätte einen Job für dich. Nichts Großes, aber ein Einkommen, und du könntest dir ein Zimmer nehmen.«

»Ernsthaft?«

»Ja, ernsthaft.«

»Aber ich habe doch nichts Richtiges gelernt.«

»Stimmt, aber du wirst ja auch nicht richtig bezahlt, nur als Hilfskraft, als Hilfskraft in dem Blumenladen, in dem ich bisher gejobbt habe. Nach dem Gespräch mit meinem Prof gestern habe ich heute schon mal vorgefühlt. Also du könntest morgen meine Schicht übernehmen, und ich marschiere brav in die Deutsche Bücherei. Ist das ein Wort?«

»Was heißt ein Wort«, jubelte Monika, »das ist ein Satz, ein Buch, ein ganzer Bücherladen! Du bist wirklich eine Freundin, obwohl wir uns erst eine knappe Woche kennen.«

»Na, übertreib mal nicht. Du wirst sicherlich noch fluchen, wenn du die verdammten stachligen Sträuße binden und Kübelpflanzen raus- und reinhucken musst. Außerdem erwarte ich, dass du dich jede Woche einmal sehen lässt und mir von deinem ersten Lohn einen richtig dicken Herbststrauß bindest.«

Den Rest des Abends hatte Monika damit verbracht, in Kerstins Blumenbuch zu blättern, das sich diese zu Beginn ihrer Arbeit in der Blumenhandlung angeschafft hatte. Monika wollte einigermaßen vorbereitet sein, wenn sie sich am nächsten Tag in dem Blumenladen vorstellte. Sollte sie sagen, fragte sie sich, dass ihre Mutter, als gelernte Verkäuferin, sozusagen vom Fach war und eine Zeitlang die Verkaufsstelle geleitet hatte, in der sie, als Tochter, einmal bei der Inventur mithelfen durfte? Und sollte sie außerdem erwähnen, dass sie gut im Kopfrechnen war? Vielleicht sage ich nur das, wonach ich gefragt werde, nahm sie sich vor, ehe sie mit zunehmender Verzückung die Abbildungen in Kerstins Blumenbuch betrachtete.

Das Buch, stellte Monika nach wenigen Seiten fest, war noch ziemlich ungelesen. Es gab sogar einzelne Seiten, die noch zusammenklebten. Als sie die Mitbewohnerin darauf ansprach, winkte diese ab.

»Was soll's. Ich hab's versucht. Ich wollte mir Herkunft, Wuchs, Standort und Pflege einprägen. Aber am Ende kommt es auf deine Geschicklichkeit und deinen Geschmack an. Und schnell musst du sein, kein Kunde wartet gern«, gab sie Monika mit auf den Weg, um sich dann mit ihrer Reiseschreibmaschine auf dem Schoß, für die sie sich eigens ein Kuchenbrett besorgt hatte, auf das Kopfteil ihres Bettes zurückzuziehen.

Latein war fakultativ, deshalb hatte Monika dem Fach nur wenig Aufmerksamkeit geschenkt. Es sei eine tote Sprache, sagten alle. Das hatte sie nicht infrage gestellt. Ein paar Sprüche hatte sie von den ersten Probestunden behalten, Zitate, die man gut einsetzen konnte, wie *Carpe diem!*, das jeder kannte, oder *cogito, ergo sum* – Ich denke, also bin ich.

Doch jetzt stieß sie auf *Cyclamen persicum* oder auf *Campanula isophylla*. Niemals hätte sie gedacht, dass sich dahinter das langweilige Alpenveilchen oder die herkömmliche Glockenblume verbergen. Sie sah sich schon im Laden stehen und Kunden den sogenannten Geldbaum, von der Art, wie er sich im elterlichen Zuhause Topf um Topf vermehrte, als *Crassula ovata* anpreisen. Vielleicht würde sie dann gleich gefeuert.

Um einen Kunden zu gewinnen, braucht es mitunter Jahre, hörte sie die Mutter predigen. Um ihn zu verlieren, genügen Sekunden. Daran wollte sie denken.

4

An den Kundenspruch der Mutter dachte Monika an dem Samstag gar nicht. Sie stand nicht im Laden vor Kundschaft. Sie stand in einer fensterlosen Kammer, die sich hinter dem Ladengeschäft befand, und topfte Kakteen ein. Das heißt, sie versuchte es. So gut es ging. Ihre Finger steckten in groben Leinenhandschuhen, sodass ihr Tun unbeholfen wirkte. Und sie wurde von der Chefin des Ladens korrigiert, als sie von Stacheln sprach.

»Dornen«, verbesserte sie die Inhaberin des Blumenladens, deren Namen Monika bei der Begrüßung nicht so richtig verstanden hatte, weshalb sie nach dem Fauxpas eine direkte Anrede vermied. »Es sind Dornen, die gibt es mit und ohne Widerhaken, in verschiedenen Farben, mal unauffällig pelzig, mal kräftig und starr wie Nähnadeln.«

Die Erde, die sie für die Kakteen in die Tontöpfe füllen musste, war sandig. Sie lernte zuerst, die richtige Topfgröße für den jeweiligen Kaktus auszuwählen. Manche waren kugelig, manche hatten dicke Blätter, die nicht abbrechen durften, manche sahen wie Phallusse aus – das sagte sie natürlich nicht. Die Chefin sprach von Säulenkakteen.

Es fiel ihr auf, dass die Ladenklingel nur selten anschlug. Doch sobald das der Fall war, steckte sie den Kopf durch die Verbindungstür zum Laden, die nur mit einem Stück Stoff verhängt war, und beobachtete, wie die Chefin mit den Kunden umging. Es waren an diesem Samstagvormittag ausnahmslos Frauen, meist ältere, die den Laden betraten. Die meisten von ihnen verlangten nach einer Topfpflanze, einem Einblatt, einem Gummibaum oder einer Ampelpflanze, nach etwas, das rankt. Auch nach Sansevierie fragten sie; eine Kundin nannte die langblättrige Pflanze »Schwiegermutterzunge« und kaufte gleich zwei.

Doch oft gab es ein Zögern. Die Kundschaft drehte und wendete die Pflanzen, um so unauffällig wie möglich nach den kleinen Klebeschildern mit den Preisen Ausschau zu halten. Ihr war anzusehen, dass sie sich an Wuchs und Blüte der Pflanze erfreute und gewiss schon den Platz im Blick hatte, der ihr gehören sollte. Dennoch wogen die Frauen ihre Entscheidung lange ab. Unschlüssig traten sie auf der Stelle, kauften dann schnell oder äußerten, dass sie am nächsten Tag wiederkämen.

Froh war Monika, als eine Kundin, die sich nach einer großblättrigen, immergrünen Monstera gebückt hatte, fragte: »Ist bei dem Preis der Übertopf dabei, Frau Schönwerder?« Erleichtert registrierte sie es. Aha. Schönwerder, sprach sie vor sich hin, Schönwerder, das präge ich mir ein.

Es dauerte nicht lange, ehe das Geläut vom Kirchturm gegenüber die zwölfte Stunde schlug. Schnurstracks ging Frau Schönwerder nach draußen und trug die kleine Bank mit dem Blickfang, der aus ein paar gebundenen Sträußen in einem verzinkten Eimer bestand, in den Laden. Anschließend schob sie den Fahrradständer an die Hauswand und machte ihn mit einem Kettenschloss am Gitter des Kellerfensters fest.

»So, Feierabend für heute«, rief sie anschließend lauthals in den Laden, als würde sie eine ganze Mannschaft informieren wollen.

Mit den Kakteen war Monika gerade fertig geworden. Sie war sich nicht sicher, ob sie die umgetopften Gewächse angießen sollte. Von ihrer Mutter wusste sie, dass Sukkulenten bei zu viel Feuchtigkeit faulen würden. Unschlüssig stand sie vor dem Arbeitstisch, als Frau Schönwerder den Vorhang beiseiteschob.

»Das sieht doch prima aus«, sprach sie, während sie mit geübter Hand schnell noch die unscheinbar wirkenden Weihnachtskakteen separierte. Ihre Haltung ließ keinen Zweifel aufkommen, dass das Lob ernst gemeint war. »Kommen Sie doch einfach Montag wieder, Fräulein Schreiter – dann sehen wir weiter.«

Monika wusste nicht, ob sie über den ihr allzu bekannten Reim lachen sollte, sie versuchte ein Lächeln. Andererseits war sie froh, dass der erste Tag offenbar zu ihren Gunsten ausgegangen war.

Dem ersten Arbeitstag waren weitere gefolgt, Montag, Mittwoch, Samstag. Monika besaß zwar nichts Schriftliches, aber am vierten Arbeitstag hatte sie einen Abschlag bekommen, den sie als Mietvorauszahlung auch dringend benötigte, wollte sie nicht das Spargeld der Eltern angreifen. Frau Schönwerder hatte ihrer Hilfskraft, die sie jetzt nicht mehr Fräulein Schreiter, sondern Monika nannte, geholfen, eine passende Bleibe bei einer ihrer Kundinnen zu finden. Die verwitwete Frau Plaschke hatte ein Zimmer frei. Außerdem half sie Monika, ihre beiden Koffer von der einen Behausung zur anderen zu befördern.

Wie an den Tagen zuvor stand Monika pünktlich eine Viertelstunde vor der Öffnungszeit am Laden. Doch diesmal fand sie das Geschäft verschlossen vor. Schon von Weitem hatte sie sich gewundert, dass der Fahrradständer nicht vor dem Laden stand und die kleine Bank mit den Angeboten fehlte. Das war immer das Erste, was Frau Schönwerder vor dem Laden platzierte.

Monika war an diesem Morgen voller Tatendrang. Nachdem sie einige Male Hannelore Schönwerder assistieren durfte, hatte sie heute erstmals die Aufgabe, den Grabschmuck zweier Trauerfeiern ganz allein zusammenzustellen.

Wie immer am Montag lieferte ein Bote die übers Wochenende hergestellten Schleifen pünktlich acht Uhr an. Beim ersten Mal war ihr nicht aufgefallen, dass die Trauerschleifen teilweise noch druckfrisch waren, und sie hatte ein *Gott behüte Dich!* beim Glattstreichen verwischt. Frau Schönwerder hatte es ein Telefonat gekostet, mehr nicht. Die Reklamation hatte die Schleifendruckerei ohne Weiteres anerkannt und auf der Stelle für Ersatz gesorgt.

Die unbrauchbare Schleife hatte Monika stets vor Augen. Sie hing seitdem an einem Nagel in dem fensterlosen Raum und brachte die beiden Frauen immer wieder zum Lachen. Aus dem *Gott behüte Dich!* war ein *…t…üte Dich!* geworden. Mittlerweile ein geflügeltes Wort zwischen den Frauen, das sie benutzten, um ihr Verhalten oder das der Kundschaft zu kommentieren. Erst am Samstag zuvor hatte ein erneutes *…t.…üte Dich!* dazu geführt, dass die etwa doppelt so alte Hannelore Schönwerder ihrer Hilfskraft das *Du* anbot.

Nun stand Monika vor dem Laden und Hannelore war nicht da. Im Laden lag die Garnitur für die Grabkissen und Kränze bereit, diese hatte sie am Sonnabend bereits vorsortiert. Die Vertreter der Trauergemeinden und ein Bestattungsunternehmer würden in knapp einer Stunde im Laden stehen. Sie würden mit laufendem Motor am Straßenrand halten und die Kofferhaube ihres Fahrzeugs vorsorglich öffnen. Monika hatte bisher nur Hinterbliebene erlebt, die in Eile waren.

Der Zeitdruck, der mit jeder Minute Verspätung zunahm, machte sie unruhig, und sie stieg auf die Eingangsstufe vor der Ladentür und sah sich um. Die Straße war um diese Zeit noch wenig befahren. Neue Westwagen schlichen auf leisen Pneus vorbei, Trabanten knatterten blauwolkig hinterher. Doch weder von links noch von rechts war das metallene Tuckern eines Wartburgs zu hören.

Dem Thema Tod war Monika noch nie so nahe gerückt wie in diesem Blumenladen. Auch Kerstin hatte sie mit keiner Silbe darauf vorbereitet, und das geschah sicherlich ohne Absicht. Kerstin, die älter und aufgeklärter war, hatte Blumenschmuck für Gräber für ebenso selbstverständlich gehalten wie den Brautstrauß bei Hochzeiten.

Blumen, das hörte sich jedoch für Monika nach Frühling an, nach Blütenduft und Blütenpracht, nach Liebe, nach Kindern, die sich Kränze flochten, nach Verehrung, nach Verlobung und all den Stadien zweier Hochzeiter. Aber dass das Hauptgeschäft einer Blumenhandlung in der Herstellung und Lieferung von Grab- und Trauerschmuck bestand, gemäß dem Motto »Gestorben wird immer«, wäre Monika vorher nicht in den Sinn gekommen.

Beim ersten Mal war es für sie beinahe unheimlich gewesen, als ein schmaler Mann mit grauem Hut und dunklem Anzug und zwei blassgesichtige, schwarz gewandete Frauen, die sich später bei der Auftragserteilung als Mutter und Tochter vorstellen sollten, vor dem Laden standen. Es war ein trüber Tag, und Monika hatte gerade das Wasser in den Eimern mit den Schnittblumen nachgefüllt und war dabei, den Einfüllstand der Hydropflanzen zu kontrollieren, als es an der verglasten Ladentür mit einem Mal dunkel wurde. Das schwarze Trio hatte offensichtlich nach den Auslagen und Preisen gespäht, um sich vorab über die Kosten und Leistungen ein Bild zu machen.

Es sah etwas tollpatschig aus, als Monika die Tür öffnete und die Kunden hereinbat, die Klinke in der einen, die Kanne wegweisend in der anderen Hand.

Hannelore Schönwerder war geübt im Umgang mit dieser besonderen Kundschaft. Regelrecht im Handumdrehen zog sie aus den Nischen des Ladens Sitzmöbel hervor und gruppierte die Trauernden um einen kleinen Tisch, auf dem sie reihum einige Prospekte ausbreitete. Sie hatte sofort erkannt, dass der schmale, junge Mann die Entscheidungen traf.

»Wir wollten das nicht dem Bestatter überlassen. Mein Vater war ein Gourmet, ein Lebemann, müssen Sie wissen. Bei ihm musste immer alles vom Feinsten sein.«

»Ja, dann …«, setzte Hannelore Schönwerder geschäftsbeflissen an.

»Nein, nein. Nur keine Umstände«, unterbrach sie der junge Mann. »Das ist es ja gerade. Wir dachten eher an etwas Schlichtes, was dennoch Stil hat.«

»Mein Mann hat …«

»Ja, Mutter, die Frau weiß, was wir meinen. Man kann über seine Verhältnisse leben, aber nicht über seine Verhältnisse sterben. Ist doch so?«

Monika sah, wie Frau Schönwerder nickte.

»Sie haben an Rabatt gedacht für mehrere Kränze«, hakte sie nach.

»In der Tat, wir möchten im Rahmen bleiben«, pflichtete die Tochter bei.

»Mehr hat er auch nicht verdient.«

»Mutter!«, mahnten beide Kinder gleichzeitig. »Das gehört nicht hierher.«

Monika war das Ganze unangenehm. Da sie wusste, dass sie bei dem Kundengespräch nicht gebraucht wurde, zog sie sich in die Arbeitskammer mit der verunglückten Schleife zurück.

Zwei Tage später sah sie an den billigen Kränzen, die auch im Namen von Cousinen und Tanten gebunden worden waren, dem mageren Beiwerk und an den auf das Nötigste reduzierten Schleifentexten *Meinem Mann, unserem Vater* wie die Verhältnisse des Trauertrios zu bewerten waren. Die Worte *Liebe, innig, unvergessen* oder *Du bist in unseren Herzen* kamen nicht vor. Der Aufdruck *Unserem guten Onkel* war das Äußerste, was die Schleifen verhießen.

Wenn Frau Schönwerder mit ihr das Programm für die nächsten Tage abstimmte – das geschah meistens in der flauen Mittagszeit – sprach sie von Heimgängern, für deren Bestattung Floristikaufträge vorlägen. Und sie fragte Monika jedes Mal, ob sie am darauffolgenden Mittwoch oder Samstag oder Montag kommen könne, um ihr *zu helfen*, wie sie es formulierte.

Einmal durfte Monika auch an einem Brautstrauß mitwirken und einzelne Blütenköpfe einflechten. Es war ein sogenannter Wasserfallstrauß. Die Brautmutter hatte ein Bild von einer Adelshochzeit aus einer Illustrierten dabei und wollte einen solchen Strauß und keinen anderen. Monika musste immer wieder Hannelore Schönwerders Werk kritisch mit dem Foto vergleichen, bis Ergebnis und Darstellung einander entsprachen. Zum Dank durfte sie den Strauß vor dem raumhohen Spiegel im Laden einmal *probetragen*.

Sie wusste in dem Moment, dass sie ein Biedermeiersträußchen oder auch einen von den edlen Armsträußen einem solch überladenen Geflecht vorziehen würde. Bloß gab es weit und breit keinen Bräutigam. Einmal hatte sie gegenüber vom Laden Jordan gesehen oder geglaubt, ihn durch das Schaufenster gesehen zu haben. Doch als sie sich endlich aus der schweren Schürze gewickelt hatte und auf die Straße gelaufen war, ließ sich niemand ausmachen, der Jordan ähnelte. Eine Fata Morgana, stellte Monika fest und verdrängte das Wort *Wunschbild* sofort.

»Es ist ja nicht mehr wie früher«, hatte ihr Hannelore Schönwerder gleich am Ende der ersten Woche erklärt. »Seit wir die D-Mark haben, werde ich mit Angeboten überschüttet. Du hast ja schon erlebt, dass von den wenigen Männern, die sich in diesen Laden verirren, jeder zweite ein Vertreter ist. Deshalb muss ich auf der Hut sein und aufpassen, dass mich niemand über meinen eigenen Ladentisch zieht.«

Monika konnte in solchen Momenten kaum etwas zum Gespräch beitragen. Sie hörte zu. Ihre Mutter, dachte sie, wäre viel eher geeignet, Hannelore Schönwerders Probleme zu verstehen. Auch in der HO-Filiale, die bei allen nur der *Dorfkonsum* hieß und wo ihre Mutter angestellt war, hatte es bereits im Sommer Lohnkürzungen gegeben.

»Ausstattung, Auswahl, Material, Frische, Vielfalt – das alles ist besser geworden, viel besser, keine Frage«, Hannelore Schönwerder geriet in Fahrt, »vor allem auch unsere Werkzeuge, mit denen wir heute hantieren. Früher kam ich nicht ohne die täglichen Kratzer nach Haus.«

Wie zum Beweis reckte Frau Schönwerder ihre bloßen Arme in die Höhe. Für einen Moment glich sie einer orientalischen Tänzerin. Doch wollte sich Hannelore Schönwerder in solch einer Pose sehen?

»Die Kratzer habe ich jetzt woanders.« Im selben Moment zog sie ihre Arme in die Ärmel zurück. »Die Leute vergleichen die heutigen Preise mit der Zeit, als es nichts gab. Und was es nicht gab, hat natürlich auch nichts gekostet. Seit Juli muss ich den Leuten zusätzlich Mehrwertsteuer abknöpfen, damit wird der Endpreis noch höher und es wird noch weniger gekauft, auch wenn es der ermäßigte Satz ist. Und ich, die ich schon nicht mehr durchblicke vor lauter Vorsteuer, Umsatzsteuer, Einkommensteuer, Gewerbesteuer, muss ungleich mehr bezahlen. Früher hat meine Mutter, eine gelernte Lohnbuchhalterin, am Wochenende das bisschen Buchhaltung gemacht. Jetzt brauche ich einen Herrn Steuerberater, der die Schliche kennt, samt Kanzlei. Dem kann ich natürlich nicht zur Entlohnung mit einem Arm voll unverkaufter Sträuße kommen.«

Den Momenten des Aufbegehrens folgten in der Regel Minuten des totalen Schweigens. Dann waren, wenn die Ladenglocke nicht anschlug, nur beider Handgriffe zu hören. Das Sortieren, das Pikieren, das Umschlingen, das Drapieren, das Verschneiden, das Verpacken.

Immer geübter ging Monika mit den Ingredienzien der Trauerfloristik um. Gleich nach der ersten Woche arbeitete sie an einem Grabbukett, für das Hannelore Schönwerder ein Drahtgerüst gebogen hatte, das den halben Arbeitstisch einnahm.

Es machte ihr Freude, aus gleichgroßen Rosenköpfen einen weißen Rahmen zu stecken, und im Inneren alle Blütenköpfe bunt zu mischen.

»Ist das nicht etwas zu gewagt?«, fragte Hannelore Schönwerder, doch ließ sie das Ergebnis gelten.

Als die Bestattungsfirma, die das Bukett in Auftrag gegeben hatte, am nächsten Tag anrief und den Ausdruck der vollsten Zufriedenheit der Hinterbliebenen an Hannelore Schönwerder weitergab, lobte diese ihrerseits Monika und stellte ihr schon das nächste Grabbukett in Aussicht.

Dabei betonte sie immer wieder, wie sehr sie es bedauere, dass Monika ihre Zeit hier bei ihr und nicht auf der Schauspielschule, wo sie ja hingehöre, verbringen muss.

Es war Punkt acht. Monika nahm die Sendung der Schleifendruckerei an der Tür entgegen und quittierte dem Boten die Anlieferung. Sie hatte die geöffnete Verpackung in der Hand, als Hannelore Schönwerder eintraf.

»Entschuldige«, sprach diese, während sie die Eingangstür aufschloss, »es ging heut alles schief.«

Monika folgte ihr in den kühlen Laden, und als sie gerade dabei war, die Rollläden hochzuziehen, stoppte sie Hannelore.

»Musst du heute nicht. Wir lassen sie heute unten.«

»Und die Grabkissen für die beiden Urnengräber?«

»Richtig, gut, dass du es sagst. Dann zieh hoch, aber nur halb, damit wir die Kunden sehen, wenn sie vor der Tür parken. Wir flaggen Halbmast, das passt.«

Schnell hatte sich Monika in der Arbeitskammer umgezogen und sich an die Herstellung der Grabkissen gemacht. Immer häufiger wurden die Kissen, die aus strapazierfähigem grünem Schaumstoff bestanden und die es in Herz-, Tropfen- oder Kreuzform gab, den schweren Kränzen vorgezogen. Auch waren sie preislich günstiger, was immer mehr den Ausschlag für eine Bestellung gab. Eine Sparwelle war im Sommer 1990 über den Osten Deutschlands gerollt. Am liebsten behielten die Leute die neue D-Mark in der Tasche. Es klang makaber, als Hannelore Schönwerder es aussprach: »Für etliche kommt die Beerdigung ihrer Hinterbliebenen zur Unzeit. Mit Ostgeld hätten sie sie lieber unter die Erde gebracht.«

Geschwind hatte Monika die verschiedenen Lilien drapiert, frischen Farn als Füllwerk eingezogen und vorsichtig die bedruckten Schleifen nebeneinander befestigt. *Ruhe in Frieden* und *Du bleibst bei uns* – das waren Trauersprüche, die ihr gefielen. Doch ihr Favorit war ein Spruch, der ihr bisher nur einmal untergekommen war: *In jedem Ende steckt ein neuer Anfang*.

Die Miene, die Hannelore Schönwerder aufgesetzt hatte, war streng geblieben. Daran änderte sich auch nichts, nachdem zehn Uhr sämtliche Bestellungen abgeholt worden waren. Vielleicht lag es auch daran, dass sie an diesem Tag geschminkt war und so ihre Konturen stärker hervortraten.

Monika, die seit der Jugendweihe ein Vermögen für Lidschatten, Lippenbemalungen und Hautabdeckungen ausgegeben hatte, ging so gut wie nie ungeschminkt aus dem Haus.

Für Hannelore Schönwerder blieb es eine Ausnahme. Sie betrat eine andere Welt, wenn sie sich in das Reich ihrer Pflanzen begab. »Ich bin von Farben umgeben«, hielt sie dagegen, wenn ihr die eigene Erscheinung an Regentagen im Ladenspiegel zu blass war.

»Wollen wir nicht mehr Licht in den Laden lassen?«, stellte Monika die passende Frage, die jedoch zu verhalten klang, um Gehör zu finden.

»Nein, lass mal, vorläufig nicht. Auch wenn Licht und Schatten des Gärtners Kapital sind. Vielmehr muss ich mit dir reden, bitte setz dich, Moni.«

Hannelore Schönwerder hatte zwei Stühle an den Tisch gestellt, der sonst Kunden vorbehalten war. Die Pausen wurden bei ihr prinzipiell in der fensterlosen Kammer verbracht.

Monika setzte sich in Positur, nachdem sie sich die Hände an der Schürze abgewischt hatte.

»Nun«, Hannelore Schönwerder trat auf der Stelle, obwohl sie saß. »Ich«, hob sie an, »also, ich bin heute Morgen nicht zufällig zu spät gekommen. Zum einen sprang das Auto nicht an und zum anderen hatte ich einen Termin mit meinem Vermieter. Einem Privatmann, dem das Haus hier gehört. Und das ist ungefähr das Schlimmste, was einem heutzutage passieren kann. Während Wohnraummieten gesetzlich geschützt sind, sind der Profitgier der Vermieter von Gewerberäumen Tür und Tor geöffnet. Wir haben die Marktwirtschaft, heißt es. Jetzt bestimmt nicht mehr die SED den Preis, sondern die Nachfrage, sagt der Vermieter. Er hätte Angst um sein Haus, die Pflanzen würden es feucht machen, befürchtet er, und außerdem läge ihm das Angebot einer Spielhallen-Kette vor, diese würde das Doppelte an Miete zahlen und sämtliche Investitionen übernehmen. Ich brauchte nur mitzuhalten, dann könne ich bleiben. Das ist doch bei Ihnen nicht anders, hat er zu mir gesagt, wenn die Leute plötzlich nach Stiefmütterchen anstehen, steigt der Preis. Bloß, dass der gute Mann verkennt, dass ich, um die Miete hier zu bezahlen, ein oder zwei LKW-Ladungen an Stiefmütterchen verkaufen müsste. Abgesehen davon, dass die Saison vorbei ist. Mit anderen Worten, der 15. Oktober ist für mich und den Laden hier der letzte. Laut Mietvertrag beträgt die Kündigungsfrist nur drei Wochen, das zu verlängern, darauf habe ich beim Abschluss nicht geachtet. Es tut mir leid, dir das sagen zu müssen, Moni. Aber ich bin faktisch am Ende. Wenn ich Bilanz ziehe, muss ich erkennen: das neue Geld, die neue Zeit, sie haben mir kein Glück gebracht. Dabei habe ich mir so viel von der Selbstständigkeit versprochen. Ein eigener Laden und auf eigenen

Füßen stehen, das wollte ich schon immer. Aber dass ich in derart viele Strudel gerate, hätte ich nicht gedacht. Harte Währung, das hört sich plötzlich für mich ganz anders an. Ihre Einführung hatte genügt und alles war binnen weniger Wochen teurer geworden: der Einkauf, der Strom, das Telefon, die Bankgebühren, die Nebenkosten, die Versicherungen, die Steuern, überhaupt alles. Ich habe ja den Laden im Januar so übernommen wie er war, ein wenig habe ich nach meinem Geschmack umgestellt, aber nicht viel. Das heißt, ich musste die Einrichtung übernehmen und habe sie natürlich Monat für Monat von meinen Einnahmen abstottern müssen. Jetzt sitze ich wahrscheinlich auf den Schulden und auf dem Mobiliar.«

Monika sah sich um. Ihr war es bisher nicht in den Sinn gekommen, die Einrichtung separat zu betrachten. Sie empfand sie als Einheit. Die grünen, raumhohen Regale, die in die Möblierung integrierte Beleuchtung, der dunkle, geflieste Boden. All das machte für sie den Laden aus – und dann natürlich der besondere Duft, den die Pflanzen verströmten.

»Es tut mir so leid.« Hannelore griff über den Tisch nach Monikas Hand. »Gerade jetzt, da du dich selbst im Ungewissen bewegst. Ich wünschte, ich könnte dir eine Stütze sein, statt dich jetzt auf die Straße zu setzen.«

»Ach«, versuchte Monika, ihre Tränen zu unterdrücken und dachte an die Grabschleife, die sie am liebsten behalten hätte. Doch den Spruch laut aufzusagen, wäre ihr albern vorgekommen.

»Dabei war ich ganz sicher, die Durststrecke überstehe ich. Gerade auch mit dir, Moni. Im November sieht die Welt in unserer Branche ganz anders aus. Da kommen die guten Tage. Totensonntag, Volkstrauertag und die Zeit der Grabeindeckungen, Weihnachtssterne, Amaryllistöpfe, Adventsgestecke und Adventskränze. Diese Vielfalt war ja schon Ende 1989 zu sehen. Da lässt sich als Deko auch mit Kerzen und Kienäppeln aus deinem Erzgebirge ein Zusatzgeschäft machen. Da hättest du natürlich tüchtig mit rangemusst. Aber so … so bin ich diesem Halsabschneider gnadenlos ausgeliefert und muss schnell meine Weihnachts- und Winterware abbestellen, ehe hier noch Vertragsstrafen drohen.«

Jetzt legte Monika ihre Hand auf die der Chefin.

»Ich könnte mich zwar draußen vor dem Laden anketten«, sprach diese. »Das gäbe eine hübsche Schlagzeile, aber mehr sicherlich nicht.«

5

Monikas Versuch, schnell in ihrem Zimmer zu verschwinden, misslang, obwohl es sich gleich gegenüber der Eingangstür befand. Doch Frau Plaschke galt als eingefleischte Wirtin, die sofort mitbekam, wenn jemand auf Zehenspitzen Eile vorschützte.

»Fräulein Schreiter«, rief sie von ihrem Küchentisch aus, »sind Sie es?«, obwohl kein Zweifel daran bestand, dass sie Monika an ihrem Schritt erkannt hatte.

»Ja, ja, Frau Plaschke.« Monika hatte die Klinke in der Hand und fühlte sich ertappt.

»So früh heute? War wohl kein Geschäft?«

»Das nicht«, versuchte Monika eine Erklärung und war froh, Frau Plaschke dabei nicht ins Gesicht sehen zu müssen. »Es ist nur wegen meines Studiums.«

»Na dann ist's ja gut. Aber ich habe noch ein, zwei Eierkuchen in der Pfanne – falls Sie möchten.«

Dass es bei Frau Plaschke Eierkuchen gab, war Monika nicht entgangen. Das hatte sie schon im Treppenhaus gerochen. Und außerdem war Mittwoch. Plinsentag, wie ihn Frau Plaschke nannte. Monika liebte diesen Pfannenteig aus Mehl und Eiern, mit einer Spur Zucker und einer Prise Salz, beidseitig etwas kross in Butter gebraten, mit Puderzucker bestäubt und mit Apfelmus gefüllt. Aber seit ihrem Vater der Cholesterinspiegel zu schaffen machte, hatte ihre Mutter Eiergerichte vom Speiseplan verbannt.

Zum Glück für Monika ging Frau Plaschke nie zum Arzt, das hatte sie Monika bereits am ersten Abend erzählt.

Bei dem Stichwort *Schauspielstudentin* war Frau Plaschke gleich damit herausgerückt. *Der eingebildete Kranke*, sagte sie, sei ihr Lieblingsstück. Sie hatte es dreimal gesehen. Natürlich nur, weil sie jedes Mal eine Freikarte geschenkt bekam.

»Der Arzt«, verriet sie, »hat bei mir gewohnt, immer, wenn das Stück auf dem Plan stand. Es war natürlich nicht der Arzt, sondern der Mann, der den Hausarzt Purgon gespielt hat.«

Molières Stück besaß für sie Signalwirkung. Sie deutete es als eine Warnung. Allein deshalb verweigerte sie sich stoisch jedem Arztbesuch. Wer dorthin geht, war sie der Meinung, kommt mit einer Krankheit zurück.

Monika wollte weder an den Arzt noch an den eingebildeten Kranken, Hannelore oder den Cholesterinspiegel ihres Vaters denken. Sie hatte Heißhunger. Frau Plaschke mochte Menschen, die einen gesunden Appetit hatten. Sie vertrat die Ansicht, ein Mensch muss zeigen können, dass es ihm schmeckt. Das unterscheidet ihn vom Tier. Ein Tier zeigt nur Gier.

Frau Plaschkes Plinsen waren überdimensioniert. Monika rang mit der zweiten und war froh, als ihr die Wirtin ein Glas Wasser hinstellte. Bei Frau Plaschke gab es nur Wasser aus der Leitung, das sie im Sommer mit Sirup versetzte.

»Schauen Sie mich an«, gab sie gerne kund, »ich trinke schon 60 Jahre das Wasser aus der Leitung und fühle mich kerngesund.«

6

Im Hof der Theaterhochschule traf Monika auf Isi. Sie saß auf einer der mannshohen Säulen, die zur Einfriedung gehörten, und zog an einem Spruchband. Das andere Ende verschwand in der Krone einer Kastanie, deren Blätter bereits begonnen hatten, mit immer weniger Chlorophyll auszukommen. Es war ein Rückzug auf Zeit, den das Grün vornahm, um seine Kraft nicht länger an das Licht zu verschwenden, das Tag um Tag etwas mehr abnahm.

»Wolltest du nicht erst morgen kommen?« Isi beugte sich zu ihr herunter.

»Schon, aber es ist alles anders gekommen.«

»Wie anders, hast du den Blumenkram hingeschmissen? Und nun?«

»Hey, du musst ziehen!«, rief Hänsel von der anderen Seite. »Glattziehen, sonst wird das nie was.«

Isi stellte sich auf den Sockel und zog, was gefährlicher aussah, als es war. Isi kam aus Pirna, dem *Tor zum Elbsandsteingebirge*, und war eine ausgewiesene Kletterin. Hänsel hingegen schwankte auf seinem Ast, sodass die Baumkrone mit ihm ins Wanken geriet.

»Wollen wir tauschen?«, rief Isi.

»Ach wo, alles easy, binde du deinen Teil fest«, kam es ächzend von Hänsel.

Und tatsächlich spannte sich das Spruchband im selben Moment zur Leserlichkeit. *THEATER PARADOXON / Premiere am 3. Oktober, 19 Uhr* stand darauf.

Wenig später stand die ganze Truppe auf dem Hof.

»Auch unser Blumenmädchen ist ja da, unsere kleine Molittle-Doolittle«, versuchte die rothaarige Elvi einen Scherz.

»Just you wait!«, parierte Monique, die die Anspielung durchaus verstanden hatte, obgleich es Jahre her war, dass sie im Fernsehen eine Verfilmung des Musicals »My fair Lady« gesehen und später einige Songs daraus im Radio gehört und sofort aufgeschnappt hatte. Überrascht war sie allerdings, dass sie den aufmüpfigen Song des Blumenmädchens Eliza so schnell parat hatte.

»Just you wait … just you wait!
You'll be sorry, but your tears 'll be to late!
You'll be broke, and I'll have money«,

sang sie forsch und versetzte die Runde in Erstaunen, die sofort applaudierte und »Zugabe« rief. Mit Ausnahme von Elvi, die ihr Schmollgesicht aufsetzte.

Jordan versuchte, Ruhe hineinzubekommen. »Am besten, wir gehen alles noch einmal durch«, sprach er.

»Nicht noch einmal, das hatten wir doch alles schon«, wehrte Arnfried ab. »Sind wir in der Schule?«

»Wir sind in der Schule, sieh dich um.« Jordan blieb beharrlich. »Wir alle sind kleine Hofmeister füreinander. Also im Ernst, was ist unser Programm?«

»Das Unmögliche möglich zu machen.«

»Richtig, Hardy. Das ist unser Motto. Uns gibt es eigentlich gar nicht. Wir haben uns als Theatertruppe selbst erfunden. Und was folgt daraus?«

»Mensch, komm zur Sache, Jordan. 'n paar von uns haben noch'n Job zu erledigen. Ich denke, wir sind zum Proben gekommen.«

»Beruhige dich, Sebastian. Das alles gehört zum Konzept. PARADOXON hat keine Bühne, keine Kulisse, keinen Beleuchter, keine Technik, keinen Inspizienten, keine Assistentin, die dir Kaffee bringt, keinen Kartenabreißer, keine Künstlergarderobe, keine Souffleuse, nicht einmal einen Schminktisch, aber der kommt noch. Was wir haben, ist unser Zusammenhalt, unser Teamgeist, wie das beim Sport heißt. Darauf müssen wir uns mental immer wieder einschwören, gerade jetzt, da wir das erste Mal gemeinsam auf einer Bühne stehen werden. Auch wenn die aus ein paar schäbigen, abgewetzten Podesten besteht, die aus dem Keller der Schauspielschule stammen, zu der wir noch immer nicht gehören.«

»Heißt das, dass wir uns jetzt an den Händen fassen und beten sollen wie amerikanische Baseballspieler?«

Bennys Einwurf kam im richtigen Moment. Die Lacher, die er auslöste, klangen erleichtert.

»So ungefähr. Also an die Arbeit. Stellt euch auf.« Jordan ließ keine Pause entstehen. »Wir haben folgende Vorgaben und bilden vier Gruppen: die Melancholiker, die Sanguiniker, die Choleriker und die Phlegmatiker.«

Im Handumdrehen übernahmen die vier Mädchen das Kommando.

»He, Jungs, wer von euch zweifelt«, warf Isi in die Runde, »dass ich eine Sanguinikerin bin?«

Benny und Hänsel schlossen sich ihr auf der Stelle an.

»Ich, die Geheimnisvoll-Melancholische. Wer liegt auf meiner Wellenlänge?«, warb Marga um die anderen Jungs, die nacheinander die Mädchen taxierten und ihre Position sichtlich genossen. Schließlich war es Hardy, der sich zu ihr gesellte.

Evi hielt dagegen und schrie zur Verblüffung aller:

»Kerle, aufgepasst! Wenn ihr nicht augenblicklich antanzt, lernt ihr mich kennen!«

Arnfried, mit dem sie ein Duo bildete, war froh, sich vorher noch nicht entschieden zu haben.

Monique stand etwas ratlos da. Sie würde sich gewiss nicht als phlegmatisch bezeichnen, aber die anderen Temperamente waren quasi schon ausgebucht. Jordan sprang für sie in die Bresche.

»Ja, gegen den Strich bürsten«, betonte er, »nicht sein Naturell verkörpern, sondern gerade das ganze Gegenteil, das ist die hohe Kunst des Komödianten, deshalb schließe ich mich der agilen Phlegma-Frau Monique an.«

Sebastian, der übriggeblieben war, folgte Jordan. Und schnell waren die vier Gruppen komplett.

»Zuerst das Leichte«, empfahl Jordan. »Aus jeder Gruppe tritt abwechselnd einer oder eine vor und nennt ein Adjektiv, das zu seinem Temperament passt. Du, Evi, fängst an.«

»Heiß, wild, stürmisch …«

»Genug, eins war verlangt, aber gut, nehmen wir drei, da sind wir schneller durch«, entschied Jordan.

»Richtig, Alter, Zeit ist Geld«, kommentierte Sebastian prompt.

»Jetzt ich«, ging Monique dazwischen. »Träge, bequem, schneckenfett.«

»Das ist gut, schneckenfett ist gut, ist sehr gut«, lobte Hardy, »das will ich gespielt sehen.«

»Los, weiter«, drängte Sebastian.

»Gut, dann ich«, rief Marga. »Trübsal blasend …«

»… oh, Leute, blasend! Wer will da nicht Melancholiker sein?«

»Hardy, du nervst!«

»… und dann noch traurig und gar nicht fröhlich.«

»Marga, bist du blond oder ich!«, machte sich Isi lustig. »Meine Adjektive sind: leidenschaftlich, lebhaft, tatenfroh.«

»So, das hätten wir«, kam es von Jordan, der in seiner Rolle als Spielleiter aufzugehen schien.

»Merkt euch alle die Begriffe, denn jetzt spielen wir Männer je eine Stärke und eine Schwäche jenes Temperaments, das wir uns ausgesucht haben. Hardy, du beginnst. Aber keiner sagt ein Wort. Die Mädchen müssen erraten, welche Eigenschaft unser Spiel ausdrückt.«

Hardy steckte die Hände in die Hosentaschen, kniff das Gesicht zusammen, plusterte die Backen auf und atmete langsam aus.

Niemand sagte ein Wort.

»Alles klar«, kürzte Jordan die Pause ab. »Und jetzt die Stärke. Das ist beim Melancholiker nicht so einfach. Da sollten wir unserem Eleven helfen. Hat einer eine Idee?«

»Tänzer, Traumtänzer!«, schlug Monique spontan vor.

»Die Jungs sind zwar gefragt, aber das ist ein guter Vorschlag, den nehmen wir, also Hardy, du bist noch mal dran.«

Dieser ließ sich nicht lange bitten und vollführte eine Mischung aus tollpatschigem Schwanensee-Auftritt und einem watschelnden Charlie Chaplin und hatte die Lacher auf seiner Seite.

»Den Traumtänzer hätten wir, sehr gut, Hardy. Ich schlage vor, als Nächstes ist Sebastian dran, er muss früher weg. Also«, wandte sich Jordan an ihn, »was bietest du uns an?«

Sebastian blieb sitzen, schaute nach unten und reagierte nicht.

»Komm schon, was bietest du an?«, forschte Jordan weiter.

Sebastian tat nicht dergleichen. Erst als ihn Jordan abermals aufforderte zu antworten, blickte er auf, gähnte lauthals, ohne sich die Hand vor den Mund zu halten.

»Was ist nun?« Jordan hatte keine Geduld mehr.

Doch davon unbeeindruckt zog Sebastian den Kopf wieder ein und bettete ihn schließlich demonstrativ in seinem Schoß, ohne dass er sich dafür anstrengen musste. Gern zeigte er, dass er als Kind eine Artistenschule besucht hatte.

»Stopp, stopp, stopp, ich hab's«, rief Marga, »er ist der Müde, das ist sein Phlegma, das ihn überkommt.«

»Quatsch, der ist einfach schlecht drauf.«

»Ich denke, er verweigert sich, unser Sebastian.«

»Was meint ihr«, mischte sich Jordan ein, »haben Evi und Monique Recht oder irren sie sich?«

»Sebastian ist top, er hat uns reingelegt, der gewiefte Phlegmatiker.«

»Das, das sehe ich auch so«, schloss sich Arnfried vorsichtig an.

»Arnfried und Hänsel haben Recht. Das war schon ganz gut. Es wirkte echt«, gab Jordan zu, obwohl ihm anzusehen war, dass er sich ärgerte, Sebastian auf den Leim gegangen zu sein. »Ihr seht«, fuhr er fort, »Körpersprache ist das A und O. Sie ist das Mittel für das Grobe, und Mimik das Mittel für das Feine. Wichtig ist, dass wir ad hoc Gesichter schneiden lernen, die Palette der Emotionen rauf und runter. Begeistert, heiter, munter. Dann wieder zweifelnd, träge, traurig. Ihr kennt ja die Smileys, die neuerdings in der Werbung verwendet werden. Das ist nichts anderes als unser Pünktchen-Pünktchen-Komma-Strich von früher. Dergleichen Theatermasken gibt es seit Jahrhunderten. Das heißt, auf den zum Mund gebogenen Strich kommt es an. Die Enden nach oben, Lachen. Die Enden nach unten,

Weinen. Das ist Improvisationstheater vom Feinsten. Der Klassiker. Und wenn ihr euch jetzt noch die Augenstellung vornehmt und diese trainiert, dann bringen eure Gesichter blitzschnell Trauer, Wut, Trübsinn und Eifer hervor. Wenn wir *Impro-Theater* machen wollen, müssen wir die Physiognomie in Sekundenschnelle abrufen können. Deshalb: üben, üben, üben. Nehmt den Schrankspiegel oder Badspiegel, was ihr kriegen könnt, stellt euch davor. Und wenn ihr keinen großen Spiegel habt, dann schaut euch um. Überall in der Stadt gibt es Ladengeschäfte. Schneidet Grimassen auf Abruf. Seid hässlich, seid schön, seid habgierig, seid bescheiden. Seid Kaiser und Bettelmann, Lady, Hausfrau oder Hure. Und wenn wir das alles bringen, dann beginnt der eigentliche Schwierigkeitsgrad, das sind die Tempi und Wechsel, die Situationskomik und das Stegreifspiel, die Typisierung und der Griff in die Mottenkiste der Klischees. Vor allem müssen wir uns untereinander besser kennenlernen, müssen wissen, wer welche Vorlieben und Kenntnisse besitzt. Das Schlimmste ist, einem Einarmigen einen Medizinball zuzuwerfen, im guten Glauben, er wird ihn schon irgendwie auffangen. Das klingt nach viel Arbeit, ich weiß, aber glaubt mir, es bedeutet auch viel Spaß. Deshalb soll's das auch für heute gewesen sein. Wie gesagt: übt, was das Zeug hält. Wir müssen als Truppe richtig gut sein. Vielleicht werden aus uns ja keine staatlich geprüften Schauspieler, sondern nur Straßengaukler. Also los! Morgen schaue ich mir eure Kunststücke an.«

Kaum hatte Jordan das gesagt, nahm er seine Tasche und verließ den Hof der Schauspielschule. Alle blieben stumm zurück und sahen einander an. Jordans Worte lagen schwer auf ihnen.

»Ich gehe dann auch mal«, sprach Sebastian, stand auf,

doch schien er es plötzlich gar nicht mehr so eilig zu haben. Denn er blieb stehen und fragte: »Wollen wir noch ein Bier trinken gehen? Ich denke, wir sollten über unseren bevorstehenden Auftritt am Tag der Wiedervereinigung reden, auch wenn wir *Impro* machen wollen. Und am besten gleich. Ich denke, Jordans Einsatz verdient es, dass wir uns Gedanken machen und ihn nicht enttäuschen.«

Sie mussten einige Straßenfluchten absuchen, ehe sie eine Kneipe fanden, die um die frühe Nachmittagsstunde schon geöffnet war. An einer Ecke im Gerichtsviertel entdeckten sie die »Letzte Instanz«, deren Schild über der Eingangstür so alt und schäbig war, dass es die vier Jahrzehnte DDR überlebt haben musste. Als sie eintraten, stellten sie erfreut fest, dass die Lokalität genügend Platz bot, um in der Gruppe zusammenzusitzen und zu beraten.

Kaum hatten sie Platz genommen, kam auch schon die Wirtin und nahm die Bestellung auf.

Der sonst so unerwachsen wirkende Hardy hatte schnell Papier und Kugelschreiber zur Hand und fing an, auf einer Liste die Hobbys und Interessen der PARADOXON-Truppe zu notieren. »Jordan hat recht. Wir müssen wissen, wie wir ticken, dann funktioniert alles wie ein Uhrwerk«, setzte er an, die Jungs und dann die Mädchen zu befragen, um alles, getrennt nach Eigenarten und Eigenschaften, sorgfältig aufzulisten.

Monika erinnerte die Einrichtung von der »Letzten Instanz« an die Kneipe, in der sie vor über einem Jahr mit ihrem Bruder war, am Tage nach ihrer Aufnahmeprüfung. Sie hatte seither keine dieser Kneipen wieder betreten und dachte, wer eine dieser Bierkneipen kennt, kennt alle. Und doch fielen ihr wenig später einige Unterschiede auf. Auf den Tischen standen kleine Vasen mit kurzstieligen Astern, und dort, wo an der Tapete ein heller Fleck war und vermutlich bis vor wenigen Monaten das übliche Foto des Staatsratsvorsitzenden hing, war die bunte Werbung für eine amerikanische Zigarettensorte angezweckt. Doch war das Format nicht groß genug, um den hellen Staatsmannfleck zu überdecken.

Als Hardy die Frage an sie richtete, was ihre Vorlieben seien, fühlte sich Monika an den Moment erinnert, als sie der Prüfungskommission gegenüberstand. »Ich kann ganz gut singen«, antwortete sie, »und dann kann ich ein bisschen Arzgebirgsch, falls das gebraucht wird. Und gerade sammelte ich Erfahrungen in einem Blumenladen.«

»Du warst Blumenmädchen?«, fragte Marga, als hätte sie den Disput zwischen Monika und Elvi nicht mitbekommen. »Ist das so etwas wie eine Blumenkönigin im Erzgebirge?«

»Nein, das gibt es dort nicht«, erwiderte sie lachend, »nicht einmal geschnitzt. Ich war Aushilfe, hier ganz in der Nähe, ein paar Straßen weiter. Aber nur kurz. Jetzt ging der Laden pleite. Nun suche ich was Neues.«

»Unterstützen dich denn deine Eltern nicht?«, erkundigte sich Marga.

»Meine Eltern … ja, schon, aber denen will ich nicht auf der Tasche liegen. Außerdem habe ich einen Antrag beim BAföG-Amt laufen.«

»Der ruht sicher, solange wir nicht immatrikuliert sind.«

»Ich würde es mit Kellnern versuchen«, mischte sich Isi ein.

»Aber auch das ist im Moment schlecht«, wusste Elvi, »die zahlen extrem wenig, und wenn keine Kundschaft kommt, bist du am Ende die Gelackmeierte. Stehst dir die

Beine in'n Bauch für nichts und wieder nichts. Am Ende hast du drei Gäste, solche Longdrinker, die kaum Umsatz machen, aber Sitzfleisch haben. Und von den paar Kröten musst du dir nachts noch 'n Taxi nehmen, weil keine Bahn mehr fährt.«

7

»Na, das klappt ja schon ganz gut, Leute.«

Jordan war in seinem Element und dirigierte das Publikum, das sich auf dem Hof der Schauspielschule zusammengefunden hatte.

Die Mundpropaganda, eine kurze Meldung in der Lokalpresse und ein paar handgemalte Plakate hatten genügt. Außerdem war Feiertag und die Angewohnheit der Menschen, sich zu versammeln, noch jung. Fast alle Stuhlreihen und die zusätzlich herangeschafften Bänke waren voll besetzt. »Ich sage nicht Applaus! Ich rufe nicht Applaus! Ich äffe es euch auch nicht vor. Nein«, Jordan machte eine Pause, »denn ich bin im Bild. Wenn ihr den roten Punkt auf einer der vier Kameras seht, dann läuft die, dann bin ich bei zig Millionen Fernsehzuschauern daheim zu Gast. Ein lieber Gast. In Farbe. Jede Geste wird zu sehen sein, jeder Pickel, sage ich euch, deshalb war ich ja bis eben noch in der Maske. Aber unser Hänsel, er ist völlig ungeschminkt, er wird jetzt noch einmal sein Schild hochhalten. Bitte.«

Und Hänsel reckte das *Applaus*-Schild nach oben. Und die Leute gingen mit. Sie hatten Spaß an der Inszenierung. Sie johlten, sie trampelten, bis Jordan den Beifall unterbrach.

»Leute, denkt daran, gleich sind wir auf Sendung, in ein paar Minuten sind wir live. Die gesamte, heute vereinigte Republik wird uns zuschauen. Und bitte unterlasst das Winken. Das sieht einfach nicht gut aus. Es sieht, entschuldigt, bescheuert aus, wenn ihr mit kindischer Miene euren Verwandten zuwinkt, die womöglich gerade unterwegs zum Kühlschrank sind oder einen anderen Sender laufen haben. Hustet noch mal ab, wenn ihr wollt. Denn dann lässt sich nichts mehr korrigieren. Ihr seht doch die Kameras?«

Jordan wies ins Leere.

»Konzentriert euch mal allein auf die Handkamera, die, ja, die meine ich, die hier auf der Bühne, mit dem lästigen Kameramann dahinter, der mich immer ins Visier nimmt. Glaubt mir, der Mann ist wie eine Schmeißfliege. Aber er macht seinen Job, und den macht er gut. Er war mit dem Ding schon in meiner Garderobe und wollte mich am liebsten in Unterwäsche filmen. Sein Objektiv liefert die verfluchten Nahaufnahmen. Diese Kamera gehört verboten. Aber mit Verboten haben wir 's ja jetzt nicht mehr so im neuen Deutschland. Erst ließen wir alles raus und jetzt lassen wir alles zu. Aber heute weht der Mantel der Geschichte, wie der mit dem Saumagen sagt, ihr wisst schon, unser aller Kanzler. Heute werden wir ja eins miteinander, mit unseren Brüdern und Schwestern im Westen.«

Jordan holte Luft.

»Und die drei fest positionierten Kameras, die jeden Blickwinkel festhalten, die seht ihr doch auch?«

Die Leute schauten sich um und sahen nichts.

»Die seht ihr doch auch.« Jordan verschärfte den Ton.

Die Leute schauten sich um, einzelne nickten.

»Die seht ihr doch auch!« Jetzt drohte Jordan.

Die Leute schauten sich um. »Ja!«, bestätigten sie.

»Ja!«, erhob sich einer. »Vier Kameras. Genau, es sind vier Kameras: eins, zwei, drei, vier.«

»So, nachdem ihr wisst, dass wir gleich auf Sendung gehen …«

Jordan legte den Kopf etwas schief und hielt eine Hand wie eine Muschel ans Ohr. »Aus der Regie höre ich gerade: Der Countdown läuft. Noch einen Hinweis, unser Hänsel hat ja nicht nur das Schild in der einen Hand, ihr seht ja auch die beiden Fähnchen in seiner anderen Hand. Seht ihr sie?«

»Ja!«, riefen sofort die Zuschauer in der ersten Reihe, »ja!«, und die anderen stimmten ein.

»Mit diesen Fähnchen hat es folgende Bewandtnis«, gab Jordan den Oberlehrer. »Hält er das Schild hoch und gleichzeitig die grüne Fahne, dann soll der Beifall ganz normal sein, kräftig zwar, aber nicht zu lang. Hält er hingegen das *Applaus*-Schild hoch und gleichzeitig die rote Fahne, dann muss hier niemand vom Platz gehen, nein, dann müsst ihr toben, was das Zeug hält. Bloß denkt daran, wir sind hier nicht auf der Waldbühne. Die Stühle sind nur geborgt und waren bis gestern noch Volkseigentum. Jetzt gehören sie wahrscheinlich der Treuhand. Hänsel, Probe!«

Hänsel stand da, hielt das *Applaus*-Schild hoch und hantierte, zackig wie ein Linienrichter auf dem Fußballplatz, mit den Fahnen, als setzte er Signale ab.

Der Beifall für Jordan glich einer Welle, die auch all die anderen in ihrer Startposition hinter dem dünnen provisorischen Vorhang erfasste.

Rasch verbeugte er sich und trat als Maître de Plaisir ab.

Schwungvoll purzelten vor das Publikum nun Marga, Elvi, Isi und Benny. Im Hintergrund lief Zirkusmusik. Die Mädchen hatten eine Akrobatiknummer einstudiert, die Benny nach einer kunstvollen Rolle rückwärts moderierte. Mal war Schwarz oben, mal Rot, mal Gold. Die Mädchen boten eine Mischung aus Schulsport und künstlerischer Darbietung. Es gab Stand- und Hebefiguren und zur Erheiterung der männlichen Zuschauer ein paar Bocksprünge. Isi hatte von irgendwoher einen Aufheller für ihr Haar aufgetrieben, und das frühe Abendrot ließ ihr Igelhaar leuchten. Es dauerte etwas, ehe die Zuschauer das Spiel mit den Farben der Trikolore verstanden hatten.

Zur selben Zeit linste Monika durch den Spalt des dürftigen Theatervorhangs. Sie war aufgeregt. Spontan hatte sie Hannelore Schönwerder eingeladen und ihr einen Stuhl zwischen Frau Plaschke und Kerstin reserviert. Die drei Frauen saßen in der ersten Reihe. Der gleichfalls reservierte Platz neben Kerstin war frei, das beunruhigte Monika.

Dabei war sie guter Dinge und hatte überschwänglich allen von der neuen Lage erzählt, auch Frau Plaschke, die von den Querelen an der Schauspielschule eigentlich nichts wissen sollte.

Seit zwei Tagen war es spruchreif, dass das Schauspielstudium für sie alle nun endlich beginnen würde. Seitdem war die Truppe in ihrem Element und hatte jeden Tag bis in die Abendstunden hinein geprobt, Kostüme und Requisiten zusammengesucht und die gesamte Bühne selbst gezimmert.

Es war Hardy gewesen, der mit der Nachricht gekommen war und erst einmal alle auf die Folter gespannt hatte. Furchtbar dieser Selbstdarstellerberuf, diese Angeberei, das hatte Monika in dem Moment empfunden. Jeder andere wäre seinem Nächsten mit der guten Nachricht sofort um den Hals gefallen. Nicht so ein Herr Jungschauspielschüler; dieser kostete seinen Auftritt aus.

»Es gibt Neuigkeiten«, sprach er und baute sich großspurig vor den anderen auf.

»Was für Neuigkeiten?« Die Anspannung war groß.

»Na, Neuigkeiten eben. Der Interimsdirektor hat mich zum Interimsklassensprecher ernannt. Gibt es Gegenstimmen?«

Alle sahen Hardy verblüfft an.

»Das ist nicht der Fall, dann habe ich jetzt das Wort.«

Und langsam rückte er mit der Sprache heraus: »Habt ihr schon mal festgestellt, dass wir alle aus dem Osten sind? Und das ist ja auch kein Wunder. Im Mai 1989, als uns die Kommission unsere Aufnahme attestiert hat, wäre kein einziger Westgermane auf die Idee gekommen, sich an dieser Schule zu bewerben. Das soll nun anders werden. Jetzt soll zusammenwachsen, was … ihr wisst schon, zusammen und so weiter gehört. Im Klartext, es soll eine Durchmischung erfolgen. Unser Matrikel soll mit dem diesjährigen Matrikel aus der Partnerstadt im Westen zusammengelegt werden. Später soll es dann eine Regelung für beide Schulen geben. Die Hauptsache ist …«

»Warte, stopp, heißt das, wir sind drin?«

Die Stimmen der anderen überschlugen sich. Keinen aus der Gruppe hielt es auf seinem Platz und sie fielen sich abwechselnd um den Hals.

»Wir sind drin! Wir sind drin!«

Die Nachricht hatte bei allen Freude und Erleichterung ausgelöst. Jeder wiederholte es noch einmal für sich: Wir werden immatrikuliert! »Wahnsinn«, riefen sie alle. *Wahnsinn*, das Wort des Vorjahres. Die Jungs umringten die Mädchen und standen wie eine Burg zusammen. Bei aller Unsicherheit, die mit dem Schulwechsel verbunden war, die Ungewissheit hatte ein Ende.

»Genossen Komsomolzen Schauspieler!«

»Hardy, du bist gewählt!«

Hardy genoss die Aufmerksamkeit und fuhr mit fester

Stimme fort: »Wir sind also so gut wie immatrikuliert! Aber«, relativierte er, »erst einmal gehts für uns zur Runderneuerung nach drüben. Das ist der Plan.«

»Vom Westen lernen, heißt biegen lernen!«, kommentierte Sebastian.

»Das sagt der Richtige«, hielt sich Isi nicht zurück.

Sofort hatte Monika die Umgebung nach der nächsten Telefonzelle abgesucht. Jetzt konnte sie endlich zu Hause anrufen. Vor einer Woche hatte sie sich, abgesehen von dem kurzen Telefonat an ihrem Ankunftstag, das erste Mal bei den Eltern gemeldet und ihnen die neue Adresse mitgeteilt. Die Eltern wunderten sich zwar, dass ihre Tochter den Wohnheimplatz zugunsten eines Untermietzimmers aufgegeben hatte. Doch ein paar Worte zur Großherzigkeit von Frau Plaschke hatten genügt, um ihre Zweifel zu zerstreuen. Außerdem konnte es nicht schaden, mit Frau Plaschke eine Verbündete in der Großstadt zu haben, die ein wenig Kontrolle ausübte.

Die Schreiters wussten bis dahin nichts von den Schwierigkeiten, die für ihre Tochter mit der verzögerten Immatrikulation einhergingen. So erwähnte Monika ihnen gegenüber nur, dass alle neuen Studenten für die nächste Zeit zum Studium in die Partnerstadt nach Hannover müssten.

»Ich ziehe erst einmal wieder um.«

»Mein Gott, schon wieder.«

Für die Eltern war die in der Tieflandsbucht gelegene Stadt, die jetzt ihre Tochter beherbergte, schon weit weg, aber wie weit es bis nach Niedersachsen sein würde, vermochten sie nur grob zu schätzen. Dennoch sahen sie sich schon in ihrem neuen VW in der niedersächsischen Landeshauptstadt einfahren und ihr Kind in die Arme nehmen. In zwei Wochen wollten sie den Kauf endlich tätigen. Eine

Probefahrt hatten die Eltern gemeinsam mit dem Händler und einem Nachbarn, der sich mit Viertaktern auskannte, bereits unternommen.

»D'r Wong zieht gut, Will«, bestätigte der Nachbar. »Du weest ja, dos is wichtig bei uns im Gebarg.«

Und die Vorfreude bei den Schreiters wuchs. Wenn das Motorradwerk in gute Hände komme, und die Verhandlungen waren im vollen Gange, sollte der Industriekaufmann Wilhelm Schreiter als Buchhalter angestellt bleiben. Niemand kannte sich in den vom Werk geschriebenen Zahlen, die vor Kurzem noch schwarz und nunmehr rot waren, besser aus als er.

Auf der Bretterbühne hatte das PARADOXON-Ensemble jede Menge zu tun. Das Publikum, aus Hänsels Hand mit grüner oder roter Fahne abwechselnd aufgestachelt oder abgebremst, konnte vom Improvisationstheater augenscheinlich nicht genug bekommen. Sie riefen jede Menge Begriffe nach vorn, Satzfetzen, Sketchwünsche, und manche schlugen gleich ein Szenenspiel vor. Die Spieltruppe aber sehnte die Pause herbei. Die 50 Minuten Stegreifspiel und artistische Einlagen hatten die jungen Leute außer Atem gebracht.

Jordan schickte Elvi nach vorn, sie zog einen Stuhl hinter sich her, setzte sich darauf, schloss die Augen und streckte die Füße von sich. Jordan baute sich breitbeinig vor der ersten Reihe auf und schaute fragend ins Publikum.

»Nun?«

Als dieses stumm blieb, rief er: »Ihr kennt doch die Frage alle: Was will uns der Künstler, das heißt die Künstlerin damit sagen?«

Und es sollte nicht lange dauern, dann erhob sich einer und rief: »Pause«.

Elvi stand auf und Jordan verbeugte sich, beide traten sie ab und zogen hinter sich den Vorhang zu.

Und ohne das Zutun von Hänsel brandete Applaus auf. Beifall, der echt war.

Monika hielt sich hinter dem Vorhang auf und bewegte die Zunge. Mit dem Kiefer versuchte sie Lockerungsübungen, plusterte die Backen auf, atmete hörbar aus und ein. Laut Plan stand ihr Auftritt unmittelbar nach der Pause bevor. Frau von Greylitzsch, die Gesangslehrerin, die die Aktion unterstützte, hatte den Hausmeister gebeten, das E-Piano der Schule vom Probenraum auf den Hof zu tragen. Er hatte dafür auch irgendwo eine Steckdose gefunden. Zum Proben im Freien war keine Zeit geblieben. *Impro* hieß das Zauberwort. Mikrofon und Verstärkeranlage gab es nicht. Monika dachte an die Feierstunde zum 70. Jahrestag der Oktoberrevolution, gleich nach den Herbstferien, damals auf dem Schulhof. Sie stand in der frisch aufgebügelten blauen Bluse der Jugendorganisation vor den drei Klassen ihres Jahrgangs und sollte das Gedicht »Er rührte an den Schlaf der Welt – Lenin« von Johannes R. Becher aufsagen.

Er rührte an den Schlaf der Welt,
Mit Worten, die Blitze waren,
Sie kamen auf Schienen und Flüssen daher
Durch alle Länder gefahren.
Er rührte an den Schlaf der Welt,
Mit Worten, die wurden Brot,
Und Lenins Worte wurden Armeen
Gegen die Hungersnot.

Sie hatte das Gedicht auswendig gelernt, verhaspelte sich jedoch schon in der ersten Zeile. Nachdem sie den Titel aufgesagt hatte, sah sie ihre Mutter Kuchenteig in der Schüssel rühren. Kurzum änderte sie den Text. »Er rüttelte am Schlaf der Welt«, begann sie und trug außerdem die Verse viel zu leise vor. Die in Blöcken aufgereihten Schüler vor ihr kümmerte das nicht weiter. Sie waren angetreten und doch wie weggetreten und ließen das übliche Ritual solcher Feierstunden über sich ergehen. Der Direktor und die *Rote Gabi*, die Vorsitzende der Jugendorganisation, standen in Monikas Nähe und hörten jedes einzelne Wort. Nur die Lautenbach, Monikas Deutschlehrerin, stand hinter ihrer Klasse und versuchte, über die Köpfe der hochgewachsenen Kinder hinweg, ihr ein Zeichen zu geben, damit sie lauter sprach. Statt dabei die Hände zu bewegen, bewegte die Lautenbach die Lippen und formte überdeutlich wieder und wieder das Wort *lauter*. Sie sah dabei aus wie ein gestrandeter Fisch, der nach Luft schnappt. Musterschülerin Monika hatte lachen müssen, was gar nicht ins Bild passte, ein Lachen, das im Gegensatz zu ihrem Vortrag viel zu laut geriet, sodass sie dann vollständig aus dem Text kam und schließlich unfreiwillig für allgemeines Gelächter gesorgt hatte. Ein Lachen, das noch heute in ihr nachklang, so befreiend hatte sie es damals für sich empfunden.

»Hast du mal einen Moment?« Jordan zog sie in die Gegenwart zurück.

»Nicht lange, du weißt, ich bin gleich dran.«

»Das weiß ich, eben deshalb möchte ich dich ganz kurz sprechen. Es muss sein. Gib mir fünf Minuten.«

»Ist etwas mit dem Repertoire, soll ich etwas anderes singen?«

»Nein, nein, das ist es nicht.« Jordan legte den Arm um Monikas Schulter und schob sie ein Stück von den anderen weg.

»Ich kann nicht mit nach Hannover kommen, es geht nicht.«

»Das ist doch Blödsinn, Jordan. Wie kommst du jetzt darauf. Du hast den Laden die ganze Zeit zusammengehalten. Du bist unser Sprecher. Frag die anderen, damit stehe ich bestimmt nicht allein da.«

»Sprecher«, wiederholte Jordan. »Quatscher, solltest du sagen, Schwätzer, Ausplauderer …«

»Ich verstehe nicht?«

»Ich bin IM, Monique, verstehst du? IM gewesen. Inoffizieller …«

»Ich weiß, was ein IM ist. Ein Modewort.«

»Doch nicht für mich. Ich bin nur an dieser Schule gelandet, weil ich mich verpflichtet habe, die Augen und Ohren offen zu halten.«

»Das ist doch Unsinn«, ereiferte sich Monika. »Du bist doch der, der zuallererst Talent und Ahnung hat, viel mehr als die meisten von uns.«

Sie sah Jordan fragend an und war sich unschlüssig, ob er das ernst meinte.

»Aber ich bin ein Spitzel, ein mieser kleiner Spitzel«, wiederholte er. »Sicher wollte ich spielen. Es war ja auch anfangs ein Spiel. Da kamen zwei Herren in die Kaserne, die von meiner Bewerbung wussten, auch davon, dass mich die Schauspielschule abgelehnt hatte. Sie haben mir genauso wie du Talent bescheinigt und meinten, sie wüssten Mittel und Wege, wie ich doch noch zu meinem Schauspielstudium käme. Sie haben mich sogar getestet, ich sollte ihnen vorspielen, wie ich Leute aushorche, indem ich sie nach ihrer Meinung zu politischen Themen befrage, wie ich an einer Wohnungstür klingle und herausfinde, ob der Hausherr zu Hause ist, ob man Westpakete bekam, welche Zeitung man las. Das klappte alles gut, ich bekam eine glatte Eins für die Köder, die ich jedes Mal ausgeworfen hatte. Ich machte ihnen vor, wie man eine Kneipenrunde dazu aufstachelt, ihre Zufriedenheit oder Unzufriedenheit mit dem politischen System rauszulassen. Es belustigte die Herrschaften. Das war ein bisschen Improvisationstheater wie eben. Die Männer zeigten sich sehr angetan von mir und stellten mir eine militärische Laufbahn in Aussicht, in der Perspektive könnte ich das Erich-Weinert-Ensemble leiten, wenn ich mich an der Elevenfront, wie sie sagten, bewähren würde. Nicht von ungefähr schlugen sie mir den Decknamen *Primus* vor, auf den ich mich dann auch gern verpflichten ließ.«

»Du spielst doch mit mir, Jordan? Du machst dich über mich lustig. Du bereitest die nächste Nummer vor. Das kann doch nicht dein Ernst sein, was du da erzählst.« Eine Mischung aus Ohnmacht und Empörung schwang in Monikas Stimme mit.

»Mensch, Scheiße, Moni, nichts wäre mir lieber als das, glaub mir. Aber es ist kein Spaß. Auch wenn das Ganze total grotesk ist, denn die Leute, in deren Auftrag ich unterwegs bin, sind im Nirwana abgetaucht, sind von der Bildfläche verschwunden, die Herren *Ver*Führungsoffiziere. Jetzt steh ich als der Verführte allein da. Stasi ade oder ab in die Produktion, wie es hieß, ehe die Arbeitsplätze dort knapp wurden.«

»Aber du musstest doch, das war doch nicht freiwillig, das verstehen die anderen auch. Ich verstehe es …«

»Das ist lieb gemeint, Monika, aber niemand in meiner Lage musste ein Schwein sein. Es ging ja nicht um meinen Kopf, den ich hätte aus einer Schlinge ziehen müssen, sondern mir ging es nur um meinen verletzten Stolz, meine Eitelkeit. Ich wurde ja nicht einmal zur Eignungsprüfung hierher eingeladen. Dabei war ich Spielleiter beim Barras und habe eine bunte Truppe angeführt. Und was für eine! Wenn wir Weihnachten vor der Mannschaft auftraten, gab es nicht wenige, die erst einen Tag später nach Hause fuhren, um unsere legendären Auftritte nicht zu verpassen. Einer von uns landete beim Fernsehen, ein anderer kam im Norden an einem renommierten Theater unter, ein dritter ging in die Filmfabrik. Nur ich, ich sollte plötzlich nicht mal so viel Talent haben, um an dieser Schule hier anzukommen. Das hat mich sehr gekränkt. Da bin ich einfach durchgedreht. Und was ist, ich wache auf, und die Mephisto-Zwillinge mit Schlapphut stehen da, wie im Film, und handeln mir meine Seele ab.«

»Es ist entsetzlich, was du sagst.« Unbewusst war Monika ein Stück von Jordan abgerückt. »Aber so wie ich, haben sicher auch die anderen Verständnis für deine Lage. Es ist doch jetzt alles anders.«

»Sicher ist alles anders. Wir haben Westmark, Westautos und jetzt auch Weststudienplätze. Aber ich, ich«, beharrte Jordan, »stecke noch in meiner verdammten alten Haut, als Diener zweier Herrn, meiner Kameraden und der Stasi – und jetzt diene ich schon wieder. Für mich ist das noch keine Vergangenheit. Das ist noch zu frisch. Glaub mir, ich muss erst einmal etwas ganz anderes machen, nichts, was Charakter erfordert, sondern eher etwas Praktisches: Fischfangflotte oder Bergarbeiter, was weiß ich. Etwas, das einen Menschen läutern kann. Bitte …«

»Monika, hier stecken Sie!« Frau von Greylitzsch stand plötzlich vor ihnen. Sie ließ nicht erkennen, ob sie von dem Gespräch der beiden etwas mitbekommen hatte. »Ich suche Sie schon die ganze Zeit. Haben Sie die Noten?«

Monika nickte. »Eine Sekunde noch. Ich komme sofort.«

»Tu mir den Gefallen, Monika, bitte, spiel ein Lied mehr, hänge etwas dran, gib eine Zugabe, gib zwei, auch wenn sie dir niemand abverlangt. Lass mir einen Vorsprung. Sag am besten niemandem etwas. Das wird schon früh genug rauskommen. Ich will weg sein, wenn der Vorhang fällt.«

»Und deine Conférence?«

»Die übernimmt unser … euer neuer Klassensprecher, der ist schon ziemlich scharf drauf.«

»Gut, ich singe für dich. Aber bitte, pass auf dich auf.«

Kaum hatte Monika die Bühne betreten und Hardy sie als »unsere mondäne Monique« angekündigt, gab Frau von Greylitzsch die ersten Takte vor und das Lied kam über Monikas Lippen, als wäre es schon immer in ihr gewesen:

Von den Großen dieser Erde
Melden uns die Heldenlieder:
Steigend auf so wie Gestirne
Gehen sie wie Gestirne nieder.
Das klingt tröstlich, und man muß es wissen.
Nur: für uns, die sie nähren müssen
Ist das leider immer ziemlich gleich gewesen.
Aufstieg oder Fall: wer trägt die Spesen?

Das Publikum, geschult im Zwischen-den-Zeilen-Hören, jubelte Monique zu und ließ sie mit ihrer Gesangslehrerin tatsächlich nicht ohne Zugabe von der Bühne gehen.

Und als die beiden Frauen sich darauf verständigt hatten, nach Brecht-Eislers »Ballade vom Wasserrad« auch deren Lied und Gegenlied »Von der Freundlichkeit der Welt« darzubieten, überkam Monika eine seltsame Trauer. Jordan hatte sie ins Vertrauen gezogen, ausgerechnet sie, und sich nur bei ihr verabschiedet, ohne dass Zeit blieb, einander wirklich Auf Wiedersehen zu sagen, ohne jede Umarmung. Den anderen gegenüber fühlte sie sich zum Schweigen verpflichtet. Das arbeitete jetzt in ihr, und doch lächelte Monika, als das Publikum »Bravo!« rief, und verbeugte sich höflich.

Sie stand vor den Menschen in der ersten Reihe, Menschen, die ihr lieb geworden waren: Hannelore Schönwerder, Kerstin Lahm, Frau Plaschke. Doch konnte sie die Augen nicht von dem leeren Stuhl nehmen, dem Platz, der für ihren Bruder reserviert war, der, das hatte er ihr fest versprochen, diesen Abend auf keinen Fall verpassen wollte.

RAINER, MAI 1990

1

Binnen weniger Tage hatte sich Rainer Schreiter erneut eine Zugverbindung zusammengestellt. Diesmal war er, von Annaberg kommend, in Karl-Marx-Stadt umgestiegen und saß nun im Durchgangszug, dessen Zielbahnhof im Leipziger Tiefland lag.

Jetzt fuhr er auf den alten Gleisen dahin zurück, und er spürte seinen Herzschlag. Nicht mehr lange und er bekam sein *altes Leben* wieder: seine eigenen vier Wände, seine Plattensammlung, seinen Arbeitsplatz, seine Schichtbrigade und die regelmäßigen Lohntage. Nicht mehr auf Arbeitslosengeld angewiesen zu sein, zählte zu den greifbaren Zielen. Er wollte sich nicht länger als Nassauer oder Bedürftiger fühlen müssen, obgleich er, als Ostdeutscher, zur A-Klasse der Geflüchteten zählte, weit vor den Russlanddeutschen und noch weiter vor den Übersiedlern aus den früheren deutschstämmigen Gebieten in Rumänien oder Ungarn.

Er genoss es, das Land an sich vorbeifahren zu sehen: Feld um Feld, Baumgruppe um Baumgruppe, Gehöft um Gehöft und in den Stadtsiedlungen Hauszeile um Hauszeile, Straßenflucht um Straßenflucht, Fabrikhalle um Fabrikhalle. Eilte der Zug an Vorortbahnhöfen vorbei, bereitete es Rainer meist etwas Mühe, die Namen der Ortschaften schnell genug zu erfassen, sodass er sich an den mit den Ortsnamen beschrifteten Stellwerkhäuschen orientierte, die weit genug von der Bahnlinie entfernt standen. Aufgefallen war ihm bereits bei seiner ersten Fahrt, die ihn von Ingolstadt über Frankfurt am Main ins Erzgebirge führte, dass im Osten an den Rändern von Kleinstädten Westwagen feilgeboten wurden. Ganze PKW-Flotten standen auf Wiesen, die früher Kinderfesten oder den Kirchweihen vorbehalten waren. Die vor den Verkaufsplätzen geparkten Ostfahrzeuge, deren gängige Marken Rainer beinahe lückenlos im Gedächtnis hatte, waren ordentlich in Reih und Glied abgestellt. Unauslöschlich blieben für ihn Optik, Zweitaktgeruch und -geräusch von Wartburg und Trabant. Um auf Saporoshez und Moskwitsch zu kommen, musste er hingegen schon etwas länger überlegen. Škoda, Wolga, Lada und Dacia fielen ihm jedoch sofort ein. Viele Automarken aus dem Osten bestimmten in jüngster Zeit auch das Ingolstädter Stadtbild. Immer häufiger parkten Exemplare von ihnen vorm Behördenzentrum am Rathausplatz.

Rainer musste nur an seine Eltern denken, um sich vorzustellen, mit welchem Eifer sich die Augenpaare der Betrachter unter den Wimpelketten an die neuen, bisher unerreichbaren Automobile aus dem Westen hefteten, jene Modelle aus Wolfsburg, Stuttgart, Ingolstadt oder München oder gar die in Fernost gefertigten Fahrzeuge.

Von Weitem unterschied sich ein Großteil von ihnen nur durch ihre Lackierung. Ihr immer mehr zur Stromlinienform geratenes Äußeres ließ sie einander immer ähnlicher werden. Insofern stach ein Fahrzeug mit Ecken und Kanten, wie es dem Landrover eigen war, sofort heraus.

Noch war Mai und aller Tage Schautag. Und ausgerechnet ihn, den Fußgänger und Straßenbahnbenutzer, hatten die Eltern zu dem neuen Autohändler am Ort mitgenommen, um ihn angesichts des riesigen Gebrauchtwagenangebots um Rat zu fragen.

Ein eigenes Auto zu fahren, gehörte nicht zu Rainers aktuellen Plänen, das lag außerhalb seines Wunschradius. Bislang war er nicht über den Erwerb eines Mopedscheins hinausgekommen. Wie viele junge Männer seines Jahrgangs wollte er die Armeezeit nutzen, um dort die Prüfung für den LKW-Führerschein abzulegen, mit dem er auch einen PKW hätte fahren dürfen. Doch war ihm durch seine Arbeit in einem Exportbetrieb das Ableisten des Wehrdienstes erspart geblieben.

Die geplante Anschaffung eines eigenen Wagens war im Elternhaus *das* Gesprächsthema der vergangenen Tage gewesen. Er solle, hatte ihn die Mutter unter vier Augen gebeten, den Vater auf ein taugliches Alltagsmodell lenken und ihm bei seinen Flausen nicht unterstützen. Dabei hatte sich herausgestellt, dass Rainer nicht einmal sagen konnte, was ein Coupé von einer Limousine unterschied. Von den verschiedenen, in Kubikzentimetern angegebenen Hubräumen der Motorisierungen gar nicht zu reden. Einzig zum Farbton vermochte Rainer eine Meinung zu äußern und zur Ausstattung und der Größe des Kofferraums. Immerhin etwas.

Ziemlich unbedarft stand er dann am Besichtigungstag neben Vater und Mutter vor den aufpolierten »jungen Gebrauchten« und hatte leichtfertig zum Besten gegeben, wie er im Aufnahmelager gehört habe, dass man der Echtheit der Tachometer nicht allzu großen Glauben schenken solle. Nicht selten seien diese manipuliert und die Angaben zu den gefahrenen Kilometern deutlich minimiert worden. Die Eltern zeigten sich erschrocken und äußerten die Vermutung, dass dies wohl vor allem für Modelle der Marken Mazda oder Toyota gelten müsse. In Deutschland wäre ja die technische Überwachung gang und gäbe.

Zudem, beteuerten die Schreiters, käme für sie ohnehin nur ein Fahrzeug aus der VW-Reihe in Frage. Deutsche Wertarbeit. Daran wollten sie festhalten.

Speziell schwärmte Rainers Vater Willy von einem leuchtend roten VW Scirocco, einem sportlichen Coupé, dessen Fahrwerk tiefergelegt war. Frau Schreiter betrachtete abwechselnd den Wagen und ihren Mann voller Skepsis. Davon unbeeindruckt rief Willy Schreiter nach dem Händler und bat darum, sich einmal hinter das Lenkrad setzen zu dürfen. Der Einstieg gestaltete sich für Herrn und erst recht für Frau Schreiter schwierig. Seit Jahrzehnten waren beide das Aufsitzen auf ihrem Motorrad gewöhnt. Dazu brauchte es etwas Schwung, um auf Anhieb die richtige Position zu finden. Nur im Beiwagen, den die Schreiters für ihren Nachwuchs angeschafft hatten, fand man beinahe ebenerdig Platz und stieg hier ein wie in ein Paddelboot. Während Willy Schreiter verzückt das Armaturenbrett betrachtete, hatte der Händler die Fahrertür des Scirocco geöffnet, das Fenster heruntergekurbelt und die bequeme Breite der Türen gegenüber herkömmlichen Limousinen hervorgehoben, ebenso die Innenpolsterung der Tür. Das begeisterte Gesicht von Vater Schreiter war ihm in dem Moment Lohn genug. Rasch schloss er die Tür wieder, lehnte sich in die Öffnung und gestikulierte ins Wageninnere. Eine jahrelange Erfahrung sprach aus ihm, als er die Besonderheit des Sportlenkrads, der den Oberkörper stabilisierenden Sportsitze, der farbigen Gurte und der verchromten Instrumente zu preisen begann. Rainer hatte seinen Vater lange nicht so begeistert gesehen; jungenhaft saß er hinter dem Steuer des Scirocco. Er wusste, dass dies seiner Mutter nicht entgangen war und er nicht extra an die Beifahrerseite treten musste, um ihr ein Zeichen zu geben, Vaters

Vorliebe für die nächste Zeit zu tolerieren. Der Händler hatte seinerseits Frau Schreiter schon gebeten, das Handschuhfach zu öffnen und ihm einen Prospekt des Wagens und die Bedienungsanleitung zu entnehmen. Beim Aussteigen sprach Willy Schneider im Modus des Händlers immer wieder davon, dass dies ein besonderes Angebot sei, sozusagen eine einzigartige Gelegenheit, und dass sie mit diesem Wagen im Dorf Furore machen würden.

»Ja, rut wie de Feierwehr. Iech wess ja net«, konnte sich Erika Schreiter des Kommentars nicht enthalten. »De Leit warn sogn, d'r Schreiter-Will is verrückt wur'n.«

»Frog doch mol, Gung, ob m'r a Probierfahrt mach'n kenne.«

»'s is schie d'rledigt, Vat. Net viern erscht'n Juli«, ging Rainer auf den Wunsch seines Vaters ein, und er bemerkte, wie schnell er in der heimischen Umgebung in den Dialekt zurückfiel, den er sich in Leipzig und erst recht in Ingolstadt immer verboten hatte.

Selbstverständlich war dem Händler nicht die Enttäuschung entgangen, die Willy Schreiters Mundwinkel augenblicklich nach unten zog. »Ist Kommissionsware, Meister, und außerdem ist es wegen der Versicherung. Aber der Wagen läuft Ihnen nicht weg.«

»Is ja ka Käfer nich«, nahm Vater Schreiter den Witz auf und fuhr noch einmal behutsam über den glänzenden Lack des schnittigen Fahrzeugs.

Schnell hatte der Händler den Namen und die Anschrift der Schreiters notiert und auf die Liste potenzieller Käufer gesetzt, die am ersten Sonntag im Juli für eine Probefahrt vorgemerkt waren. Als der Händler fragte, ob die Herrschaften Telefon hätten, sagte Willy Schreiter nicht ohne Stolz die Zahlenreihe auf, nebst Vorwahl.

2

Für Rainer Schreiter war klar, dass seine Eltern nicht zu den Menschen gehörten, die sich im Handumdrehen für einen Kauf entschieden. Von der Mutter wusste er, dass sie auch schon vor seinem Besuch beinahe jeden Abend über den nach der Währungsumstellung geplanten Autokauf gesprochen hatten. Werktags am Küchentisch, an den Wochenenden in der geheizten guten Stube. Wilhelm Schreiter hatte dabei ein kindliches Gemüt gezeigt, das sein Sohn so von ihm nicht kannte. Aus mehreren Illustrierten hatte der Vater Abbildungen verschiedener Volkswagenmodelle ausgeschnitten und sie wie Sammelbilder auf dem Wohnzimmerbuffet ausgebreitet. An den Werktagen hatten sie auf der Küchenfensterbank ihren Platz.

Bei Barzahlung, hatte sich Wilhelm Schreiter von einem Kollegen aus dem Motorradwerk sagen lassen, könne man beim Kaufpreis bis zu 20 Prozent Rabatt erzielen. Natürlich seien die Banken auch offen dafür, dass man den Wagen in Raten abstottert. Das Verleihen von Geld sei schließlich ihr Geschäft. Informationen dazu hatten die Schreiters bereits bei der Auszahlung des Begrüßungsgeldes im nahen Bayern bekommen. Detaillierter hatte sie zum Thema Finanzkauf bereits der Autohändler unterrichtet und ihnen per Taschenrechner blitzschnell die Raten ermittelt, die bei einer Anzahlung von etwa einem Drittel des Kaufpreises auf sie zukämen. Aber Schulden machen wollten Schreiters nur im Notfall und nicht für ein Luxusgut, zumal ihnen die Vorstellung nicht behagte, dass die Bank den Fahrzeugschein als Pfand einbehalten und sie erst am Ende der Darlehens-Laufzeit Eigentümer des Fahrzeuges sein würden. Und das konnte Jahre dauern. »Dos is, als hätt's de fier dei Kind gar ka Geburtsurkund«, hatte sich der Schreiter Will gegenüber seiner Frau empört.

Rainer war sich sicher, dass bei seinem nächsten Besuch im Elternhaus ein VW auf dem Hof stehen würde. Bis zur Währungsumstellung von DDR- in D-Mark waren es keine sechs Wochen mehr. Vermisst hatte er bei seinem Besuch im Erzgebirge seine Schwester, die sich gerade auf Klassenfahrt in Prag befand. Das Abitur hätte sie, hatte der Vater stolz verkündet, de facto in der Tasche. Jeden Tag hatten die Eltern auf das Eintreffen einer Ansichtskarte gehofft oder darauf, dass das Telefon klingeln und Monika in der Leitung sein würde. Noch war ihnen der neugelegte Telefonanschluss fremd, und Rainer hatte seinen Vater mehrmals dabei beobachtet, wie er den Hörer abnahm und sich vergewisserte, ob daraus ein Freizeichen zu vernehmen war. Er wählte auch hin und wieder die Zeitansage und verglich sie mit der Standuhr in der guten Stube, die nicht genau ging.

Ab dem Spätsommer würde Rainer seine Schwester öfter zu Gesicht bekommen. Das hatte sie ihm in einem Brief mitgeteilt, der in einem verschlossenen Kuvert steckte, und darauf hingewiesen, dass sie in einer Klemme stecke. Bislang hatte sie den Eltern verschwiegen, dass sie an der Staatlichen Schauspielschule in Leipzig angenommen worden war. Er solle es den Eltern auf keinen Fall sagen. Sie wolle es ihnen behutsam während des Sommers beibringen.

Jetzt aber war Mai und der Winter im Erzgebirge gerade erst vorbei. Schon zwei Tage später sprach Willy Schreiter das Thema Scirocco wieder an. Kurz vor seiner

Abfahrt hatte der Vater Rainer beiseitegenommen und ihm umständlich eröffnet, dass er sich bei dem Modell noch einmal des Abstandes der Bodenplatte zur Fahrbahn vergewissert habe. Mit dem Zollstock habe er Maß genommen, die lichte Höhe sozusagen. Und die sei bei einem tiefergelegten Fahrzeug nicht eben optimal für die Gegebenheiten im Hoch- und Mittelgebirge. Ein solcher Wagen ist dann doch eher etwas für Flachländer, musste der Vater voller Bedauern resümieren. Da ist so ein herkömmlicher VW Golf dann wohl doch die bessere Wahl, schlussfolgerte er, sich der Zustimmung des Sohnes gewiss.

3

»Du verstehst sicher, dass ich dich in meine Reisepläne nicht einweihen konnte. Damit hätte ich dich nur in Schwierigkeiten gebracht.«

»Sicher, das verstehe ich«, bestätigte Jesse unwirsch, »aber einen klitzekleinen Hinweis hätte ich mir schon gewünscht. Ich fühlte mich ziemlich verloren, als ich an dem 2. Oktober zu dir wollte und deine Wohnung so aufgeräumt und leer vorfand.«

»Am 2. Oktober? An dem Montag? Da habe ich in der ehemaligen Kaserne in Ingolstadt gerade das lange Gespräch mit den Herren vom BND hinter mich gebracht. Am Wochenende hattest du deine Ruhe, aber während der Woche musstest du von einer Befragung zur nächsten.«

»Befragung, da hätte ich auch was beizutragen. Aber erzähle erst du. Wieso hatte dich der Bundesnachrichtendienst am Wickel?«, fragte Jesse überrascht.

»Ich bin doch mit Barber weg, dem Kräftigen aus der Schweißbrennerei, dem Abräumer. An den kannst du dich doch sicher noch erinnern. Der trug immer nur Latzhosen und ganz knappe Nickis, damit seine Oberarme richtig zur Geltung kamen. Der hatte den roten alten Wartburg, den 3-11er mit den glänzenden Chromstangen, der immer vor der Kantine stand. Mit Barber bin ich los. Abgesehen von einer brenzligen Situation bei den Tschechen, die das Auto inspiziert und uns eine Stunde festgehalten haben, kamen wir problemlos über Ungarn und Österreich in Bayern an. Station haben wir in Wien gemacht, das weißt du ja, und im Wartburg gepennt. Barber kannte die Route aus dem Effeff, als wäre er sie schon ein paar Mal gefahren, dabei ist es wirklich eine Kunst, sich von Bratislava kommend in Mosonmagyaróvári Richtung Csorna durchzufitzen, um dann tatsächlich in Sopron anzukommen. Als Deutscher siehst du bei den Ungarn nur lauter Ös auf den Wegweisern. Barber hatte zwei volle Benzinkanister dabei. An den Tankstellen in Ungarn bekommt man ja auch Gemisch. Aber als alleinreisende junge Männer wurden wir überall misstrauisch beäugt, deshalb haben wir öffentliche Rastplätze et cetera gemieden.«

»Habt ihr in Ungarn gecampt wie die anderen?«

»Nein, wir sind durchgefahren. Verpflegung hatten wir dabei. Barber ist dann später weiter nach Wolfsburg. Ein Onkel oder Cousin aus einem Nest bei Helmstedt hatte ihm bei VW Arbeit besorgt, irgendwas am Band. Den Verwandten hatte er gleich von Wien aus angerufen. Ich saß in Ingolstadt fest und bekam ewig keine Papiere. Ich hatte ja keinerlei Zeugnisse dabei; diese mitzunehmen, erschien mir viel zu riskant. Wenn du an der Grenze haarklein kontrolliert wirst, nimmt dir niemand ab, dass du als Urlauber auf dem Weg zum Balaton bist, wenn dein Facharbeiterbrief zwischen deinem Badezeug steckt. Dass alles so glattgehen würde, hatte ich in meinen kühnsten Träumen nicht für möglich gehalten. Offenbar hatten die Grenzer schon resigniert. Es waren ja Massen an Ostdeutschen zu Fuß unterwegs; die einen mit Sack und Pack, die anderen mit nichts als ihren Frauen und Kindern an den Händen. Die reinste Völkerwanderung. Später las ich, es seien allein bis September 150.000 gewesen.«

»Mein Vater meinte, als das mit dem Politikerpicknick begonnen hat und die Ungarn die Grenzzäune nach Österreich durchgeschnitten haben, da hätte der Teufel am Tisch gesessen. Und da seid ihr durch? Wie ging es dann für dich weiter?«

»Totaler Scheiß. Ich hockte in Ingolstadt in dieser ehemaligen Kaserne, bekam zwar Klamotten und wöchentlich ein paar Mark Taschengeld. Aber einige Kilometer entfernt hätte ich bei Audi in derselben Zeit gutes Geld verdienen können. Das habe ich mir immer wieder vorgestellt. Doch irgendwie tat man sich schwer damit, mich als Flüchtling anzuerkennen. ›Sie hatten doch eine gute Arbeit und sogar eine eigene Wohnung im Osten‹, hieß es immer wieder. Vor allem fragten sie mich, was ich in der DDR politisch auszustehen gehabt hätte. Darauf hatte ich keine Antwort parat. Ich bin ja auch ziemlich unbedarft in diese Situation reingeschlittert. Ende August schon hatte mich Barber angesprochen. Er hatte ganz regulär Urlaub eingereicht, und dann stand er eines Abends vor der Tür. Zwei Tage später ging es los.«

»Und jetzt bist du auf einmal wieder da.«

»Das ist auch beschissen, Mann! Ich saß frisch im Westen, und plötzlich ging die Mauer auf. Da fühlst du dich total verarscht. Die Straßen waren mit einem Mal voller Leute von hier, die vorm Rathaus oder vor den Banken anstanden, als gäbe es Bananen, die es dann tatsächlich gab. Aber vorher mussten sie ihre 100 Westmark Begrüßungsgeld abfassen und die Knete in den nächsten Supermarkt tragen. Da denkt unsereiner, er spielt verkehrte Welt. Ich habe dann das Notaufnahmelager schon gar nicht mehr verlassen. Irgendwie fühlte ich mich dort sicher. Wenn ich mal draußen war, mal über den Wochenmarkt ging, verstand ich oft das Bayrische nicht. Man hat ja mit den Leuten aus dem Osten nicht nur im übertragenen Sinne die gleiche Sprache gesprochen und dieselben Witze gemacht. G'noss'n!, hieß es früh im Umkleideraum und alle wussten Bescheid. So war es doch. Aber dort blieb ich ein Fremder, auch wenn ich nach ein paar Wochen quasi schon zum Inventar gehörte. Die Insassen wechselten ja ständig. Ich habe zum Beispiel beim Einweisen der Neuankömmlinge geholfen, dafür hat man mir einen Fernseher ins Zimmer gestellt. Am Ende des Ganges hatte ich so eine Butze, eine bessere Besenkammer, die ich mit niemandem teilen musste. Ein Radio wäre mir lieber gewesen. Vom Beat-Club aus Bremen mal abgesehen, da habe ich keine der Wiederholungen aus den 70ern verpasst. Na und nachts Rockpalast, das war die reine Sahne. Aber ansonsten kannst du Fernsehen vergessen. Bei den Privaten laufen den ganzen Tag Talkshows. Du glaubst nicht, was die Leute im Westen für Probleme haben. Das hältst du im Kopf nicht aus. Stundenlang reden die übers Sitzpinkeln oder übers Fremdgehen mit der Nachbarin oder ob ein kleiner Mann eine große Frau haben darf. Ich hatte viel zu viel Zeit. Mein Pech war, dass die freien Stellen bei Audi schon nach ein paar Wochen weg waren. Die Personalchefs im Westen konnten sich die gut ausgebildeten Ostrosinen jetzt rauspicken. Einer aus dem Aufnahmelager erzählte mir, dass er beim Bewerbungsgespräch gefragt wurde, wie seine Gehaltsvorstellungen seien. So viel wie möglich, hat er geantwortet. Das ging dem Vertreter von der Gewerkschaft, der bei dem Gespräch dabei saß, voll gegen den Strich. Die hätten mich mal fragen sollen! Dollar, hätte ich gesagt, 50.000 im Jahr und einen Dienstwagen – und ab auf die Route 66.«

»Aber jetzt bist du wieder hier, zu Fuß und ohne die Taschen voller Money, wenn ich das richtig sehe«, versuchte Jesse einen Scherz.

»Meine Wohnung ist weg.«

»Wie, deine Wohnung ist weg? Das verstehe ich nicht.«

»Die KWV hat sie räumen lassen und seit fast einem halben Jahr neu vermietet. Meine Möbel stehen in einem Speicher, heißt es. Mehr weiß ich nicht. Und das, was ich weiß, weiß ich auch erst seit heute – nachdem ich mit meinem Schlüssel nicht ins Haus reinkam. Das Ehepaar aus dem Erdgeschoss hat mich informiert. Mein Name auf der Haustafel und das Schild am Briefkasten wurden schon überklebt. Es hätte sich ein Alteigentümer gemeldet, heißt es, der will das Haus zurück. Es wird alles anders, befürchtet man, und dass die Mieten steigen.«

»Das ist überall Thema«, bestätigte Jesse, »mein Vater sagte erst vor ein paar Tagen, nur gut, dass wir ein eigenes Haus haben! Er, der Kommunist, feiert sich plötzlich als Hausbesitzer, total irre.«

»Ja, richtig. Dein Alter ist doch so ein hohes Tier, einer von den Apparatschicks …«

»… war«, lenkte Jesse ein. »Seit Ende März ist er freigesetzt, wie das so schön heißt, und den ganzen Tag zu Hause. Ein Graus. Meine arme Mutter. Sie wurde als Verkaufsstellenleiterin abgesetzt. Es gäbe immer weniger zu verkaufen, sagt sie, und wenn, dann hamstern die Leute. Wollen ihre Ostmark loswerden. Alle warten auf das neue Geld. Der Konsum baut Stellen ab. Sie geht nur noch halbe Tage.«

»Wie gehen deine Eltern damit um?«, erkundigte sich Rainer und setzte, ohne die Antwort abzuwarten, fort: »Ich sage dir, mein Vater ist ja in seiner Motorradbude gleich zum Abteilungsleiter aufgestiegen und bekam sogar einen Telefonanschluss; nach zwölf Jahren Wartezeit. Er wäre unbelastet, hieß es. Meine Eltern sind total happy und wollen von ihrer MZ auf einen VW umsteigen.«

»Das Erstaunliche für mich ist, dass mein Vater das alles so hinnimmt«, kam Jesse auf Rainers Frage zurück. »Er war mit meiner Mutter tatsächlich in der Nähe von Bayreuth, Münchberg hieß das, glaube ich. Beide haben sich beim *Klassenfeind* ihr Begrüßungsgeld abgeholt und sogar versucht, für mich auch welches mitzubringen. Bloß da hätten sie mich leibhaftig vorweisen müssen. In einem Baumarkt in Bayern haben sie das Geld ausgegeben und Sämereien, spezielle Erde und Dünger und vor allem den Bausatz für ein kleines Gewächshaus gekauft. Für DDR-Bürger gab es Rabatt …«

»Verstehe«, warf Rainer ein: »OBI hilft Ossi!«

»So ungefähr«, stimmte Jesse zu, ohne genau zu wissen, was der Freund gemeint hat. »Jedenfalls hat mein Vater das Treibhaus gleich nach dem Frost im Garten aufgebaut, vorher emsig die optimale Ausrichtung studiert und Bodenplatten gelegt. Und seitdem verschwindet er darin und zieht alle möglichen Keimlinge heran. Sein größter Stolz ist derzeit eine blühende Kiwipflanze. Wenn du da reinschaust, begrüßen dich als Erstes irgendwelche Apparaturen. Beinahe stündlich liest er die Temperatur und die Luftfeuchte ab und trägt sie in eine Tabelle ein. Er ist beschäftigt. Neulich hat er zwei Rotlichtlampen installiert …«

»Rotlicht, wie passend.«

»Du sagst es. Vielleicht könnte er inzwischen sogar darüber lachen. Allerdings sprechen wir wenig seit dem Herbst, als alles anders geworden ist. Ich kann mich noch nicht daran gewöhnen, ihn ohne Schlips und Kragen zu sehen, und bin froh, dass ich hier mein eigenes Reich habe.«

»Apropos Reich. Was meinst du«, hakte Rainer ein, »kann ich ein paar Tage bei dir pennen, bis ich was eigenes gefunden habe?«

»Klar, kein Problem. Allein, dass du zurück bist, ist doch großartig. Ich muss heute zur Nachtschicht, und für morgen früh wurde eine Belegschaftsversammlung anberaumt, an der die Nachtschicht teilnehmen soll. Da hast du deine Ruhe. Vor acht Uhr werde ich sicher nicht wieder da sein. Du kannst die Couch nehmen. Ich frage gleich meine Mutter nach Bettzeug. Vorher könnten wir noch die Neue von Queen hören, wenn du willst.«

»Meinst du Miracle?«

»Genau. Aber bevor es heißt: *Captain Cook and Cain and Able, Jimi Hendrix to the Tower of Babel* – hörst du dir erst mal meine Geschichte an.«

4

In der Nacht fand Rainer wenig Schlaf. Zu viel ging ihm durch den Kopf: Der Verlust des Hausrats ließ sich verschmerzen. Auch der seiner Wohnung. Damit musste jeder rechnen, der sich auf den Weg gen Westen machte. Bis auf Waschzeug und ein paar Wechselsachen hatte er nichts dabei, als er im Ingolstädter Lager ankam. Alles, was er brauchte, hatte er dort bekommen. Hier hatte er nichts. Von ein paar Westmark, die ihm geblieben waren, abgesehen. Plötzlich ohne jedes Einkommen dazustehen, über keine nennenswerten Rücklagen und Ersparnisse zu verfügen, war ihm zu wenig. Er kannte die Litanei aus dem Lager. Ohne eigene Wohnadresse kein Konto. Ohne Wohnung kein Arbeitsplatz. Ohne Arbeit keine Wohnung. Ohne Wohnung kein Konto. Ein Teufelskreis.

Doch das verstörte Gesicht, in das er blickte, war nicht sein Spiegelbild. Es war Jesses Gesicht, der soeben von der Nachtschicht beziehungsweise von der Betriebsversammlung gekommen war.

»Sorry, Mann«, fasste sich dieser kurz. »Ich haue mich erst einmal hin.«

Aber als er Rainers erwartungsvollen Gesichtsausdruck sah, blieb er doch im Türrahmen stehen. »Es sieht nicht gut aus auf Arbeit. Ich kam gar nicht dazu, den Alten zu fragen, ob er dich wieder einstellt. Der Export ist total weggebrochen. Die Produktion vom halben Mai steht noch auf dem Hof. Laufende Verträge wurden storniert. Seit wir perspektivisch für unsere Erzeugnisse Westgeld nehmen müssen, bleibt die Kundschaft aus. Neuerdings gehen auch Wirtschaftsprüfer von der Treuhand bei uns ein und aus. Ab nächster Woche ist in unserer Bude *Kurzarbeit Null* angesagt. Kommunismus für Arme. Wenig Geld und zu Hause bleiben.«

Leise hatte Rainer wenig später sein Kissen und das Federbett auf der Couch glattgezogen, danach behutsam die Tür zugedrückt und Jesses Souterrain verlassen.

Es war Dienstag, und es war Sprechtag in der Kommunalen Wohnungsverwaltung. Als sich nach einer Wartezeit von einer knappen Stunde eine der Türen öffnete und eine Frau »Herr Schreiter« rief, verließ Rainer das Wartezimmer und folgte der Frau in das Sprechzimmer. Hier fand er sich vor einem raumlangen Schalter wieder, der wie eine Barriere die beiden dahinter stehenden Schreibtische abschirmte. Die Frau, die ihn aufgerufen hatte, saß wieder an ihrem Platz und fragte ihn routiniert und, ohne sonderliches Interesse in ihre Stimme zu legen, nach seinem Begehr.

Rainer Schreiter nannte Straße, Haus- und Mieternummer und schilderte seinen Fall.

»Sie sind also seit Oktober 1989 mit Ihrer Mietzahlung im Rückstand, wie ich das unseren Unterlagen entnehmen kann«, fasste die Frau Rainers Anliegen zusammen, nachdem sie sich eine Karteikarte aus einem Register gezogen hatte. »Da ist in den vergangenen Monaten ein stattliches Sümmchen zusammengekommen, nicht wahr. Und wenn Sie sich nicht beeilen, werden wir außer Lagergebühren von Ihnen auch noch Zins und Zinseszins verlangen müssen. Möchten Sie das?«

»Natürlich nicht«, entgegnete Rainer, »deshalb bin ich ja hier.«

»Dann lassen Sie uns über die Modalitäten sprechen«, fuhr die Frau unbeeindruckt fort. »Sie erwarten sicherlich, dass wir Ihnen schnellstmöglich Ihr Inventar zurückgeben, wenn ich das richtig sehe.«

»Das sowieso. Aber ich möchte vor allem meine Wohnung zurück«, ereiferte sich Rainer. »Ich habe sie doch nicht gekündigt.«

»Das ist richtig, junger Mann«, bestätigte die Stimme der Sachbearbeiterin nun mit stählernem Klang. »Sie haben das Mietverhältnis einseitig und sträflich verletzt. Sie hätten sich abmelden müssen. Niemand kann seine Wohnung einfach sich selbst überlassen und verschwinden. Im Grunde müssten wir das ahnden.«

»Aber Sie wissen doch …«

»Das tut doch nichts zur Sache, Herr Schreiter. Sie hätten sich von Ihrem neuen Wohnort aus melden oder einen Vertreter bestimmen können. Das stand Ihnen frei.«

»Ich hatte keinen neuen Wohnort«, unternahm Rainer den Versuch einer Erklärung. »Ich war in einem Lager.«

»Wie? Sie waren nicht im Westen?«

»Ja, schon …«

»Na also, dann hätten Sie sich auch melden und die Angelegenheit in Ihrem ureigensten Interesse regeln können. Jetzt ist Ihre frühere Wohnung neu belegt. Das Paar, das die Zuweisung erhielt, stand seit Monaten auf der Warteliste. Es wäre unverantwortlich gewesen, Ihre Wohnung länger leerstehen zu lassen.«

»Und, haben Sie Ersatz für mich?«

»Sofort sicherlich nicht. Aber wenn Sie in einer Woche noch einmal vorsprechen, könnte ich Ihnen vielleicht etwas in Aussicht stellen. Wir erleben seit Monaten eine gewisse Fluktuation. Andererseits müssen wir unseren

Bestand bereinigen. Ich kann Sie nur bitten, sich zu gedulden. Eines sage ich Ihnen gleich: hatten wir früher nur einen schmalen Ausblick, haben wir momentan gar keinen mehr. Es hängt von vielen Faktoren ab. Und vergessen Sie nicht, Ihren Verdienstnachweis vorzulegen. Danach hat früher kaum jemand gefragt, da genügte die Zuweisung. Aber ohne Lohnnachweis läuft heutzutage gar nichts mehr. Als Altmieter der KWV haben Sie noch Glück, dass keine Kaution fällig wird. Auch etwas, was viele noch lernen müssen.«

Rainer spürte, dass die Frau einen Schlusspunkt unter das Gespräch gesetzt hatte und es für seine Bittstellung gegenwärtig keine Annahme gab. Nach einem kurzen Gruß fand er sich auf der Straße wieder.

Er könnte zurück ins Erzgebirge ziehen, das stand nicht in Frage. Seine Eltern wären sicherlich hoch erfreut, erst recht nachdem in Kürze Monikas Auszug bevorstand, und womöglich gäbe es in der Motorradbude seines Vaters Arbeit für ihn. Für den Anfang könnte er in der Stube schlafen und später die beiden Dachzimmer seiner Schwester bewohnen. Und seine Möbel, die kämen erst einmal auf den Speicher über der Motorradgarage im Hof, obwohl die ja nach den Plänen seiner Eltern bald zu einer PKW-Garage für den VW ausgebaut werden sollte.

Aber aus Leipzig weggehen?

Für immer?

Die Stadt verlassen, wieder aufs Dorf ziehen?

War es nicht gerade sein Zuhause, das ihm den Aufenthalt im Westen verleidet hatte?

Oder war es nur die Gewohnheit, die sein Streben bestimmte?

Die regelmäßige Arbeit, das sichere Einkommen, die Bequemlichkeit von Betriebsküche und Betriebskonsum? Die pflegeleichte Wohnung, die die Sicht auf den grünen Hof und gleichermaßen auf die Straße bot? Sein Beinahe-Wintergarten, in dem jetzt das junge Paar saß und vielleicht dabei war, sich ein Kind zu wünschen?

Hingegen war er jetzt ohne eine feste Arbeit und mit nur einer vagen Aussicht auf eine neue Bleibe. Im Westen hatte er einen vorläufigen Personalausweis als Bundesbürger bekommen. Seinen Personalausweis der Deutschen Demokratischen Republik besaß er immer noch. Das blaue Heft, in dem sein Jugendbild klebte, abgestempelt und mit einer metallenen Öse gesichert. Sein Barvermögen aus Ost- und Westmark war erheblich geschrumpft. Gewiss hätte er sich von den Eltern etwas Geld borgen können. Aber das kam für ihn nicht in Frage. Dennoch musste er dringend seine Barschaft auffüllen. Auf keinen Fall wollte er Jesse auf der Tasche liegen. Im Osten gäbe es Übergangsgeld für Rückkehrer wie ihn, hatte er gehört, ohne dass er Genaues wusste.

Täglich, hörte er in den Nachrichten, verließen noch immer Tausende die DDR, um in der Bundesrepublik Deutschland Wohlstand zu erlangen. Wer würde es verstehen, dass er das Privileg, sich im Westen eine Existenz aufbauen zu können, so schmählich unterlaufen hatte. Wobei er nur als eine Art Kalfaktor im Ingolstädter Aufnahmelager gelitten war, nachdem die Nachrichtendienste von ihm abgelassen und die frisch angelegten Akten geschlossen hatten. Ihn, den Überläufer, erst in die eine und dann in die andere Richtung. Festhalten am Alten. Entsprach das seiner erzgebirgischen Mentalität?

Wie gern hätte er jetzt seine Schwester gesprochen. Monika, die vieles lockerer nahm. Sie freute sich auf das

Studium in Leipzig und konnte es kaum erwarten, ihre Koffer zu packen. »Ich habe geträumt«, sagte sie ihm am Telefon, »dass ich in Berlin vor einer Kamera stand und eine Nebenrolle in einer Märchenverfilmung bekommen habe, die sollte im Fernsehen während der Weihnachtsfeiertage ausgestrahlt werden. Natürlich spielte ich nicht die Prinzessin, sondern passenderweise einen der Zwerge. Aber die Maske war so gut, dass mich niemand erkannt hat. Und wir Zwerge haben gesungen. Und was wohl? Natürlich:

Glück auf, Glück auf, der Steiger kommt,
und er hat sein helles Licht bei der Nacht,
und er hat sein helles Licht bei der Nacht
schon ange-zü-hü-hündt, schon angezündt.

Sofort hatte Rainer eingestimmt, und gemeinsam hatten sie darüber lachen können. Am Ende hatte er sie noch Sankt Barbara genannt, womit sie nichts anfangen konnte. Und Rainer war sich plötzlich wie sein Vater vorgekommen und hatte die Erklärung auf das Wiedersehen verschoben.

September käme sie zu ihm nach Leipzig, hatte Monika ihm angekündigt. Er hätte aber nur ein, zwei Nächte eine Einquartierung zu befürchten, wenn überhaupt, denn sie wolle sich rechtzeitig um eine eigene Bleibe kümmern und hätte schon ein halbes Zimmer im Studentenwohnheim in Aussicht.

Wenn sie ihn jetzt sehen könnte. Wie beschämend, keine Arbeit, die ihn ernährte, und kein eigenes Zuhause, kein Bett, das er ihr hätte anbieten können. Aber bis zum Spätsommer blieb ihm noch etwas Zeit, um das zu ändern. Gab es da nicht diesen Krauter mit den zwei öligen Drehbänken, die dieser in einem ehemaligen Waschhaus aufgestellt und an eine Starkstromleitung angeschlossen hatte? Suchte der nicht seit Ewigkeiten einen Nachfolger für seinen Mini-Betrieb?

Die Gegend im Westen Leipzigs unterschied sich kaum von den Arbeiterquartieren im Stadtosten. Auch hier reihte sich Mietshaus an Mietshaus, war die Zahl der Straßenbäume überschaubar, bröckelte der Putz von den Wänden, zog der Salpeter seine weiße Spur oberhalb der Kellergeschosse.

Im Hof stand die Tür des Flachbaues offen. Seine frühere Bestimmung als Waschhaus war ihm nicht mehr anzusehen. Der alte, stämmige Mann, der einen zu kleinen Hut trug und gerade einen Gussrohling im Spannfutter seiner Drehbank zentrierte, blickte kaum auf, als Rainer grüßend eintrat. Vielleicht war es ein Nicken, vielleicht hatte er nur leicht den Kopf bewegt.

»Kennen Sie mich noch?«, fragte Rainer nach einem Moment des Zögerns.

»Ich weiß nicht. Worum geht es? Vor übernächstem Monat kann ich keinen neuen Auftrag annehmen.«

»Ich brauche Arbeit«, platzte es aus Rainer heraus. »Ich bin Facharbeiter, Zerspaner, war lange in einem Exportbetrieb tätig; arbeite auch Schichten, wenn Sie wollen.«

»Haben Sie Papiere, Referenzen?«

»Hab ich.«

»Dabei?«

»Am Mann nicht.«

»Bei nächster Gelegenheit her damit! Ich schau sie mir an, dann reden wir weiter. Bei mir gibt's nur Tagschicht. Den Bewohnern ringsum bin ich sowieso schon eine Last mit meinen kreischenden Drehbänken. Aber woher soll einer wie ich zu neuer Technik kommen? Mir als Privatem hat man nur ausgesonderte Maschinen zugebilligt, die ich wieder flottgemacht habe. Mit viel Öl und Spucke.«

»Soviel ich von einem Kollegen weiß, der mich mal zu Ihnen mitgenommen hat – das ist mehr als ein Jahr her – sind Sie doch *der* Spezialist für Engpässe und stellen seltene Ersatzteile her. Einzelstücke, präzise Unikate.«

»Da wissen Sie ja schon fast alles«, bestätigte der Alte und legte wie zur Bekräftigung prüfend ein Haarlineal an der bearbeiteten Seite des Werkstücks an. »Also kommen Sie wieder, wenn Sie Ihre Unterlagen dabeihaben, und bringen Sie etwas Zeit mit zum Probearbeiten.«

Auch jetzt erkannte Rainer den Schlusspunkt des Gesprächs sofort. Der Alte hatte keine Pause gelassen und die Spindel seiner Drehbank sofort wieder auf Touren gebracht.

Seine eingelagerten Sachen, erfuhr Rainer eine Woche später, bekäme er auf der Stelle vollumfänglich ausgehändigt, sobald er die rückständige Miete und die täglich anwachsende Lagergebühr beglichen hätte. Offen waren, das ergab die taggenaue Abrechnung, nur drei Monatsmieten aus dem Herbst 1989, da ab Beginn des neuen Jahres die KWV Rainers geräumte Wohnung an das Paar von der Warteliste weitervermietet hatte. Sicherlich verstehe und bedauere man seine Situation. Aber eine andere leerstehende Wohnung könne man nur an ihn vermieten, wenn zum einen der Rückstand aufgeholt sei und er zum anderen für den Abschluss eines neuen Mietvertrages einen ausreichenden Einkommensnachweis vorlegen würde. Das wären jetzt die neuen Vorschriften der Wohnungsverwaltung, an die sich jeder halten müsse, wolle er nicht Gefahr laufen, seinen Arbeitsplatz zu verlieren. Für einen Einkommensnachweis brauchte Rainer aber einen neuen Job und für diesen wiederum ganz speziell seinen Facharbeiterbrief, der bei den eingelagerten Sachen war. Auf den Nachweis bestand der Krauter. Der Teufelskreis schloss sich wieder.

5

War es Zufall oder Bestimmung? Nachdem Rainer bereits zwei Wochen bei Jesse untergekommen war und ihn zunehmend ein schlechtes Gewissen beschlich, lief er auf der Straße dem ehemaligen Kollegen Edgar über den Weg. Auf den ersten Blick hatte er den »schönen Eddi«, wie er von den Frauen aus dem Betrieb genannt wurde, gar nicht erkannt. Gewohnt, dass dessen Körper in verwaschener Arbeitskluft steckte, der der einstige Blauton immer mehr abhanden gekommen war und der mit klobigem Schuhwerk auftrat, trug er mit einem Mal feinen Zwirn und leichtes, glänzend geputztes Schuhwerk.

»Ich habe gleich in den Sack gehauen«, erklärte Edgar und sprach dabei geziert hochdeutsch. »Warum warten, bis sie vor deinen Augen die Zugbrücke hochziehn? War doch irgendwie klar, dass wir mit unserer armseligen Arbeitsproduktivität auf dem Weltmarkt nicht punkten können. Dazu musst du nur den Kapitalismus studieren. Du hast ja selbst erlebt, wie das bei uns lief. Privat ging vor Export, das wussten doch alle. Wer konnte, zweigte für sich etwas ab. Ich will gar nicht wissen, wie viele Hollywoodschaukeln in der Nachtschicht nebenher geschweißt wurden. Keiner hat für das Material bezahlt. Mit einer solchen Mentalität kommste heutzutage nicht weiter.«

»Und was machst du jetzt? Womit verdienst du deine Brötchen?«, konnte Rainer sein Interesse nicht verbergen.

»Brötchen, mein Lieber, sind passé«, konterte der andere genüsslich und gab sich nicht die geringste Mühe, seine

Großspurigkeit zu kaschieren. »Ich denke heute in ganz anderen Dimensionen. Meine Welt ist heute das Immobile, das Wertbeständige, nicht das, was du zwischen den Zähnen oder Fingern hast, sondern das, was Schwarz auf Weiß im Grundbuch steht, möglichst schuldenfrei und lastenfrei. Ich makle. Grundstücke und nicht Käsestücke, wenn du verstehst, was ich meine.«

Rainer war irritiert. »Du makelst?«

Fremd war ihm, dem Kurzzeit-Umsiedler, das im Westen Deutschlands stark verbreitete Gewerbe nicht mehr. Gerade in den prallen Wochenendausgaben der Zeitungen, die im Speisesaal des Aufnahmelagers auslagen, konnten einem die auffälligen Anzeigen der internationalen Maklerfirmen nicht verborgen bleiben. Noch ehe man einen Ort in der Region betreten konnte, wurde in den einschlägigen Anzeigen spaltenweise ihr Preis verraten.

»Meine Eltern haben ja auch ein eigenes Haus«, betonte Rainer. »Sicher könntest du ihnen sagen, was es wert ist.«

»Lage, Lage, Lage – das ist das A und O in der Branche. Der Zustand ist da meist zweit- oder drittrangig, der lässt sich leicht verbessern«, schnellte Edgar vor und fügte nach einer kurzen Pause die Frage an: »Und meinst du, deine Eltern würden verkaufen? Liegt das Objekt im Zentrum oder im Speckgürtel?«

»Nein, ach wo, das war nur so eine Bemerkung von mir. Meine Eltern wohnen im Erzgebirge. Dort verkauft man nicht, dort vererbt man. Vor allem dann, wenn man sich sein Häuschen mühsam geschaffen hat.«

»Na, dann wirst du ja eines Tages stolzer Immobilienbesitzer sein.«

»Ich weiß nicht. An dem Haus müsste man einiges tun. Außerdem ist meine Schwester auch noch da.«

»Ich mache euch einen guten Preis für meine Vermittlung. Wir bieten auch die Bewertung des Hauses an. Gib einfach Bescheid, wenn es soweit ist. Jetzt habe ich noch einen Termin. Wenn du willst, kannst du dich ja mal melden. Hier is' meine Karte.«

»Heißt du jetzt anders? Nicht mehr Edgar Eberhardt, Eddi?«, fragte Rainer, als er die Visitenkarte in der Hand hielt.

»Das ist der Name meines Partners. Er hat auch meine Ausbildung arrangiert. Runderneuerung, du siehst und hörst es. Niveau kommt nicht von selbst, ist seine Devise. Mei' Sächs'sch habsch mir abgewöh'n müssen. Unsre Schprache is durch die Grenzsoldaten aus Sachsen immer noch belastet, meint mein Partner. Aber wenn du anrufst, geh ich ran. Wir haben ein Joint Venture. Ich bin vor Ort und kenn die Gegebenheiten und baue die Kontakte auf. Er hat das Know-how und gibt den Input. Meine Ausstattung, Briefpapier mit Firmenlogo, eigene Visitenkarten, all das kommt dieser Tage aus der Druckerei. Demnächst kannst du auch meinen Dienstwagen bewundern. Die Fahrerlaubnis, das heißt den Führerschein, mache ich gerade. Immobil heißt andererseits auch mobil sein zu müssen, heißt schnell zu sein.«

»Wenn du so rumkommst«, wollte Rainer sein Gegenüber so schnell nicht verabschieden, »weißt du vielleicht jemanden, der einen Job für mich hat? Ich brauche dringend eine feste Arbeit, damit ich zu einer neuen Wohnung komme.«

»In unserer Branche kommt man ohne die notwendigen Verbindungen und Marktkenntnisse kaum unter, aber ich könnte dir einen Job im Vertrieb von Zeitschriften vermitteln. Da kenne ich jemanden, der ist Teamleiter bei

ABOX, einer Firma aus Aachen. Der sagte mir, es läuft gut. Pressefreiheit ist ja jetzt ein großes Thema und Yellow Press sowieso. Unsere Leute haben einen immensen Nachholebedarf, und solange sie noch in Ostmark bezahlen können, sitzt bei ihnen das Geld auch locker genug. Und das Gute wäre, du bekämest deine Provision in DM gutgeschrieben. Vor allem brauchst du für den Vertrieb fast kein Startkapital. Soviel ich weiß, müssen nur die Musterzeitschriften, die du an potenzielle Kunden verschenkst, bezahlt werden, und das auch nur anteilig. Und das holst du bei jedem Abschluss mehrfach wieder rein.«

Kurze Zeit später hatte für Rainer und Jesse der Tag in aller Frühe begonnen, das war ihnen als gestandene Schichtarbeiter nicht neu. Jesse, der *Kurzarbeiter Null*, hatte sich Rainer von dessen erstem Arbeitstag an als ABOX-Vertriebsmitarbeiter solidarisch angeschlossen und sich neben ihn in den schmalen Lieferwagen gezwängt. Treppauf, treppab waren sie gelaufen. Einer hatte oben geklingelt, der andere unten. In der Mitte der Stockwerke hatten sie sich stets getroffen. Die Stimmung allerdings war oft im Keller. Selten war es ihnen gelungen, ihren Spruch von der *Gratisbelieferung im ersten Monat* in ganzer Länge vorzutragen. Längst hatten Trupps von anderen Vertriebsorganisationen dieses größte Neubaugebiet am Rande der Stadt mit ihrem Angebot an bunten Druckerzeugnissen durchkämmt. Selten trafen sie auf Mieter, die nicht bereits in Besitz eines Zeitschriftenabonnements waren oder dies zur Abwehr vorgaben. Da half es wenig, die jeweiligen Vorzüge der Boulevardpresse oder des gehobenen Journalismus zu preisen. Männer, die ihnen im Turnhemd die Tür öffneten, waren allein deshalb nicht unbedingt die richtigen Adressaten für Sportmagazine wie Kicker oder Motorsport und winkten ab. Und bei Mietern, die laut Klingelschild einen Doktortitel führten, stieß der Spiegel eher auf Ablehnung denn auf Zustimmung. »Nein, nein, das ist doch das Affären-Blatt«, hieß es, und mit Politik wolle man fortan lieber nichts mehr am Hut haben.

Nichtsdestotrotz blieben die beiden unermüdlich. Seit sie die Sparte der Zeitschriften mit den Gartenthemen in den Vordergrund gerückt hatten, begann der Umsatz zu wachsen. Die bunten Sträuße auf den Titelbildern lösten Freude aus. Fest stand: Rainer musste zu Geld kommen und das schnell, um der KWV – möglichst in einem Ritt – den Mietrückstand und die aufgelaufenen Lagergebühren ausgleichen zu können.

Rainers und Jesses Ausdauer wurde schließlich belohnt. Pro Tagestour verkauften sie unterm Strich drei bis vier Abonnements, das waren bis zu 20 an den ersten sechs Wochentagen, wobei sich der Sonnabend als der effektivste Verkaufstag erwies und der Kleinbus noch voller besetzt war als sonst. Es sollte sich erst später herausstellen, dass die Vertriebsagentur die Vergütung von vornherein halbierte, da erfahrungsgemäß etwa die Hälfte der Abonnements in der Folge gekündigt oder wegen falscher beziehungsweise fehlerhafter Angaben storniert wurde. Zu Beginn hatten Rainer und Jesse diese Szene erlebt:

Kaum saßen alle Ausgeschwärmten wieder im Kleinbus, nahm der Boss, wie er sich zu Beginn der Tour vorgestellt hatte, Maß:

»So, Herrschaften«, tönte er. »Manöverkritik. Wer hat zehn? – Wer hat zwölf? Kleiner Scherz. Wer hat neun? Ich warte, Leute. Wer hat acht? Niemand? Sieben, sechs? Also los jetzt. Ich will Abschlüsse sehen. Du hast ...?«

Der Angesprochene erwiderte kleinlaut: »Einen.«

Boss: »Einen! Hört ihr das? Einen! Wer hat mehr?«

Ein zweiter Jugendlicher meldete sich zaghaft. »Zwei«, klang es schon etwas lauter.

Ihm folgte ein dritter Jugendlicher, dieser triumphierte fast: »Drei!«

Doch dem Boss war das nicht genug. »Und? Noch jemand?«, lauerte er. »Enttäuschend, Leute. Ihr habt echt was gutzumachen. Und ihr wisst, dass ihr eure Chance von mir kriegt. Und das auf der Stelle. Also alle herhören, wir hängen noch eine Schicht dran. Das Ergebnis muss stimmen. Ich erkläre euch jetzt die nächste Station. Wir sind unterwegs zu einem Gebiet, in dem zu 90 Prozent alte Leute wohnen: Rentner, Vorruheständler, Arbeitslose. Alles Leute mit viel freier Zeit. Außer einer alten Kaufhalle gibt's da nichts. Keinen Kiosk, keine Bibliothek, gar nichts. Das ist eure Gelegenheit. Zeigt ihnen die bunten Bilder, zeigt ihnen die Queen und die Prinzessin Carolin, zeigt ihnen den Juhnke und den Udo Jürgens. Zeigt ihnen die bunte Welt. Und, glaubt mir, sie werden euch die Zeitschriften aus den Händen reißen. – Doch das ist nicht alles! Um euch den Verkauf zu erleichtern, um euch zu helfen, Abschlüsse zu machen, hat sich die Unternehmensleitung etwas Besonderes ausgedacht. Jeder von euch, ich sage jeder, darf zehn Freiexemplare verschenken. Sobald ihr merkt, da ist was zu holen, füttert ihr die Leute mit einer bunten Zeitschrift an, gebt sie gratis. Also, toi-toi-toi und Abfahrt.«

Es war am zweiten Montag der Tour, als Jesse erfolglos und frustriert die Mitte eines Mehrfamilienhauses erreicht hatte.

Rainer sollte wie immer die Tour von oben nach unten nehmen. Außer einer schwerhörigen Frau, die ihn nicht verstehen konnte oder wollte, und einer Mutter, die ein belatztes Kind auf dem Arm trug und ihm mit einem Breilöffel in der anderen Hand verdächtig nah kam, hatte Jesse niemand geöffnet, obwohl die Geräusche in den Wohnungen verrieten, dass jemand zu Hause war.

Von oben war von Rainers Aktivitäten nichts zu vernehmen. Jesse stieg noch eine Etage höher. Nichts. Oder doch?

Plötzlich öffnete sich eine Wohnungstür im obersten Stockwerk. Heraus trat Rainer und zog die Tür ins Schloss.

»Ich hab zwar kein Abo verkauft, aber eine Tasse Tee bekommen und war hier sicher nicht das letzte Mal zu Gast.«

»Ach, du lässt es dir gutgehen, während ich den Leuten etwas aufschwatzen muss. Ein feiner Verkäufer bist du.«

»Sei nicht sauer. Vielleicht lernst du sie ja mal kennen. Es war zwischen uns gleich Nähe.«

Als Rainer zur Seite trat, las Jesse das Namensschild an der Tür:

Britta Born.

Vor dem Haus sahen beide gleichzeitig nach oben. Rainer winkte kurz. Im selben Moment hupte der Fahrer des Kleinbusses, der in der Nähe parkte.

6

Die Vorjulizeit ging zu Ende. In wenigen Tagen stand die Währungsunion bevor, die auf Sonntag, den 1. Juli 1990, datiert war. Auf der Straße, in den Dienstleistungsgeschäften, in den Kneipen, an den Arbeitsplätzen, an den Haltestellen, beim Einkauf oder zu Hause an den Küchentischen sprach man über nichts anderes mehr. Vor Monaten schon hatten die Verantwortlichen der Bundesbank damit begonnen, die Bargeldreserven der Bundesländer zusammenzuziehen, um sie auf dem Gebiet der DDR für die Auszahlung bereitzuhalten. Die Wertpapierdruckerei im Osten druckte D-Mark en masse und wurde von einem erheblichen Aufgebot an Soldaten der Nationalen Volksarmee bewacht, einer wahren Friedensarmee. Nur Eingeweihte erlebten, dass die Geldzählmaschinen an den teilweise maroden Stromleitungen in den kaum gesicherten Sparkassenfilialen versagten. Später würden die aus dem Westen gekommenen Filialleiter nicht bestreiten wollen, dass im Umfeld dieses Tages Bankräuberträume tatsächlich im großen Stil mit der berühmten Spielzeugpistole hätten Realität werden können. Auch Chronisten kamen in diesen Julitagen zu ihrem Recht und postulierten, dass endlich dem Novemberspruch der Leipziger Montagsdemonstranten *Kommt die D-Mark, bleiben wir, kommt sie nicht, gehn wir zu ihr* entsprochen wurde, um die Zahl der Übersiedler von Ost nach West nachhaltig einzudämmen.

Nach der zeitweiligen Beschäftigung als Schwarmwerber für Zeitschriftenabonnements, die dank Jesses tatkräftiger Hilfe für Rainer nicht ganz glücklos ausging, hatte sich Rainers Blatt innerhalb kurzer Zeit gewendet. Zwar verlangte ABOX von ihm, dass er akzeptierte, dass seine ohnehin auf die Hälfte verkürzte Provision nur zu 25 Prozent ausgezahlt wird. Sonst könne man ihn nicht aus dem Vertrag entlassen, hieß es. Es fiel auch das Wort »Vertragsstrafe«, sodass Rainer das Entlassungspapier wie gewünscht unterschrieb und froh war, dem Druck, am Ende einer Tourwoche eine zweistellige Zahl an Neukunden vorweisen zu müssen, entkommen zu sein.

Britta, Rainers neue Bekanntschaft, und sein makelnder Exkollege Edgar hatten sich seiner angenommen und dafür gesorgt, dass aus dem einstigen Maschinenarbeiter ein Kopfarbeiter neuer Prägung gemacht wurde. Im wahrsten Sinne des Wortes gescheitelt und gespornt, durchlief er mit ihrer beider Hilfe eine Schulung, bei der ihm die Grundlagen des Immobilienverkaufs präzise vermittelt wurden.

Und tatsächlich vollzog sich binnen kurzer Zeit ein Wandel im Habitus des Rainer Schreiter. Er lernte, sein Gegenüber immerzu und mit Nachdruck bei seinem Nachnamen anzusprechen. Dabei war es wichtig, dem Gesprächspartner das Gefühl zu geben, dass er, Rainer, dessen williger Zuhörer sei, der speziell ihm mit offenen Ohren und Armen willig zur Seite stand. Wenngleich ihm in der Gesprächsführung die Rolle des Agierenden zukam, in der er sich stets und ständig zu behaupten hatte. Dabei durfte er bei seinem Visavis auf keinen Fall den Eindruck erwecken, dass er von dessen Entscheidung abhängig war. Es war allein das Produkt, um das es ging und das er seinem Gegenüber zum Greifen nah zu präsentieren hatte.

Zugute kam ihm dabei, dass ihm, dem einstigen Metallarbeiter, während seiner Zeit im Ingolstädter Auffanglager erste Erfahrungen im Umgang mit Menschen zuteilwurden. Dort ging es freilich um kleinere Beträge. Gefälligkeiten. Beachtung. Aber für eine vierköpfige Familie ist es schon von Belang, ob sie dazu Gelegenheit hat, die Nahrung für ihren Nachwuchs selbst zuzubereiten oder ob ihr ein halbes oder ganzes Kühlschrankfach zugebilligt beziehungsweise bei Bedarf eine zusätzliche Packung Windeln zuerkannt wird. Bei Konflikten zwischen den Familien agierte Rainer nicht selten auch als Schlichter und Vermittler.

Überhaupt entpuppte er sich in seiner von der Lagerleitung geduldeten Kalfaktorrolle als Kümmerer und entwickelte dabei ein Organisationstalent, das ihm nunmehr in seiner neuen, weitaus wichtigeren Position von Nutzen sein sollte. Freilich stand er hier noch ganz am Anfang.

Die Gesprächspartner, die ihm jetzt gegenübersaßen, waren zunächst noch seine Dozenten. Sie simulierten für diesen kleinen Kreis auserwählter Finanzlehrlinge die Situation, wie man vermittels eines Immobilienkaufs nicht nur Wohneigentum bilden, sondern dabei gleichzeitig auch die Höhe der veranlagten Einkommensteuer minimieren konnte.

Schnell begriff Rainer, dass ihm mit diesem Instrument der Schlüssel zum Erfolg in die Hand gegeben war. Als Arbeiter hatte er ganze fünf Prozent Lohnsteuer zu entrichten. Doch das gehörte der Vergangenheit an.

Die einkommensabhängigen Steuertarife, die den Kursanten in Tabellenform im Verbund mit sämtlichen Gesetzestexten ausgehändigt wurden und die das offizielle Hoheitszeichen des Bundesfinanzministeriums trugen, erschienen ihm das beste Rüstzeug für seine künftige Tätigkeit zu sein. Ihr Erscheinungsbild war glaubwürdig und seriös. Ja, er war nachgerade fasziniert davon, wie man mittels Agio und Disagio in die Lage versetzt wurde, den Kapitaldienst auf ein erträgliches oder, bei entsprechender Steuerschuld, auch einträgliches Maß zu modellieren. Finanz-Performance hieß das Zauberwort.

Und natürlich wollte Rainer sein Wissen kontrollieren und festigen, um die Abschlussprüfung mit Bravour zu bestehen. Wer mit einfachen Worten die Abseitsposition beim Fußball erklären kann, verlautbarte der Fachmann für Finanzen, der kann seinem Kunden auch eindringlich und vor allem effektiv das AfA-Prinzip demonstrieren, diese geniale Erfindung der Lobbyisten des Großkapitals, dieses wirkliche Steuergeschenk, an dem in unserem liberalen System selbst der Kleinunternehmer partizipiert.

Das Seminar bei dem agilen Lehrer für die Körpersprache gehörte zu Rainers ergiebigsten Stunden. Der Dozent begrüßte gleich am ersten Tag die Runde der Umschüler im Einzelnen gezielt per Handschlag und wertete dann sofort das Ergebnis aus. Dabei machte er deutlich, wie bereits der empfangene Händedruck geeignet ist, sozusagen aus der Hand des anderen zu lesen. »Zu lasch zeugt von wenig Willenskraft. Zu fest wirkt zu aufdringlich, zu dominant. Das Mittel, es kommt auf das Mittel an.« Dann sprach er über den Blickkontakt während der Begrüßung, über das Anstreben derselben Augenhöhe zwischen Begrüßer und Begrüßtem: »Wichtig ist es, dabei den anderen nicht etwa zu degradieren oder zu erheben. Beides schafft nur unnötige Distanz und erschwert das Verkaufsgespräch. Zurückhaltung ist für einen Verkäufer immer das Gebot, aber nicht der Stunde, sondern der ersten Minuten. Aber das ist nur die halbe Wahrheit. Denn mit Zurückhaltung lässt sich kein Abschluss erwirken. Jedoch, da werden Sie mir zustimmen, mit übertriebenem Eifer auch nicht; ein solcher verschreckt den Interessenten und lässt ihn unschwer erkennen, dass er nur Mittel zum Zweck und nicht der Zweck selbst ist. Und Zweck will er sein, er, der Adressat, das Zentrum der Begegnung! Also finden Sie hier immer die nötige Balance. – Und es ist nicht entscheidend, ob die Krawatte locker sitzt oder streng zugezogen, meine Herren, oder ob Sie den Blazer hochgeschlossen tragen oder Dekolleté zeigen, meine Damen. Entscheidend für die Gesprächsstimmung ist Ihre Körperhaltung. Wer eng die Arme zusammenhält, zeigt keine Offenheit. Erst recht nicht, wenn er die Arme verschränkt hält. Die Bedeutung eines Projekts demonstrieren Sie am besten mit der, wie ich Sie nenne, Hecht-Haltung: Aufrecht und mit offenen Armen; so als trügen Sie einen Fang vor sich her. Das vermittelt Größe, vermittelt Bedeutung. Gehen Sie so auf Ihre Kundschaft zu!«

Für Rainer waren diese Stunden der Weiterbildung ein Gewinn. Er hatte begonnen, sich selbst zu beobachten, konnte seither an keinem Schaufenster oder Spiegel mehr vorbeigehen, ohne zu registrieren, welche Signale sein Körper aussendete. Akribisch beobachtete er auch seine Freundin Britta, registrierte, ob sie sich ihm mittels ihrer Körpersprache öffnete oder verschloss. Einmal ertappte er sie dabei, wie sie den sogenannten Pistolenfinger gebrauchte und genoss es sichtlich, sie auf diesen Lapsus hinzuweisen.

»Weisen Sie niemals mit ausgestrecktem Zeigefinger auf Ihr Gegenüber, sei es Ihr potenzieller Kunde, was der schlimmste Fall ist, sei es Ihr Partner, sei es der Briefträger oder ein Zimmermädchen. Das geht gar nicht, das ist ein Affront«, hatte ihnen der Körpersprachenlehrer vermittelt.

Als richtig interessant, aber auch entlarvend, empfand Rainer den Abschluss des Seminars, bei dem der Dozent zur Demonstration Videotechnik aufbaute und Rainer, der in der ersten Reihe saß, bat, ihm zu assistieren.

Nachdem sie in der Gruppe Pärchen gebildet hatten, ging es mit dem fingierten Verkaufsgespräch los.

»Wir nehmen uns heute nicht vor, Eigentumswohnungen an den Mann oder die Frau zu bringen. Diese Übung haben wir ja in den vergangenen Tagen intensiv betrieben, und da sind Sie oder sagen wir, hier sind die meisten von Ihnen bereits firm. Ich möchte Sie jetzt auch nicht Goldbarren anbieten lassen oder Containerladungen oder ganze Schiffsfrachten, wobei Letzteres auch ein lohnenswertes Gebiet für Vertriebsprofis sein kann. Ich sage immer: kann, weil ein gutes Geschäft immer aus mehreren Elementen besteht. Fällt davon nur ein Teil aus, bringt es womöglich das ganze Gebäude zum Einsturz. Ein und derselbe Frachter desselben Reeders mit derselben Ladung kann 100 Prozent weniger wert sein, wenn er die falsche Route nimmt und beispielweise in einem Piratengebiet zum Ankern gebracht wird. Doch genug des Abschweifens. Wir wollen nicht Äpfel mit Birnen vergleichen, sondern beim Apfel vom Baum der Erkenntnis bleiben. Das ist, wie ich finde, ein recht zutreffender Vergleich. Denn unsere Immobilien stellen wir per se immer in einen Garten Eden, wenn wir sie anpreisen. Insofern wechseln wir für unser Rollenspiel heute nur die Apfelsorte. Im Osten gab es, wie ich von Verwandten weiß, neben dem Kornapfel vor allem den *Gelben Köstlichen*, der wohl so köstlich nicht gewesen sein soll. Wenn wir uns also entscheiden müssen, welche Sorte wählen wir? Die haltbare und gediegene oder die glänzende, die jeden Wurm anlockt? Denn was haben wir gelernt, worauf kommt es an …«

»… auf Nachhaltigkeit«, warf Rainer emsig ein, während er gekonnt das Kamerastativ aufbaute.

»Richtig«, bestätigte der Dozent für Körpersprache. »Nachhaltigkeit, diese ist unabdingbar. Aber was haben wir noch gelernt? Worauf kommt es außerdem an?«

»Auf das Besondere«, kam es aus der letzten Reihe.

»Die Exotik, um genau zu sein. In unserem Fall könnte das der green apple sein. Er vereint Schönheit und Dauer. Und man wird es nicht glauben, seine Beliebtheit ist so groß, dass es sogar einen Green-apple-Club gibt. Und Club ist unser Stichwort. Sie stellen sich jetzt alle vor, wir seien Gäste einer Ferienanlage, eines Holiday Clubs. Sonne, Strand, Cocktails – schließen Sie die Augen. Das Salzwasser prickelt auf Ihrer Haut. Sie spüren den lauen Sommerwind und schmecken das Meer. Hier wollen Sie bleiben …«

Nach dem Seminar im Interimsquartier bei Jesse angekommen, verspürte Rainer große Lust, das Gelernte an seinem Freund auszuprobieren, aber der winkte nur ab und meinte, in seiner Lage wäre er kein Kandidat für Investitionen.

Abwechselnd hatte der Dozent die selbst gewählten Paare einmal die Position des animierten Feriengastes und einmal die Rolle des Time-Sharing-Verkäufers einnehmen lassen. Es waren Angebote für den kleinen Geldbeutel, und man zahlte die erworbenen Anteile in Raten ab und sicherte sich damit gleichzeitig den Vorteil, einmal oder mehrmals im Jahr das zum Teil erworbene Urlaubsdomizil zu äußerst günstigen Konditionen allein zu bewohnen. Es verstand sich von selbst, dass die Time-Sharing-Objekte an den saubersten Stränden der Welt errichtet werden sollten. Und natürlich wurden mit keinem Wort die Folgekosten für die Schaffung der Infrastruktur sowie der Bewirtschaftung erwähnt. Holiday war angesagt. Auch bei der Kalkulation.

Während der Übung hatte Rainer einmal voller Überschwang selbst ein Appartement gekauft und einmal eines mit demselben Eifer verkaufen können.

»Sie besitzen Empathie als Verkäufer, junger Mann, das ist sehr wichtig. Ohne Gefühle kein Handel«, hatte ihm der Lehrer für Körpersprache bescheinigt, nachdem die Videoaufnahmen beider Verkaufsgespräche vor der gesamten Runde ausgewertet wurden.

Bloß gut, dass es nur »Spielgeld« war, das Rainer in diesem Falle ausgegeben hatte, denn das Amt, das ihm das Überbrückungsgeld nach langem Zaudern endlich zahlen wollte, war als Sozialamt erst im Aufbau begriffen und hatte für ihn bisher lediglich einen Abschlag zu Wege gebracht.

Mit Beginn seiner Umschulung wurde er vom Arbeitsamt betreut. Einer Einrichtung, die in einen Bau der aufgelösten Staatssicherheit eingezogen war und sich ebenfalls in Gründung befand.

Als Adresse hatte er dabei schon seinen neuen Wohnsitz angeben können, den in der Leopoldstraße im Stadtteil Leipzig-Connewitz. Den kurzen, etwa 100 Jahre alten, in Form von vier Häusern aufgereihten Straßenzug hatten junge Leute, die allesamt jünger als Rainer waren, vor ein paar Wochen vor dem Abriss gerettet, indem sie die Absperrungen gestürmt und die bereits in Stellung gebrachten Bagger und Bulldozer rechtzeitig besetzt hatten. Durch Zufall war er hier untergekommen. Einer aus der Truppe der ABOX-Verkäufer hatte ihm den Tipp gegeben. Was er mitbringen musste, um in eines der Abrisshäuser einzuziehen, war etwas handwerkliches Geschick. Und das besaß er. Am liebsten hätte er seinen Quasi-Wintergarten vorgezeigt. Aber es genügte der »Kommune Conny«, wie sie sich nannte, dass er wohnungslos und damit wirklich bedürftig war und eine Berufsausbildung angeben konnte. Als Erstes reparierte er die Haustür, setzte die Riegel neu und baute ein Sicherheitsschloss ein, für das es sechs Schlüssel gab. Das war sein Einstand gleich am ersten Tag. Die Teile hatte er beim Eisenwarenhändler Ernsting in der Kurt-Eisner-Straße gekauft. Ernsting im Süden war, ebenso wie Eisen-Klein im Leipziger Westen, stadtbekannt dafür, für jeden Notfall ausgerüstet zu sein und das Unmögliche möglich zu machen. Woher der private Händler seine Eisenteile im Mangelland bezog, blieb dabei sein Geheimnis.

Die jungen Leute, die meisten von ihnen waren seit 1989 an der Karl-Marx-Universität oder an der Bauhochschule eingeschrieben, waren keine Insider und hatten bisher abends die Haustür von innen mit Latten gesichert. Wer zu spät kam, musste über die Mauer des Eckhauses klettern, um durch eines der zerschlagenen Fenster im Hof ins Haus zu gelangen.

Für Rainer war es eine willkommene Abwechslung, mit den Händen etwas herzustellen beziehungsweise zu reparieren, obgleich er in der im Schnellkurs durchlaufenen Ausbildung zur *Kaufmännischen Fachkraft für Haus und Grund* Erfüllung fand.

Im Abrisshaus hatte er eine eigene Kammer bezogen, diese war besenrein. Die Ausstattung stammte vom Sperrmüll, der jetzt überall zu finden war – vor Hauseingängen oder auf vom Krieg geschaffenen Baulücken. Die Menschen misteten aus oder trennten sich von ihren Ostmöbeln und ließen sich Westmobiliar aus dem Versandhauskatalog kommen. Rainers karge Einrichtung bestand aus einem wackligen Tisch, zu dem ein polsterloser Stuhl gehörte, einem Vertiko, dessen verzogene Türen er gerichtet hatte, und einer aus vier Teilen bestehenden Matratze, für die als Bettstatt ein Vorgänger ein paar alte Dielen zusammengezimmert und sie mit Ziegelsteinen unterfüttert hatte. »Es schwankt manchmal wie auf hoher See«, gab Rainer gegenüber Jesse zu, froh, dessen Gastfreundschaft nicht überstrapaziert zu haben.

Schnell hatte er in seinem neuen Quartier ein paar Nägel in die Wand geschlagen und daran seine ganze Habe und den im An- und Verkauf erworbenen Anzug aufgehängt. Für den Anzug hatte er sich eigens einen Bügel beschafft und versuchte, ihn, trotz des rieselnden Putzes, so sauber wie möglich zu halten. Kam er frühmorgens im Anzug und mit Krawatte aus dem besetzten Haus, das ein von der Allgemeinheit begrüßtes Transparent mit der Losung *Miethaie zu Fischstäbchen!* auch weithin als solches kenntlich machte, wirkte das surreal für die Passanten. Doch Sekunden später mischte er sich unter sie, die wie er der Straßenbahnhaltestelle zustrebten.

Von Luxus war in dem Haus nicht zu sprechen. Die Öfen waren verrußt und seit Urzeiten nicht erneuert oder umgesetzt worden. Nur ein Kohleherd war zu gebrauchen und lieferte heißes Wasser für Tee oder zum Waschen und für die Rasur, auf die sich außer Rainer nur wenige Hausbesetzer einließen. Einige der Mädchen rasierten sich samstags die Beine.

Jedoch wurde der Herd, seit die Tage wärmer wurden, nur selten angefeuert. Rainer benutzte einen Tauchsieder, der das Ende eines Kabelsalates bildete, dessen Ursprung ihm anfangs verborgen blieb. Ein einzelner Ausguss galt als Sanitäreinrichtung für die gesamte Etage. Das Klo auf halber Treppe teilten sich die aus dem zweiten und dritten Stock. Ein weiteres Klo stand ihnen im Erdgeschoss beziehungsweise ersten Stockwerk zur Verfügung. Allerdings wohnte im Erdgeschoss kaum jemand auf Dauer. Meist nächtigten dort nur Schlafgäste nach einer Party oder einem Meeting der »Conny«. Die straßenseitigen Räume waren dunkel, da die Fenster mit Brettern vernagelt waren.

Der Bescheide des Arbeitsamtes wegen, hatte Rainer als erster und einziger Bewohner des okkupierten Hauses Briefkasten und Namensschild an der Haustür befestigt. Das stand ihm zu, nachdem er die Tür wieder gangbar gemacht hatte. Und nach ein paar Tagen war der neue blecherne Briefkasten demoliert genug, um nicht weiter aufzufallen.

7

Binnen kurzer Zeit absolvierte Rainer ein volles Programm. Während die meisten anderen aus der Leopoldstraße in ihren Semesterferien baden gingen oder die Kiesfläche auf dem Dach als Terrasse für die Spätsonne nutzten, saß er in einem stickigen Seminarraum, dessen Fenster wegen der Abrissarbeiten in unmittelbarer Nachbarschaft geschlossen bleiben mussten. Neben Lehrveranstaltungen zu Steuerrecht und Finanzierung, Vertriebskonzepten und Werbemaßnahmen wurde die Gruppe, der er angehörte, in Stilkunde unterrichtet. Erörtert wurden dabei ganz praktische Dinge, wie die Auswahl der Umgebung eines Kundengesprächs. Dass man, fand dieses zu Hause beim Kunden statt, sich nicht einfach einen Stuhl nahm, der womöglich der Stammplatz des Hausherrn war, sondern wartete, bis man einen Platz angeboten bekam. Auch sollte man alle angebotenen Getränke maßvoll zu sich nehmen. Wenn man sich hingegen im Büro des Vertriebspartners traf, war es von Vorteil, die Sitzkonstellation so zu bestimmen, dass man als Verkäufer das Fenster im Rücken hatte, damit der Lichtstrahl von außen die Botschaft im Inneren begleitete. In dem Zusammenhang wurde auch ein Prinzip angesprochen, das Verkäufer stets beachten sollten: Gehörten Ehepaare zu seiner Klientel, dann war es in aller Regel vergebene Arbeitsmüh', das Verkaufsgespräch nur mit einem der Partner zu führen und darauf zu hoffen, dieser würde die Argumente für einen erfolgreichen Verkaufsabschluss eins zu eins an seinen Ehepartner weitergeben. Deshalb: Immer beide aufsuchen, und sei es zu nachtschlafender Zeit, oder sie beide ins Büro bitten, hieß die Order.

Zur Stilkunde gehörte auch ein Exkurs in die Farblehre. Das Jahr 1990 war das Jahr der fliederfarbenen Hemden und Blazer. Auch Rainer trug ein solches Hemd unter seinem anthrazitfarbenen Anzug.

»Flieder ist das neue Rot, die neue Signalfarbe!«, behauptete die Farblehrerin, sich der Zustimmung der Runde bewusst, in der die Fliederfarbe dominierte. »Die Modemacher haben da einen guten Riecher gehabt. Flieder steht für Frühling, für Neuanfang, und das ist es, was uns die Farbe so zeitgemäß erscheinen lässt. Und wenn wir sie genau betrachten, dann geht auch eine gewisse Unschuld von ihr aus. Das Reine, das Frische. Wenn Lila, wie der Volksmund sagt, der letzte Versuch ist, dann ist Zartrosa der erste. Und eben das zielt ganz speziell auf Sie, meine Damen und Herren, auf Ihre Rolle. Sie gehören zu jenen, die ihre Zukunft selbst in die Hand nehmen, als Newcomer, als selbstständige Kaufleute von Immobilien. Sie haben die Chance, neugierigen Kapitalanlegern lukrative Anlageobjekte vermitteln zu dürfen. Sie stellen die Weichen für die Wertanlage. Ich halte das vermietete oder selbstgenutzte Wohneigentum für das edelste Gut, das ein Händler in seinem Portfolio haben kann, und muss sagen, ich beneide Sie um diese exzellente Aufgabe.«

Das sagte die Frau für die Farbenlehre, ohne rot zu werden. Und wenn dabei doch eine Spur an Gesichtsröte hervortrat, dann kam es von ihrem Eifer.

Später entspann sich noch eine Diskussion darüber, ob man sich kleidungsmäßig seiner Kundschaft anpassen sollte. In Jeans zum Handwerker, der eine Immobilie als

Steuersparmodell sucht. In gutem Zwirn zum Geschäftsführer, der dieselbe Ambition hegt.

»Es kommt immer auf die Situation an«, antwortete die Dozentin für Stilkunde salomonisch. »Stellen Sie sich vor, ein Kunde will sich mit Ihnen in seiner Eckkneipe treffen, weil er dort Kartoffelsalat mit Würstchen bevorzugt. Tauchen Sie zu dem Termin im piekfeinen Anzug auf und mit Seidenkrawatte, sind Sie gleich raus. Ihrem Kunden wären Sie peinlich. Das darf nicht passieren. Andererseits kämen Sie im Freizeitlook am nächsten Tag bei einem Termin in einer Chefetage nicht einmal am Empfang vorbei. Also denken Sie daran, die gründliche Vorbereitung eines Verkaufsgespräches ist schon der halbe Erfolg.«

Zur Gestaltung des eigenen Auftritts gehörte neben einer guten Allgemeinbildung auch die Kenntnis des Zeitgeschehens. Das klang fast schon wie eine Predigt, wenn es der Ausbildungsleiter zu Beginn einer jeden neuen Woche wiederholte. Als überaus wichtig erachtete er, dass jeden Montagmorgen als erstes Unterrichtssegment eine Presseschau stattfand. Das bedeutete für alle Teilnehmer, pünktlich acht Uhr gab es »Kino«, wie es scherzhaft hieß, und verpflichtete alle, zum Ausstrahlungsbeginn der Fernsehnachrichten da zu sein. Anschließend teilte der Ausbildungsleiter Tageszeitungen aus, über die sich abwechselnd die in Gruppen eingeteilten Kursanten zu beugen hatten. »Es ist unabdingbar«, äußerte der Ausbildungsleiter, »dass Sie Ihren Arbeitstag mit einem Blick auf das Weltgeschehen beginnen. Auch das zeichnet einen guten Verkäufer aus: Weltmännischkeit«, und an dieser Stelle entschuldigte er sich jedes Mal aufs Neue bei den beiden Kursantinnen im Raum und verwies darauf, dass sich der Begriff »Weltfraulichkeit« verbiete, er jedoch noch immer nach einer weiblichen Variante suche. Inzwischen genügte ein Luftholen und der doppelte Blickkontakt. »Also Weltmännischkeit erlangt man nicht allein durch den Gebrauch von Fremdsprachen oder ein entsprechendes Auftreten. Weltmännischkeit ist eine Frage der Einstellung, des persönlichen Habitus.« An der Stelle machte der Ausbildungsleiter prinzipiell eine Pause und schaute in die Runde.

»Was ist, wie ich immer sage, unbedingt notwendig für unsere Branche?«, war eine seiner Lieblingsfragen. »Richtig, die Analyse von Wirtschaftsdaten!«, beantwortete er sich die Frage jedes Mal selbst. »Wer hier die Entwicklung verschläft, kann gleich liegen bleiben. Lesen Sie die Financial Times, das frischt Ihr Englisch auf, schauen Sie regelmäßig in die Wirtschaftswoche, greifen Sie zu den Wirtschaftsteilen der Süddeutschen, Frankfurter Allgemeinen oder von mir aus auch nach dem Neuen Deutschland. Studieren Sie die Börsenkurse. Das sind aktuell jene Kurven, meine Herrschaften, die Sie fortan allen anderen Kurven vorzuziehen haben. Hieraus leiten Sie die Zinsentwicklung ab. Natürlich müssen Sie all diese Blätter nicht abonnieren. Das ginge nicht nur in die Kosten; auch die Gefahr, sich zu verzetteln, wäre zu groß. Sie würden zum Papiertiger und nicht zum Vertriebsluchs, um es mit einem Kalauer zu sagen. Suchen Sie sich ein Kaffeehaus, das die Mehrzahl dieser Zeitungen vorhält. Oder gehen Sie in die Lesesäle der öffentlichen Bibliotheken, dort liegen die Zeitungen aus und können kostenfrei gelesen werden. Natürlich müssen Sie auch hier schnell sein. Aber das ist Ihnen ja mittlerweile bekannt, dazu werden Sie von uns ja hier gebrieft.«

Was gebrieft oder Briefing hieß, hatte Rainer schnell begriffen. Auch das montägliche Ritual des Ausbildungsleiters kannte er inzwischen und wusste, dass dieser am Ende der Predigt sein »Good luck« sagen würde und die künftigen *Fachkräfte für Haus und Grund* dann dem Selbststudium der Tageszeitungen überließ.

Als besonderen Glanzpunkt der Ausbildung erlebte Rainer die Vorträge des »Mister Marketing«, wie ihn die Seminargruppe nannte. »Mister Marketing« war kreativer Mitarbeiter einer Werbeagentur und teilte gleich zu Beginn der Fortbildung Visitenkarten seiner Firma aus. »Art director« stand darauf und vermochte die Seminargruppe zu beeindrucken, zumal der etwas gemütliche 40-Jährige in seinen bunten Hawaiihemden gar nicht dem üblichen Äußeren eines Direktors entsprach. Erst später stellte sich heraus, dass »Art director« nichts weiter als die übliche Bezeichnung für einen Werbefachmann war.

»Wisst ihr«, duzte er die Teilnehmer von Anfang an, »hier ist Werbeniemandsland. Ich habe mir sagen lassen, dass die Waren und Dienstleistungen bei euch von A bis Z – Achtung, ich habe mich kundig gemacht, also von Ahlbeck bis Zittau – überall dasselbe gekostet haben. Es gab keinen Run auf Rabatte wie bei uns. Allein deshalb war die Werbung in der DDR ein Stiefkind. Ihr sollt ja froh gewesen sein, wenn ihr überhaupt etwas zu kaufen bekommen habt. Dennoch gab es ja mit den Tausend Tele-Tips sogar bis in die Siebziger Fernsehwerbung bei euch, etwas, was im Westen seit Jahrzehnten den Fernsehabend bestimmt. Westliche Werbung wird ja von manchen auch als *ein* Auslöser für den Zusammenbruch der DDR gesehen. Hinter dem sogenannten Eisernen Vorgang wurden Bedürfnisse geweckt wie im Märchen. Die Mainzelmännchen als Unterwanderer des Systems! Aber Scherz beiseite. Sieht man sich in westlichen Supermärkten um, sind es, pardon, vor allem die Ossis, die nach den Markenartikeln greifen, die sie aus der Werbung kennen. Die bewusst kalkulierende Hausfrau im Westen greift nach dem No-Name-Produkt, das nicht selten von derselben Firma kommt, die die Markenartikel herstellt, und spart an der richtigen Stelle. Mit anderen Worten: Die Werbung sitzt tief. Sprüche wie *Bauknecht weiß, was Frauen wünschen* oder *Und darauf einen Dujardin* sind bekannter als ein Goethe-Gedicht und tief im Gedächtnis der Verbraucher verankert. Da hat die Werbung ganze Arbeit geleistet. – Im Osten gefallen mir viele der Leuchtreklamen, wie ich sie zum Beispiel auch in eurer Stadt gesehen habe. Am besten gefällt mir die in der Petersstraße. Kennt ihr die?«

»Die am Kino CAPITOL?«

»Die ist auch gut, aber die meine ich nicht.«

Schweigen.

»Margonwasser, ich meine die Fassadenwerbung für Margonwasser gegenüber des Centrum-Warenhauses – *prickelnd frisch*. Geht abends mal dort spazieren. Da sprudelt es, da bewegt sich etwas. Diese Perlen! Die Kohlensäure im Glas ist förmlich zu sehen! Großartig! Diese Werbung könnte, wäre sie um einiges größer, am Times Square bestehen. Margon ist übrigens das altgriechische Wort für Perle. Insofern ist der Warenname ein Treffer! Leider habe ich in den Läden bisher keine Flasche Margonwasser gesehen, offenbar ein Engpass. Nur in der MITROPA auf dem Hauptbahnhof bekam ich es serviert. – Und was lehrt uns das oder was lernt uns das, wie manche sagen? – Werbung darf keinen Mangel verstärken, das macht sie kontraproduktiv, und die Menschen verbinden eine Enttäuschung mit ihr, einen Verlust. Vielmehr muss Werbung ein Überangebot abbauen oder im besten Fall eine Nachfrage nach Lieferbarem schaffen, dann ist sie genial …«

Rainer nahm sich vor, Jesse zu bitten, ihm über die Quelle seiner Mutter ein paar Flaschen Margonwasser zu besorgen. Einerseits wollte er wissen, wie es schmeckt, und andererseits »Mister Marketing« damit überraschen. Erst im Westen war ihm aufgefallen, dass es außer Selters noch anderes gab.

»… und wenn wir von genialer Werbung sprechen, dann komme ich nicht umhin«, setzte »Mister Marketing« seinen Vortrag fort, »die Konkurrenz zu loben. Der Deutsche Marketing Preis 1990 sollte, wenn es nach mir ginge, an die Agentur gehen, die die Tchibo-Kampagne hier im Osten kreiert hat. Ihr alle habt sie sicherlich wahrgenommen, kennt vielleicht auch Verwandte, die, ich sage es einmal so, darauf reingefallen sind. Die Kampagne lief ja bis vor Kurzem noch. Fassen wir zusammen: Per Postwurfsendung hat der Tchibo-Konzern Aufkleber seiner duftenden Bohne verteilt und dazu aufgefordert, diese an die Heck- oder Windschutzscheiben zu kleben. Aber nicht nur dort, auch an Kinderwagen oder Fahrradschutzbleche. Selbst Briefkästen und Haustüren wurden nicht verschont. Viele Frauen hefteten sie an ihre Hand- oder Einkaufstaschen und liefen damit für Tchibo Reklame. Ich sah aber auch Aktentaschenträger damit. In der Masse ist der Aufkleber ein Hundertstelpfennigartikel in der Herstellung – und ein Millionengeschäft in der Wirkung. Sicher wurden auch ein paar Päckchen Kaffee verschenkt. Wer das Glück hatte, mit seinem sichtbaren Aufkleber einem Werbetrupp in die Hände zu laufen, bekam tatsächlich 500 Gramm gratis. Aber die Gewinner konnte man zählen. Vorher hatten jeweils mehrere Hundert die Tchibo-Bohne auf dem Parkplatz, im Straßenverkehr, in der Straßenbahn, beim Einkauf, auf dem Weg zur Arbeit bei eben diesem Träger oder dieser Trägerin gesehen und die Werbung verinnerlicht. Und das lange bevor zum Beispiel der Konkurrent Jacobs begonnen hat, seine *Krönung* an mobilen Ständen schluckweise anzupreisen. Tchibo – die Marke ist bis auf Weiteres für 16 Millionen Ostdeutsche der Inbegriff des Kaffeegenusses und wurde von ihnen mittels dieser Kampagne zur Nummer 1 gemacht. Kaffeekönig Johann Jacob würde sich im Grab umdrehen, wenn er das wüsste. Grandios, à la bonne heure!, kann man da nur neidlos zugeben. Ob Tchibo freilich die Nummer 1 bleiben kann, ist eine Frage des Preises, wie eigentlich alles. Wir Werbeleute rackern uns oftmals ab, doch dann kommt der Buchhalter des Unternehmens, legt den Finger auf jeden Posten und erhöht kurzerhand den Verkaufspreis und macht damit die schönste Werbestrategie zunichte.«

»Preise« – mit diesem Stichwort eröffnete der Dozent für Vertrieb, Finanzierung und Steuerrecht sein Seminar und teilte Verkaufsprospekte aus. Ein allgemeines Erstaunen war in den Bankreihen des Seminarraums zu vernehmen. »Happig, happig«, flüsterte einer. Auch Rainer erschienen nach einem ersten Durchblättern der Unterlagen die Preise für die Immobilien, mit denen sie am Ende der Ausbildung um Kapitalanleger werben sollten, als sehr hoch gegriffen. In Ingolstadt hatte er mitunter in den Bank- und Sparkassenfilialen einen Blick auf die Angebote von zum Verkauf stehenden Eigentumswohnungen und Häuschen im Grünen geworfen und sich einmal auch von einem Bankangestellten den Begriff »Courtage« erklären lassen. Die

Verkaufspreise für Leipzig entsprachen denen von Ingolstadt, nur dass die Wohneinheiten, die den Zuschnitt von Appartements hatten, sehr viel kleiner ausfielen.

»Preise sind nicht alles, meine Damen und Herren, aber Qualität hat ihren Preis!«, hob der Dozent an. »Preise sind gewachsen. Preise schaffen Vertrauen. Preise sind nicht ein, sondern *das* Aushängeschild einer Ware! Glauben Sie mir, niemand möchte in ein Produkt investieren, das schon vom Preis her billig daherkommt. Insofern müssen Sie nicht erstaunt sein, dass in den Prospekten, die wir Ihnen in Vorbereitung Ihrer neuen Tätigkeit ausgehändigt haben, keine sogenannten Schnäppchen zu finden sind. Aber natürlich werden Sie sich zurecht fragen, wie soll ich diese teuren oder sagen wir besser preisintensiven Appartements, im Englischen – ähnlich unserem apart – auch nur mit einem p geschrieben, an den Mann oder, was seltener der Fall sein wird, an die Frau bringen?«

Für Rainer, der Ende Juni und damit gerade noch rechtzeitig vor der Währungsunion, seine Rückstände bei der Kommunalen Wohnungsverwaltung beglichen hatte, waren das utopische Beträge. Die eigene Rückstandssumme hatte er mit Jesses Hilfe förmlich zusammenstoppeln müssen. Aber er scheute sich, sein Unbehagen auszusprechen. Vielmehr hoffte er, dies würde ein anderer Teilnehmer der Fortbildungsmaßnahme tun. Saß doch die neu errungene D-Mark bei niemandem in seinem Umfeld locker. Ringsum in den Kneipen gähnte auf einmal die Leere. Ja, selbst die Feierfreudigen im Abrisshaus fingen plötzlich an, die bisher achtlos herumliegenden Pfandflaschen zu sammeln.

Doch keiner äußerte sich zur Lobeshymne auf das Preiskarussell des Dozenten für Vertrieb, Finanzierung und

Steuerrecht. Stille war plötzlich angesagt. Schließlich nahm Rainer allen Mut zusammen und meldete sich.

»Ja, bitte«, bestätigte der Dozent erleichtert Rainers Handzeichen.

»Man muss sich nur umschauen. Die meisten Menschen haben vor Kurzem erst zusehen müssen, wie fast ihr ganzes Sparguthaben halbiert wurde. Nur der Umstand, dass alle mit einem weitaus schlechteren Umtauschsatz der Ostmark zur Westmark gerechnet haben, ließ heftige Proteste ausbleiben. In einzelnen Städten gab es Demonstrationen, aber insgesamt wurde das so hingenommen. Ich kenne im Moment nur Leute, die ihr neues Geld festhalten. Ich kann mir nicht vorstellen, wie ich denen ein solches Appartement verkaufen soll.«

»Das sollen Sie ja auch gar nicht«, nahm der Vertriebsprofi den Faden wieder auf. Seine Stimme klang erleichtert. »Da habe ich Sie allesamt offenbar etwas in die Irre geführt, als ich Ihnen unsere Verkaufsprospekte für eine erste Lektüre ausgehändigt habe. Bitte denken Sie um! Unsere Klientel ist nicht der sprichwörtliche kleine Mann auf der Straße, in der Nachbarschaft, Kneipe oder im Gartenverein. Unsere Zielgruppe definieren wir Vertriebsleute von jeher ganz anders. Sie hier im Osten werden das sehr schnell begreifen. Glauben Sie mir, wenn es etwas gibt, was Sie Ihren westdeutschen Kollegen voraushaben, dann ist es Ihr Standortvorteil. Sie, die wir noch vor der offiziellen Wiedervereinigung ausbilden, haben Anteil an einer gravierenden Veränderung. Sehen Sie, noch vor wenigen Wochen hatte diesseits der Elbe kein Handwerker, kein Gewerbetreibender, kein Freiberufler etwas mit der Umsatzsteuer am Hut. Doch kann er sich ihr nach der Einführung der D-Mark nicht mehr entziehen. Die Umsatzsteuer steckt überall drin. Das gilt auch für die Immobilienpreise. Wenn ein Appartement hier mit 80.000 DM auf der Liste steht, dann sind in dem Preis 14 Prozent Mehrwertsteuer enthalten; das sind fast 10.000 D-Mark oder, um genau zu sein … Moment …«

»9.824,56!«, rief einer der Teilnehmer stolz nach vorn.

»Danke, auf den Pfennig genau. Sie haben also schon einen sogenannten Taschenjapaner zur Hand. Ich bin etwas altmodisch und versuche es immer noch im Kopf auszurechnen, und das bekommt man als leidenschaftlicher Skatspieler auch nicht los. Kopfrechnen hilft beim Kunden, glauben Sie mir. Kompetenz schafft Vertrauen. Prägen Sie sich die vollen D-Mark-Beträge deshalb immer vorher ein, wenn Sie in ein Verkaufsgespräch gehen. Lernen Sie sie am besten auswendig. Oder machen Sie sich Kopien von unseren Hochglanzprospekten und tragen den Umsatzsteuerausweis dort ein. Die Gutschrift dieser Steuer ist ein gewichtiges Verkaufsargument. Denn stellen Sie sich vor, sie verhandeln mit einem Handwerker, der nicht weiß, wo ihm der Kopf steht. Er sieht plötzlich nur noch die hohe Auftragslage und sucht händeringend nach Gesellen oder Lehrlingen. Ich muss Ihnen nicht sagen, wie viele Arbeitskräfte in den Westen abgewandert sind. Dort ist der Markt gesättigt. Hier boomt der Industrie- und Wohnungsbau gerade. Vor allem fehlt es an Büroeinheiten. Doch zurück zu unserem Handwerker, dem wir eine Wohneinheit verkaufen möchten. Wir machen ihm klar, dass er mit einem solchen Appartement einen deutlichen Wettbewerbsvorteil gegenüber seinen Zunftgenossen besitzt. Er kann den Gesellen aus Jot weh deh einstellen und diesem als Sahnehäubchen während der Woche künftig eine Bleibe anbieten. Am besten voll möbliert. Und sein Steuerberater wird das natürlich als betriebsbedingte Ausgabe verbuchen. Das Appartement als Firmenunterkunft. Und dies in Zeiten größter Wohnungsnot, wie sie ja im Osten Deutschlands an der Tagesordnung ist. Und – jetzt kommt's – die im Kaufpreis enthaltene Mehrwertsteuer erhält unser Handwerker von dem für ihn zuständigen Finanzamt ein Quartal später zurück und kann sie für den Einkauf von Material oder Technik oder für Löhne einsetzen, ohne dafür einen zusätzlichen Kredit aufnehmen zu müssen. Und Kredit wird unser Thema für die nächste Woche sein. Für heute schwirren Ihnen erst einmal genug Zahlen durch den Kopf.«

8

Nach diesem und den folgenden Seminaren hatte sich Rainer immer sofort in seine Kammer zurückgezogen und in seine Unterrichtsaufzeichnungen aus dem Seminar vertieft. Er prägte sich den Unterschied von Agio und Disagio ein. Bei »Dis«, das hatte er verinnerlicht, sollten sie immer an *Dis*krepanz, an *Dis*harmonie denken, hatte ihnen der Dozent auf den Weg gegeben. »A-gi-o! Das ist Musik! Das klingt nach der Wohlgestalt italienischer Tenöre, die aus voller Brust singen können, da deren Innentaschen mit Geldscheinen ausgepolstert sind.«

Ruhe zum Lernen fand Rainer meist am frühen Abend. Nach Sonnenuntergang füllte sich die Hauszeile mit Stimmen, Partygeräuschen und dröhnender Musik. Von seinem Zimmernachbarn Stefan, den alle nur Stefano nannten, war in letzter Zeit wenig zu vernehmen. Er kam meist erst spät aus der Deutschen Bücherei, wo er im Lesesaal eine Anstellung als Aufsicht gefunden hatte, und schlief morgens noch, wenn sich der künftige selbstständige Vertriebsfachmann Rainer Schreiter in Schlips und Kragen auf den Weg machte. Bis vor Kurzem hatte Stefano sich als Zeitungsverkäufer an einer vielbefahrenen Straßenkreuzung verdingen müssen und war nicht selten vor Rainer aus dem Haus gegangen.

Saß er über seinen Tabellen, faszinierten Rainer vor allem die Finanzierungs- und Steuersparmodelle, die ihnen der Dozent für Vertrieb, Finanzierung und Steuerrecht aufgezeigt hatte. Es klang alles so leicht. Der Finanzdienst ließe sich allein anhand der Mieteinnahmen bedienen, folgte Rainer den Worten des Ausbilders. Jahr um Jahr schwände die Kreditsumme praktisch von selbst. »Wer seinen Platz an der Sonne hat, dem schmilzt das Speiseeis förmlich in der Hand«, so hatte es der Dozent blumig formuliert und ergänzt: »So verhält es sich auch mit den Verbindlichkeiten. Und bitte, nehmen Sie gegenüber den Interessenten niemals das Unwort *Schulden* in den Mund.« Hinzu käme die nicht unerhebliche Sonder-AfA im Osten, die die Lobbyisten aus dem Bankensektor den Abgeordneten in Bonn gerade schmackhaft machen würden. Immer wieder hörte Rainer das Wort *Fördergebiet*. Die Volkskammer der DDR hatte im Juli die Abschaffung der bisherigen Bezirke und somit die Bildung der neuen Bundesländer beschlossen. Es verging kaum ein Tag, an dem nicht vom kurz bevorstehenden »Aufschwung Ost« die Rede war. »Blühende Landschaften« hatte der Bundeskanzler Kohl den DDR-Bürgern versprochen, was diese ihm mit euphorischen Helmut-Helmut-Rufen und einer CDU-Mehrheit in der neugewählten Volkskammer gedankt hatten. Kohls Prophezeiung sollte die weitere Abwanderung gen Westen eindämmen.

Von einer Telefonzelle aus hatte Rainer seinen Eltern erst jüngst von seiner beruflichen Veränderung berichtet. »Du machst dos schie, mei Gung«, hatte ihn der Vater bestärkt und das Gespräch schnell auf den VW Golf gelenkt, der »e Gebraucht'r« war, aber tiptop und aus erster Hand, wie der Vater den Händler zitierte. »E GTI! E Jahreswogn mit an Saund, soch ich dir!«

Es war ein Abend Ende August, als es in der Straße rumorte. Das war Rainer schon beim Heimkommen aufgefallen. Stefano, sein Zimmernachbar, stand wenig später in der Tür und sagte: »Pack deine Schulaufgaben weg. Wir müssen das Haus sichern. Fliegeralarm!«

»Red kein Blech. Was heißt Fliegeralarm?«

»Ich red kein Blech. Wir nennen das so. Heute ist wieder so 'n Scheißfußballspiel und 'n Haufen Hools sind in der Stadt. Wenn die sich mit den Faschos zusammentun, ist das eine explosive Mischung. Die wollen Stunk. Darauf kannst du einen lassen. Es ist eine ganze Horde. Los, die Haustür und die Fenster sichern. Die einfache Vernagelung reicht da nicht aus. Holzplatten und Bretter liegen im Hausflur, Werkzeug auch.«

Mit wenigen Handgriffen hatten Rainer und Stefano in kurzer Zeit die Haustür vernagelt und die vorgefertigten Spanplatten in die Fensterlaibungen im ersten Stock eingepasst.

»Ist wohl nicht das erste Mal«, fragte Rainer seinen Zimmernachbarn, »dass die Rechten hier aufkreuzen?«

»Den Schutz haben wir nicht nur wegen denen, sondern auch wegen der Bullen. Anfänglich dachten wir ja noch, sie würden eines schönen Tages den Häuserblock stürmen. Aber bisher halten die sich zurück, das heißt, eigentlich siehst du in unserer Gegend tagsüber überhaupt keinen Cop. Die rauschen mal mit ihrer Polentenkarre durch, das war's. Die werden sich auch heute nicht blicken lassen. Da muss es erst Tote geben.«

»Sollten wir nicht unsere Stromleitung schützen?«, fragte Rainer besorgt und meinte damit die etwa in drei Meter Höhe freihängende illegale Verkabelung mit der Straßenbeleuchtung, die dem besetzten Straßenzug die Hausstromversorgung sicherte.

Stefano winkte ab. »So schnell kriegt das von denen keiner mit. Und wenn, holen sie sich erst mal einen kräftigen

Patsch. Am besten kippen wir dann gleich einen Eimer Wasser nach, sobald sich einer an unserem Kabel vergreift.«

Nachdem eine halbe Stunde nichts passiert war, fragte Rainer: »Mal was anderes, vermisst du eigentlich deinen Zeitungsbauchladen am Ring?«

»Klar, für den Platz habe ich heftig löhnen müssen. Zum Glück hat ihn ein Kumpel übernommen. War aber auch verdammt kalt früh, und es zog dort wie in ’ner Lotterie. Aber das Geld stimmte, ich hatte mehr als jetzt. Und dafür musste ich am Tag praktisch nur zwei Stunden was tun. Und was macht deine Immo-Hai-Ausbildung? Biste schon Makler?«

»Ich bin noch am Üben, das heißt die Ausbildung läuft noch.«

»Weißt du, was ich an dem Zeitungsjob gehasst habe? Das waren die Stoßzeiten. Hauptsächlich, wenn Rushhour war, da kriegten die Leute gelbe Gesichter, wenn die Ampel rot war. Finanziell war das aber auch die beste Zeit des Tages. Die Leute kurbeln oder fahren ihre Scheiben runter und wollen dich am liebsten alle gleichzeitig zu sich ranwinken. Manchmal hätte ich da Hilfe gebrauchen können. Wenigstens einen, der die Ampel auf Rot hält, bis ich ausverkauft bin. Und du wirst es nicht glauben, morgens war es manchmal fast familiär. Da wusste ich, der grüne Audi 80, der will eine Bild, der dunkle Peugeot 106 das Tageblatt, der Volvo auch, der mit dem Moped holte einmal die Woche die DAZ und so weiter. Die LVZ musste mir manchmal von einem Kurier nachgeliefert werden. Dann gab’s die Omis, die an der Straße wohnten, die warteten schon früh auf mich und hielten ihr Kleingeld bereit. Nicht selten waren die Münzen warm und klebrig.«

»Und großes Geld?«, stieß Rainer beflissen nach. »Als Büchereiaufsicht kriegst du das sicher auch nicht. Willst du nicht auch mal großes Geld verdienen?«

»Wer will das nicht.«

»Ich bin da nämlich an einer Sache dran. Ich sage nur Kapitalanleger! Da verdienst du richtiges Geld. Bei dem, was du machst, was bleibt da schon hängen? Das ist alles nur Kleinkram. Abends brennen dir die Füße. Hast du schon mal was von Sonder-AfA gehört?« Rainers Verkäuferstimme überschlug sich fast.

»Ist das was zu essen? Sonderration für Affen?«

»Quatsch!«, erwiderte Rainer, doch das wurde von der Sirene verschluckt, die auf dem Dach vom ersten Haus des Straßenzuges montiert war.

»Schnell«, entschied Stefano, »Licht aus, auf den Boden. Sie kommen. Wie viel Mal ging die Sirene?«

»Ich glaube, zwei Mal.«

»Gut, dann müssen wir noch nicht aufs Dach.«

»Also pass auf. AfA heißt ganz einfach Absetzung für Abnutzung …«

»Hörst du! Sie werfen mit Steinen gegen die Bretter unten …«

Stoisch setzte Rainer seine Litanei fort: »AfA, also Absetzung für Abnutzung, ist von Betriebsmittel zu Betriebsmittel unterschiedlich …«

»Die hören nicht auf, die wollen rein. Wenn das Kommando kommt, müssen wir aufs Dach.«

»… zum Beispiel Computer, für Computer kannst du jährlich 25 Prozent des Kaufpreises für Abnutzung absetzen. PKWs, das heißt Dienstwagen …«

»Mensch, halt die Klappe«, rief Stefano dazwischen. »Die legen eine Lunte, wenn wir nicht aufpassen.«

»Ich will es nur zu Ende bringen«, beharrte Rainer, »also für gewerblich genutzte PKWs kannst du jährlich 20 Prozent für Abnutzung absetzen.«

»Sie wollen ins Haus! Hörst du! Und lass mich in Ruhe mit dem Kram.«

»Zecken! Ihr werd' verrecken!«, kam es von draußen.

»Einfach nicht hinhören.« Rainer versuchte beruhigend auf Stefano einzuwirken. »Wir haben vorgesorgt. Solange die nicht ins Haus kommen, ist alles gut. – Das mit Computer oder Auto war ganz allgemein. Der Kick kommt bei Immobilien, die vom Eigentümer vermietet werden. – Den Unterschied zwischen Eigentum und Besitz kennst du? Das eine …«

»Kenne ich nicht. Aber hast du nicht gesehen, das war Leuchtspurmunition! Die fackeln nicht lange. Die alten Fenster halten das nicht lange aus.«

»Beruhige dich. Das Ganze ist ein Ritual. Wenn wir nicht reagieren, ziehen die bald wieder ab.«

»Du hast gut reden. Das ist erst der Anfang!«

»Der Anfang?« Allmählich wurde Rainer bewusst, dass die Attacke kein Spiel war.

»Was denkst du denn! Die machen uns alle, wenn die hier reinkommen. Dann ist nichts mehr mit absetzen. Dann bist du Brei.«

Ein Schwall an Steinen, verbunden mit Gejohle und Kampfrufen, traf das Haus.

Stefan stand auf: »Los, auf dem Dach stehen jede Menge Mollis und Kisten voll Pflastersteine. Die andern sind sicher schon oben. Auf gehts! Wir müssen hoch!«

9

Auf Zehenspitzen ging Rainer ins Bad. Britta schlief noch. Vor gut drei Wochen hatte er das Abrisshaus verlassen und war bei ihr eingezogen. Auslöser dafür war, dass sie ihm eines Tages sagte: »Entschuldige, Raini, dass ich dir das sagen muss, aber du riechst nicht gut. Du riechst irgendwie muffig, nach Moder oder nach Keller. So kauft dir niemand eine deiner Hochglanzimmobilien ab.« Dabei hatte sie Rainers Kleidung vom Fußboden genommen und ihm unter die Nase gehalten. Der Geruch war ihm nicht fremd. Das ganze Haus in der Leopoldstraße roch danach.

»Ein Mann muss gut riechen«, äußerte Britta überzeugt. Seither hatte Rainer ein wahrer Reinigungskult befallen. Stunden verbrachte er in der Badewanne, shampoonierte sein Haar, schrubbte seinen Körper, bis die Haut rot war, um diese anschließend mit Bodylotion zu pflegen.

Schon in Ingolstadt war ihm aufgefallen, dass ihm im Notaufnahmelager immer noch der Geruch von Bohrmilch anhaftete, obwohl seine letzte Schicht schon geraume Zeit zurücklag. Du stinkst nach Prolet, hatte er zu seinem Spiegelbild im Gemeinschaftswaschraum gesagt und am nächsten Tag schleunigst das Stück Seife, das er mitsamt den Handtüchern bei der Wäscheausgabe empfangen hatte, durch ein Männer-Duschgel aus dem Drogeriemarkt ersetzt, auch wenn ihn die Ausgabe schmerzte. Denn auch danach wurde er den Eindruck nicht los, dass die jahrelang angewandte weiße warme Bohremulsion, die beim Spanabheben das Werkzeug kühlen sollte, auch noch Wochen später tief in seinen Poren festsaß.

Jetzt ließ er das warme Wasser laufen. Am Morgen fehlte die Zeit, um sich ein Vollbad einzulassen. Außerdem beschlug der Badspiegel durch den Wasserdampf. Seit der Pubertät bevorzugte Rainer die Nassrasur und hatte damit früher seine Schwester Monika zu erschrecken gewusst, wenn er ihr sein eingeseiftes Gesicht entgegenstreckte.

Britta gefiel es, wenn Rainer mit seiner Klinge Schneisen in den auf Wangen und Kinn aufgetragenen Schaum zog und darunter seine glatte Haut zum Vorschein kam. Einen Tag nach seinem Einzug hatte sie ihm ein edles Rasierwasser geschenkt und ermahnte ihn immer wieder, nicht damit zu sparen. »Ich kann es mir leisten«, betonte sie, »und du bald auch.«

Schon vor der Einführung der D-Mark hatte Britta ihre Arbeit als Sachbearbeiterin beim Rat des Kreises am Tröndlinring verloren. »Sie haben den Wasserkopf nicht wirklich geleert, sondern sich nur von ein paar Tröpfchen verabschiedet. Ich bin so ein Tropfen, der sich aber rasch wieder dem allgemeinen Strom angeschlossen hat«, triumphierte sie. Eine Kollegin aus dem städtischen Gewerbeamt hatte ihr den Tipp gegeben und Britta nicht lange gezögert, sich »aufgebrezelt«, wie sie es nannte, und sich bei dem Firmengründer des Autohauses vorgestellt. »Das wäre beinahe total schiefgegangen«, erinnerte sie sich, als sie mit Rainer den ersten gemeinsamen Abend verbrachte. »Ich hätte nicht in Stöckelschuhen, sondern eher in Gummistiefeln zum Vorstellungsgespräch kommen sollen. Einen Tag zuvor hatte es gegossen. Starkregen. Ich sage nur: Schlammhausen. Die Pumps waren hinüber. Das sogenannte Autohaus gab es im Grunde gar nicht. Es ist ein

Joint Venture mit einem Händler bei Hof. Der liefert die Autos, und wir stellen sie auf die eingezäunte Wiese, die gepachtet ist. Noch vor vier Wochen bestand die Firma aus nicht viel mehr als dieser Wiese und zwei Containern, über die ein Zeltdach gespannt war.«

Rainer hatte an die mit Wimpelketten dekorierten Plätze denken müssen, die ihm bei seiner Zugfahrt aufgefallen waren und bei dem Autohändler im Elterndorf.

»Unser Glück ist, dass es in allen möglichen Bereichen so viele Neugründungen gleichzeitig gibt. Unser Partner in Bayern ist ein Filou mit Tausenden Kontakten und besorgt fast jeden Wagen, der gewünscht wird. Gefragt sind derzeit vor allem Kleintransporter. Diesel, die sind günstiger im Verbrauch. Und Manne, mein neuer Chef, mit bürgerlichem Namen Manfred Morsfeld, seines Zeichens Kfz-Meister, hat die Beziehungen hier und kennt den Maurer, den Elektriker, den Installateur, alles Leute mit Meisterbrief, die bisher Genossenschaften angehörten, und die darauf brennen, endlich ihre eigene Firma aufzumachen. Manne stellt ihnen den gewünschten Wagenpark zusammen. Im Gegenzug haben die Handwerker sofort mit der Grundsteinlegung unseres neuen Autohauses begonnen. Der Rohbau steht schon.«

Wenig später zählte Rainer zu den Gästen des Richtfestes, und Britta wurde nicht müde, ihm alle möglichen Firmengründer vorzustellen, die bereits zur Kundschaft der ersten Stunde gehörten. Den Spruch des Zimmermanns, der, da der Bau nur eingeschossig war, unmittelbar über den Köpfen der Gäste agierte, um den Richtkranz am Firstholz des künftigen Satteldaches zu befestigten, hatte sich Rainer gemerkt:

Ist das Handwerk überdacht,
gebe der Besitzer Acht,
dass darunter Fairness walte
und sein Autohaus erhalte!

Nach den drei Hammerschlägen hatten alle applaudiert, und beim Bier war Rainer mit dem Dachdeckermeister ins Gespräch gekommen. Kuno, mit dem er sich bald duzte, klagte ihm tatsächlich sein Leid, dass ihm Personal fehle, als hätte der Dozent für Vertrieb, Finanzierung und Steuerrecht weissagen können. Aber als Kunde, das ergab sich nach dem dritten Bier, kam Kuno nicht in Betracht. Er hatte schon drei leerstehende Dachböden im Visier, die er für die Erweiterung seiner Firma ausbauen wollte. Da könnte man bei Bedarf auch das eine oder andere Appartement unterbringen. Und doch war der Kontakt zu dem Dachdeckermeister für Rainer ein Treffer. Schon eine Woche später hatte ihm Kuno einen Termin bei seinem Steuerberater vermittelt.

»Passen Sie auf, junger Mann«, hatte dieser ihm eröffnet. »Sie bringen die Objekte, und ich sorge für die solvente Kundschaft. Arbeitsteilung heißt dann aber auch Teilung Ihrer Provision. Da sollten wir uns von Anfang an einig sein. Als Bonus kümmere ich mich um Ihre Steuererklärung und erspare Ihnen den Ärger mit dem Fiskus und vor allem den Aufwand. Damit wären Sie diese Last schon einmal los. Und das gratis.«

»Meine Mutter, die du ja in nächster Zeit kennenlernen wirst, würde dir sagen: Raini, besser einen halben Braten auf dem Teller als sich die Nase am Fleischerladen nach einem ganzen plattgedrückt«, hieß es von Britta. »Natürlich kann ich mit Manne sprechen, ob er sich für deine

Appartements interessiert. Bloß bei dem, was ich tagtäglich erlebe, hat der gar kein Ohr dafür. Selbst wenn sich so ein Steuersparmodell für ihn bestimmt lohnen würde, denn die Geschäfte laufen gut. Dieser Steuermensch dagegen kennt das Ganze seit Jahren und guckt seiner Klientel nicht nur in die Karten, sondern auch ins Portmonee. Immerhin betreut er die Großverdiener, die aus dem Westen gekommen sind. Die hier Zweigstellen gründen oder schon gegründet haben. Dependancen! Er macht ja auch unsere Steuer, also die der Firma. Unser Partner aus Bayern kennt ihn. Ich rate dir, lass dich auf ihn ein.«

Rainer nickte, obwohl er Britta gar nicht so weit gefolgt war. Bei ihm hatte sich die Erwähnung von Brittas Mutter festgehakt. Eine Fotografie von Brittas Eltern stand auf dem zierlichen Damensekretär, in dem Britta wochentags Rechnungen und Kontoauszüge verstaute, bevor sie regelmäßig nach dem Sonntagsfrühstück damit begann, diese zu sichten und zu ordnen sowie die entsprechenden Überweisungsträger auszufüllen. Rainer kam sich in ihrer Gegenwart dann immer sehr unbedarft vor. Einzig vom Arbeitsamt erhielt er Post, die noch an die Leopoldstraße adressiert war; und seine Kontobewegungen ließen sich monatlich auf einem einzigen Blatt zusammenziehen.

»Du sparst erst einmal«, hatte ihm Britta verordnet. »Deine Perspektive muss sein, bei diesen Vertriebsleuten so viel wie möglich Erfahrung zu sammeln, um dich eines Tages von ihnen lösen zu können. Denk an deinen Kollegen Edgar, der hat es quasi aus dem Stand geschafft, in der Immobilienbranche Fuß zu fassen. Das schaffst du auch. Bloß Büro, Computertechnik et cetera kosten. Und da muss auch später jemand sitzen, der abnimmt, wenn Eigentümer anrufen, um dir ihr Haus zum Vermarkten anzubieten. Ich seh dich schon im schicken Firmenwagen. Natürlich in einem von Manne.«

In der Tat hatte Rainer bereits am Tag seines Abschlusses als *Kaufmännische Fachkraft für Haus und Grund* vier Erfolg versprechende Kundengespräche in petto. Das gleich vierfach geweckte Interesse hatte er der Überzeugungskraft des agilen Steuerberaters zu verdanken. Aktuell musste es nur noch zum Abschluss des Vertrages mit dem Vertriebsbüro kommen, dessen Mitarbeiter nicht nur den größten Teil der Lehrkräfte gestellt, sondern auch die Abschlussprüfung der Teilnehmer abgenommen hatten.

Selbstredend, dass bei der vom Arbeitsamt geförderten Fortbildungsmaßnahme, die schon bald eine Neuauflage erfahren sollte, alle Teilnehmerinnen und Teilnehmer die Prüfung bestanden, es somit binnen eines Vierteljahrs in Leipzig 20 Fachkräfte der Immobilienwirtschaft neuen Typs gab. Und dies sollte erst der Anfang sein. Wirtschaftsweise sagten der Immobilienbranche im Osten ein hohes Wachstum voraus.

Die meisten der im Schnelldurchgang neu ausgebildeten Fachkräfte besaßen gute bis sehr gute Beziehungen zu den zahlreichen im Aufbau befindlichen Grundstücks- und Gebäudeverwaltungen und hatten gerade deshalb keine Minute der Schulung am Personalcomputer versäumt. Rainer hatte sich hier eher ungelenk gezeigt und gab tatsächlich ein Beispiel für das bekannte Adler-Such-System, das allerdings von vielen irrtümlich mit dem König der Lüfte in Verbindung gebracht wird. Der Adler sieht weitaus besser als der Mensch. Er kann im Flug aus 5.000 Metern Höhe eine Maus erspähen. Der Adler des Suchsystems bezieht sich auf die Nürnberger Firma Triumph Adler, die bis Mitte des 20. Jahrhunderts zu den führenden Herstellern von Büromaschinen zählte. Das hatte den Teilnehmern des Kurses, der fakultativ war, die Kursleiterin erklärt und die Interessierten gleichzeitig darin bestärkt, dass die Benutzung eines Personalcomputers wohl durch Schreibmaschinenkenntnisse erleichtert wird, aber dass dies keine Bedingung für einen erfolgreichen Umgang mit der Hard- und Software sei. Auch diese Begriffe hatte Rainer schnell intus.

Im Kurs lernte er, Serienbriefe zu schreiben und Textbausteine zu erstellen, die sich je nach Bedarf aus einem elektronischen Ordner abrufen ließen und gerade für die Ausfertigung von individuell auf den Kunden zugeschnittene Vertragsvereinbarungen unabdingbar waren.

Außerdem zeigte die Kursleiterin der Gruppe noch einige der Möglichkeiten bei der Benutzung der Software Excel auf und ließ die Seminarteilnehmer durch die Formatierung von Feldern das Wort »Rechner« buchstäblich erleben. »Es ist wie beim Schach«, sagte sie, »nur dass eben nicht die Figuren den Wert aufgrund ihres Äußeren bestimmen, sondern Sie die Zellen, also die Felder, so programmieren können, dass diese die Multiplikation, Division oder Subtraktion selbstständig vornehmen.«

Zum Abschluss erhielten die Kursteilnehmer eine Diskette ausgehändigt, die all ihre Übungen, einige Musterbriefe und -verträge und zusätzlich eine Vorlage zur Erstellung einer Adressdatei enthielt. Es war bereits eine der neuen Disketten, die es im Gegensatz zu denen aus den Anfängen dieses Speichermediums in verschiedenen Farben gab und die sich viel leichter transportieren und handhaben ließen als die störanfälligen der ersten Generation.

Rainer zauberte seine 3,5-Zoll-Diskette vor Brittas Augen aus der Innentasche seines Jacketts und hatte Mühe, ihr seine Begeisterung zu vermitteln. Denn auch Manne, Brittas Chef, hatte ihr bereits angekündigt, dass sie demnächst eine EDV-Schulung besuchen müsse. Der Autohauspartner aus der Gegend von Hof meinte, mit Eröffnung des richtigen Autohauses müsse *die Zettelwirtschaft*, wie er es nannte, aufhören.

Die feierliche Eröffnung des Autohauses »Morsfeld & Partner« war für Samstag, den 6. Oktober 1990, geplant, wenige Tage nach der deutschen Wiedervereinigung, und bereits in der Tagespresse angekündigt worden. Der westdeutsche Partner wollte selbstverständlich, wie er sagte, nicht zur Eröffnung mit einem Blumenstrauß erscheinen, sondern sich als Teilhaber bei den letzten Arbeiten am Verkaufsraum einbringen. Manne überließ er freiwillig das Einrichten der Werkstatt, die an den Wänden über Riegen glänzender Ringschlüssel sowie im Zentrum über zwei hydraulische Hebebühnen verfügte. Schon bei der Abnahme des Rohbaus hatte der Partner aus Hof von einem ersten Schritt gesprochen.

»Natürlich müssen wir expandieren«, war seine Rede, »sobald es sich rechnen lässt. Im Oktober setzen wir ein Zeichen, aber es wird noch kein Ausrufezeichen sein. Wenn alles gut anläuft, werden wir in naher Zukunft Firmenvertreter einer großen Automarke sein. Und zwar einer, die sowohl den gewerblichen wie auch den privaten Markt bedient. Da stehe ich in Verhandlung. Unser Ziel heißt: Leipzigs Nummer 1 im Firmen- und Nutzfahrzeugsektor zu werden. Denn was mir vorschwebt, ist nicht das Autohaus, das alle kennen, sondern eine Arena der Karossen! Ein Palais de gloire!«

Für Britta ergab die letzte Woche vor der Fertigstellung des Autohauses eine Aneinanderreihung von Zwölf-Stunden-Schichten. Täglich war sie früh mit Rainer aus dem Haus gegangen und mit Einbruch der Dunkelheit zurückgekehrt. Sie genoss es, dass der an ein Single-Dasein Gewöhnte einkaufte, den Tisch deckte und sie mit dem zubereiteten Abendbrot auf dem Herd erwartete.

An diesem Dienstagmorgen aber ließ Rainer Britta ausschlafen. »Schönheitsschlaf hast du entweder vor 21 Uhr oder morgens bis neun Uhr«, war einer ihrer Sprüche. »Aber wer hat das schon, wenn er Arbeit hat? Und dann noch in dieser Umbruchzeit.«

Heute aber hatte sie sich einen freien Tag verdient. Am Autohaus wurde die Beschilderung angebracht und in den neuen Räumen die angelieferten Büromöbel aufgebaut. Britta hatte sämtliche Skizzen angefertigt, die keinen Zweifel am Aufstellen der Schränke und Schreibtische aufkommen ließen.

Noch immer ließ Rainer das Duschwasser laufen. Den 80-Liter-Warmwasseraufbereiter hatte er wenige Tage nach seinem Einzug besorgt und angeschlossen. Sein Inhalt reichte knapp für ein Vollbad und vermochte Britta zu begeistern. Bis sie aufstand, hat der Boiler nachgeheizt, war sich Rainer sicher.

Es war am frühen Abend, als Rainer in Brittas Wohnung zurückkam. Aus dem Schlafzimmer hörte er sie rufen: »Gut, dass du kommst.« Sie stand in Unterwäsche vorm Spiegel und hielt sich bügelweise ein Kleid nach dem anderen vor den Körper und betrachtete sich dabei.

»Nun, welches soll ich nehmen?«

Rainer stand in der Tür und hielt eine Mappe in der Hand,

die das Abschlusszertifikat seiner Fortbildungsmaßnahme und eine Ausfertigung des frisch unterzeichneten Vertrages mit dem Vertriebsbüro SUB CAPITAL enthielt.

»Bleib wie du bist, wir müssen anstoßen!«

»Aber nur einen Schluck. Und keine Extras!«

Mein Gott, erschrak Rainer, wir kennen uns gerademal vier Monate und benehmen uns schon wie ein altes Ehepaar. Schnell nahm er aus Brittas Küchenschrank zwei Gläser. Es war ihm egal, dass es keine Sektgläser waren, er öffnete die Flasche, ohne etwas zu verschütten, und kam mit den Gläsern, deren schäumender Inhalt rapide abnahm, zurück ins Schlafzimmer.

»Schütte nichts auf mein Kleid«, ermahnte ihn Britta. Mit keiner Silbe fragte sie ihn nach seinen Abschlusspapieren, vielmehr hielt sie sich zwei in die engere Wahl gekommene Kleider abwechselnd unter das Kinn.

Rainer kam eine Szene mit Monika in den Sinn, als sie noch ein Kind war. Beim Stöbern auf dem Dachboden hatte sie in einem Karton bunte Druckbögen gefunden. Figuren in Unterwäsche zum Ausschneiden mit dazugehörigen Kleidungsstücken, die einmal Tante Edelgard, Vaters Schwester, gehört hatten. Stundenlang konnte Monika den Mann, die Frau und die beiden Kinder immer wieder neu anziehen, indem sie die Schnittkleider und -hüte und -schuhe wechselte. Dabei sprach sie mit verstellter Stimme und spielte Szenen aus dem Alltag der Schreiters. Sie ahmte dabei Rainers Stimme nach, die er benutzte, wenn er mit den Puppen des Kasperletheaters hantierte. Da der Junge vom Schnittbogen blond und Rainers Haar brünett war, half sie mit einem Buntstift nach.

Die Gläser in den Händen sagte Rainer: »Britta, das, das nimmst du jetzt. Das steht dir.«

»Wirklich? Das, ja? Meinst du?«

»Ja, das!« Rainer bemühte sich, die Bestätigung nicht wie ein Stöhnen klingen zu lassen und reichte ihr eines der mit Sekt gefüllten Gläser. »Komm, stoßen wir an!«

Es sollte ein Abend mit weiterem Anstoßen, Sich-Zuprosten und Trinksprüchen werden. Die Firmenchefs des Autohauses hatten zur internen Eröffnung geladen. An der Seite von Britta zählte Rainer zu den auserwählten Gästen.

»Ich begrüße die Männer und die eine Frau der ersten Stunde!«, hatte Manne respektive Firmenmitinhaber Manfred Morsfeld mit feierlicher Stimme seine Rede angehoben.

Rainer schaute in viele ihm vom Richtfest bekannte Gesichter. Sowohl die Angestellten des Autohauses als auch die Chefs aller beteiligten Gewerke waren eingeladen. Ebenso der Steuerberater und ein Vertreter der Deutschen Bank. Allesamt mit ihren Partnern. Wenn das kein guter Start ist!, dachte Rainer, froh, endlich nach den Wochen auf der Schulbank sein Verkaufstalent erproben zu können. Von SUB CAPITAL hatte er mit Vertragsabschluss eine Handvoll Firmen-Visitenkarten erhalten, die nicht personifiziert waren, und das Versprechen, dass er alsbald eine komplette Ausrüstung gestellt bekäme.

Bei der Verabschiedung hatte man ihm noch drei Kugelschreiber mitgegeben, die mit dem Schriftzug der Vertriebsfirma versehen waren, als »Giveaway«, wie es hieß. Einen der Kugelschreiber trug er wie eine Kostbarkeit bei sich und wollte ihn während der Feier gezielt verschenken. Doch an dem Abend kam er nicht dazu, den Small Talk in Richtung seiner Anlageobjekte zu lenken. Britta hatte ihm sofort den Mund verboten, als ihr auffiel, dass er am

Anfang des Abends das Gespräch mit einem der Gäste auf seine Profession zu lenken versuchte.

»Heute nicht!«, hatte sie bereits einen ersten Versuch in knapper Form unterbunden, um dann versöhnlich hinzuzufügen: »Alles findet sich.«

Inzwischen hatte sich auch der Teilhaber aus der Gegend bei Hof zu Britta und Rainer gesetzt und davon gesprochen, dass er von »Manne und seinen Mannen«, wie er den männlichen Teil des Unternehmens im Osten auf eine Kurzform brachte, nur Gutes über die neue Sekretärin gehört habe. Sie sei binnen kurzer Zeit so etwas wie die Seele des jungen Unternehmens geworden, schmeichelte er Britta.

»Sie bringen etwas mit, Frau Born, das man in unserer Branche lange suchen muss: Ausstrahlung und Umsicht! Das heißt, man schaut Sie gern an, und Sie schauen weit hinaus, um es mal etwas unverblümt zu sagen. Ich war ganz begeistert, als ich Ihre Pläne für die Inneneinrichtung der Büroräume gesehen habe. Sie haben das *Optimalste* aus den Grundrissen herausgeholt. Und Ihre Idee mit der Bündelung aller Elektroleitungen nenne ich famos.«

Es war Britta Born anzusehen, dass sie überlegte, ob sie ihren Westchef hinsichtlich der falschen Grammatik korrigieren sollte, doch schnell fing sie sich und erwiderte: »Es lief einfach optimal durch die guten Verbindungen, die die Firma hier binnen kurzer Zeit geknüpft hat. Und dass Sie das Optimale in Bayern leisten, spüren wir ja mit jedem perfekten Fahrzeug, das wunschgemäß für unsere Kundschaft ankommt. Der beste Bürotisch taugt nichts, wenn auf ihm keine Verträge zustande kommen, die beide Seiten zufriedenstellen.«

»So iss«, verfiel der Teilhaber begeistert in seinen Dialekt, obwohl er sich sonst um ein reines Hochdeutsch bemühte.

In Rainer hingegen rumorte es: SUB CAPITAL wäre hier so ein passender Anknüpfungspunkt gewesen. Aber er hielt sich zurück und sollte im Laufe des Abends gemeinsam mit Britta noch mit Josef Leidinger, den seine Duz-Freunde Jupp nannten, Brüderschaft trinken. Eine gute Voraussetzung, um zu einem späteren Zeitpunkt auf die Anlageobjekte zu sprechen zu kommen. *Denn schließlich will jede und vor allem jeder Steuern sparen!* Diesen Leitsatz von SUB CAPITAL hatte Rainer verinnerlicht.

Als sich die Tafelrunde unterm Bierzelt langsam lichtete, schlug Jupp vor, dass man an einem gemütlicheren Ort weiterfeiern solle, denn so jung käme man ja schließlich nicht mehr zusammen.

»Vielleicht etwas mit Musik, Fräulein Britta.«

»Frau, für dich immer noch: Frau Britta!«, konterte Britta, die dem Mumm-Sekt kräftig zugesprochen hatte.

»Moang is Feiadog. Do kummd zsamm, wos zsammkemma soi, und des brobian ma hoid heid scho moi aus«, gab Jupp den Ton an und bot Britta seinen Arm an, um sich bei ihm unterzuhaken.

Einen Moment war Britta im Zweifel, ob sie noch bleiben müsse, um beim Aufräumen zu helfen. »Machen wir alles morgen, Leute«, hatte Manne abgewunken. »Zehn Uhr, dann sind wir in einer Stunde durch.«

Im »Boccaccio«, einem Weinkeller im Souterrain eines Gründerzeithauses, der mit dunklem Eichenmobiliar vor bleiverglasten Fenstern, Weinrebenschmuck und Beleuchtungskörpern im Jugendstil das Flair der Jahrhundertwende ausstrahlte, bekamen sie mit den bestellten Schoppen gleich die Rechnung serviert. Man schließe Punkt 23 Uhr, hieß es.

»So kemmds need um d' Rundn, sog i eich. Ia habds so a scheene Wiadschaffd, do kennds need zu macha, boi no zeen Leidl do san und saufa und fressen wia de Wuidn.«

Enttäuscht stand man wenig später vor der Tür, nachdem die Runde rasch ausgetrunken hatte. Zwischen den Tischen mit den bereits hochgestellten Stühlen war die Feierlaune schnell abgeebbt.

Übrig blieben eigentlich nur Britta und Jupp, die es noch nach einem Absacker verlangte, und Rainer, der sich wie in Brittas Schlepptau fühlte. Erfrischt von der kühlen Nachtluft waren sie auf dem Weg ins Stadtzentrum, bei dem Jupp eine Bar im Visier hatte, in der die Marktwirtschaft bereits angekommen sei, wie er meinte, und das schon früher. Dort sei er regelmäßig eingekehrt, wenn er zur Mustermesse nach Leipzig kam, und es spielten immer »saugute Kapellen«, wie er versicherte. Bei dem Wort »Bar« war es Rainer gleich mulmig geworden, und er hatte im Kopf das Bargeld überschlagen, das sich in seiner Geldbörse befand. Jupp hatte bereits im »Boccaccio« die Getränkerechnung für alle übernommen. Es war vorauszusehen, dass die nächste Rechnung an ihn ging, nachdem sie nur noch zu dritt waren. Rainer vermochte auch nicht einzuschätzen, ob Britta genügend Geld dabei hatte, um ihm etwas vorzustrecken. Und es ergab sich auch keine Gelegenheit, sie zu fragen oder eine Andeutung auszusenden. Sie hatte sich noch immer bei Jupp untergehakt, was diesem sichtlich gefiel, und Rainer die Gangart des Nebenherlaufens zugewiesen.

Als das Trio am Ende der Karl-Liebknecht-Straße auf Jesse traf, hätte Rainer fast laut ausgesprochen, was er dachte: Mann, du kommst wie gerufen!

»Das ist mein Freund Jesse«, sagte Rainer, und das Trio blieb stehen.

»Ich weiß, wer das ist. Ich kenne ihn. Du hast viel von ihm erzählt«, bemerkte Britta kurz und machte keinen Hehl daraus, dass sie ungehalten auf die Unterbrechung reagierte und ganz offensichtlich weitergehen wollte.

»Ja mei, ein Schulfreund?«, fragte Jupp beschwingt. »Da kommens halt mit, junger Mann. Wir wollen noch etwas das Tanzbein schwingen. Die Nacht ist noch jung.«

»Geht ihr zwei mal in die Bar«, reagierte Rainer rasch, »ich habe auf Tanzen keine Lust und geh mit Jesse noch eine Runde ums Viereck. Wir haben uns lange nicht gesehen. Ein Wunder, dass er mich wiedererkannt hat.«

10

Die Verabschiedung von Britta und Jupp war knapp ausgefallen. Jupp war sich der Gunst des Augenblicks bewusst. Rasch hatte er Britta mit sich gezogen, und diese ließ es bereitwillig geschehen.

Rainer und Jesse gingen ein paar Schritte und sahen Kneipenlicht in der Riemannstraße, das noch vielversprechend hell war. Sie fanden sich schnell in der Kaschemme ein, in der man sich mit 20 Mark volllaufen lassen konnte und immer noch etwas übrig hatte. Die Einrichtung war schlicht und zweckmäßig und erinnerte beide an die des Speisesaals ihres früheren Betriebes.

»Weißt du was von deiner Schwester?«, fragte Jesse ernst, kaum dass sie saßen und bestellt hatten.

»Was soll ich wissen? Bis vor Kurzem war ich ja alles andere als ein Vorzeigebruder. Da habe ich mich bedeckt gehalten. Zuletzt hat sie mir in die Leopoldstraße geschrieben, dass es eine Theaterpremiere gibt. Sie singt, schrieb sie, hätte wenig Zeit, da sie proben müsse, und hat mich in die Schauspielschule eingeladen, und da gehe ich morgen hin. Komm doch mit.«

»Eine Premiere? Wirklich? Ich traf sie, da war sie total am Boden zerstört.«

»Das klärt sich sicher auf. Moni ist neu hier. Als ich vor sieben Jahren nach Leipzig kam, habe ich auch ein paar Wochen gebraucht, um mich an das Stadtleben zu gewöhnen. Immer nur Pflaster unter den Sohlen, das schlaucht. Da werden die Füße taub mit der Zeit, und unsereinem fehlt die Waldluft. Da hilft auch kein Fichtennadelbadezusatz.«

»Spinner, du hattest gar keine Badewanne.«

»Jetzt schon. Bei Britta herrscht Luxus.«

»Das war die Frau, die dir Tee angeboten hat?«

»Genau.«

»Und du bist bei ihr eingezogen? Hat sie dich so umgekrempelt? Ist es was Ernstes?«

»Ich denke schon. War ja lange genug solo.«

»Ich wünsch dir Glück, irgendwie hat sie dich verändert. Aber zurück zu deiner Schwester. Mir hat sie erzählt, dass es mit ihrem Studium Probleme gibt. Die Schauspielschule sei wohl geschlossen. Ich habe ehrlich gesagt nicht ganz begriffen, was das Problem ist.«

»Stopp mal. Interessierst du dich jetzt etwa für mein Schwesterherz, Alter? Sie ist noch ein Mädchen, vergiss das nicht. Da halt ich die Hand drauf. Aber im Ernst, was ist mit dieser Katja? Mit der warst du doch zusammen, als wir auf Betteltour für ABOX waren.«

»War – das trifft es. Katja ist nun endgültig in die Politik gegangen. Erst nebenbei und nun Vollzeit. Ihr Studium hat sie unterbrochen und rotiert jetzt als persönliche Referentin eines Abgeordneten der Volkskammer in Berlin. Sonntags ruft sie manchmal bei meinen Eltern an und wir telefonieren. Sie arbeitet bis zum Umfallen. Erst saß sie in der zweiten Reihe am Runden Tisch. Jetzt leitet sie das Abgeordnetenbüro. Wie es aussieht, wird sie auch für den Bundestag kandidieren.«

»Das klingt echt nach 'ner Fernbeziehung.«

»Stimmt, wir sehen uns kaum noch. Und wenn, dann wirkt sie immer geschäftig.«

»Was du über Moni sagst, beunruhigt mich schon. Wann, sagst du, hast du sie getroffen?«

»Im September. Ein paar Wochen nachdem du abgetaucht bist. Du hast dich ja ewig nicht blicken lassen. Sonst hätte ich es dir erzählt. Mir fällt zu Hause die Decke auf den Kopf. Die Kurzarbeit hat langsam Methode. Eine Woche arbeiten, zwei Wochen zu Hause bleiben. Und arbeiten heißt, nur noch Einzelstücke. Für die Mustermesse.«

»Ich bin nicht abgetaucht, Mann. Du hast keine Ahnung. Ich saß den ganzen Sommer von morgens bis nachmittags auf der Schulbank. Danach habe ich versucht, mir den Lehrstoff einzutrichtern. Mir fällt das nicht zu, auch wenn ich das nur dir sagen kann. Wie du weißt, hatte ich ja noch nie vorher etwas mit Immobilien am Hut, aber wollte das nicht versauen. Und seit heute kannst du mich *Fachkraft für Haus und Grund* nennen. Es steht sogar *Diplom* auf meiner Urkunde. Ich und Diplom! Darauf gebe ich noch einen aus.«

Dabei blieb es nicht. Rainer bestellte Runde um Runde, obwohl Jesse nur noch jedes zweite Quantum mittrank. Rainer kippte den Schnaps in sich rein und spülte mit Bier nach, ohne die Konstitution und Übung dafür zu besitzen. Die Momente des Genusses gerieten immer kürzer und steigerten das Verlangen. Der Wirt der Kneipe, der sie und nur noch eine Handvoll weiterer Gäste bediente, machte schon Anstalten, mit der Schnapsflasche in der Hand neben dem Tisch stehen zu bleiben. Es war, als wolle Rainer sich im Alkohol freischwimmen. Vor wenigen Tagen hatte sich der Tag gejährt, an dem er akribisch seine Wohnung gesäubert und am Fenster gestanden hatte, um Barber mit seinem Wartburg zu erwarten. Zwölf Monate, geteilt in West und Ost. 365 Tage ohne ein eigenes Zuhause, ohne nach der Arbeit die gesammelten Schallplatten auflegen zu können. Was hatte er aus dem Jahr gemacht? Er hätte gewartet und auf eine Veränderung gehofft. Und das bis heute, wäre da nicht Britta gewesen.

»Noch eine Runde auf dich und mich, den frischgebackenen Immo-Mann. Ich stell dich ein. Wirklich, ich stell dich ein, frag Britta. Ich ex… expandiere! Das ist der Plan, glaub mir. Das dauert nicht mehr lang.«

Ein Schnaps noch, dann war das Maß voll. Rainer kippte mit dem Kopf auf den Tisch.

»Jaja, alles klar. Genug für heute. Wir zahlen!«, bestimmte Jesse, erhob sich, ging auf den Kneiper zu und übernahm für beide die Zeche.

Draußen tat die klare Oktoberluft das ihre, der Mantel des warmen Kneipendunstes schützte sie nicht mehr. Jesse spürte, dass er selbst nicht mehr ganz nüchtern war, doch musste er Rainer stützen. Vierbeinig torkelten sie Richtung Wilhelm-Leuschner-Platz.

»Ich muss … muss zu Britta«, beharrte Rainer. »Du hast doch den Kerl gesehen, der ist hinter ihr her.«

»Du musst in die Koje, Mann. Du bist stockbesoffen. Sei froh, dass deine Flamme dich so nicht sieht.«

»Ich bin nicht besoffen, schau. Schau her!« Rainer streckte die Arme aus und versuchte auf der Bordkante geradeaus zu laufen. Fast wäre er auf die Fahrbahn gefallen, als sich ein hupender Škoda näherte. Jesse konnte Rainer gerade noch auffangen.

»Du bist so gut zu mir. Du bist ein Freund. Wir sind Gewinner, glaub mir! Wir sind die Gewinner. Wir haben alle Chancen. Jetzt beginnt unsere Zeit.« Rainer schlang seine Arme um Jesse und begann volltrunken plötzlich die Queen-Hymne anzustimmen:

We are the champions
We are the champions
No time for losers
We are the champions, my friend.

»Oi, was sind denn das für Typen!«

Jesse und Rainer stand plötzlich eine Gruppe Glatzköpfiger gegenüber, die keinen Hehl daraus machte, Streit zu suchen.

»Das sind Schwuchteln, Kameraden. Die brauchen ein paar auf die Fresse. Wir sind hier nicht in Ami-Land. Und wir mögen auch nicht eure schwulen Gesänge.«

Jesse war auf der Stelle nüchtern. Es war ihm klar, dass die Glatzen es als Provokation auffassen würden, unternähme er den Versuch, sie zu berichtigen: *Der Name sagt es, Queen, das sind Briten*. Doch schließlich nahm er allen Mut zusammen: »Verzieht euch.«

»Willst du uns etwa sagen, wo's langgeht?« Der Wortführer trat dicht an Jesse heran, der inzwischen, den Freund weiter stützend, an eine Hauswand im Peterssteinweg ausgewichen war, um keinen der Kahlgeschorenen im Rücken zu haben. Rainer hielt ihn noch immer umschlungen. Jesse löste sich aus der steifen Klammer und schob sich schützend vor seinen Freund.

»Ihr seid zu viert. Was soll das?«

»Wer sagt denn, dass die anderen sich auch die Pfoten an euch dreckig machen wollen, du Schwuli?«

»Rede keinen Unsinn!«

Eine Sekunde später spürte Jesse den ersten Schlag im Gesicht und hob zwangsläufig die Arme zur Deckung. Rainer rutschte im selben Moment nach unten. Rasch griff Jesse nach ihm und hielt ihn fest. Der zweite Faustschlag traf ihn hart an der Schläfe. Er taumelte und versuchte, mit dem linken Arm Rainer im Griff, seinerseits mit der Rechten den Gegner zu treffen. Doch dieser wich dem Angriff aus, tänzelte vor den beiden in geübter Boxermanier und schlug dann erneut zu und traf mit voller Wucht Jesses Kinn.

»Volltreffer!«, riefen begeistert seine Kumpane. »Der Punkt geht an dich. Mach die Tunten fertig!«

»Was ist los, Mann? Was wollen die?« Rainer richtete sich wie in Zeitlupe auf und sah erst seinen Freund und dann den Angreifer an, als wäre er gerade wach geworden und bot eine willkommene Zielscheibe. Die nächsten zwei Fausthiebe landeten auf seinem Schädel und der dritte dann auf seinem Kehlkopf. Er sackte auf der Stelle zusammen und rang pfeifend nach Luft.

Jesse, der versucht hatte, dazwischenzugehen, beugte sich über ihn und öffnete rasch Rainers Kragenknöpfe. Ein kräftiger Tritt in die Lenden ließ ihn das Gleichgewicht verlieren. Er konnte Rainer nicht länger halten und ging mit ihm zu Boden. Ihre Leiber wurden mit Tritten traktiert.

Eine Salve von Springerstiefeln traf sie beide. Wieder und wieder. Jesse lag über Rainer und schrie geistesgegenwärtig: »Atme, atme durch die Nase!« Mit den Armen versuchte er weiterhin, den eigenen Kopf zu schützen. Mit seinem Körper gab er Rainer Deckung. Ihm war schwindelig und seine Wunden schmerzten.

Ein warmer Strahl traf Jesses Kopf. Brechreiz überkam ihn. Heftig brannten mit einem Mal seine Wunden. Es roch widerlich nach Urin.

Wenig später hörte er aus der Ferne ein Gelächter. Vorsichtig hob er den Kopf. Die Horde Glatzköpfiger war abgezogen. Laternen warfen am Ende der Straße Licht auf die kahlgeschorenen Schädel. Für einen Moment wusste Jesse nicht, ob sein Herz so kräftig schlug oder ob die Springerstiefel das Trottoir erschütterten.

Nein, es war sein Körper, der zitterte. Der Körper von Rainer war still. Er rührte sich nicht. Ein Blutfaden vergrößerte dessen Mund. Mit aller Anstrengung zog er den Freund vom Boden, hielt ihn mit einem Arm fest und winkte mit dem anderen nach einem leuchtenden Taxi, das sich näherte, als schickte es der Himmel. Der Fahrer drosselte das Tempo und kurbelte das Seitenfenster des Wagens herunter.

»Schnell! Machen Sie die Tür auf«, schrie Jesse. »Er muss ins Krankenhaus!«

»Euch Brüder kenn ich. Ihr seid besoffen und kotzt mir die Sitze voll. Mit mir nicht«, erwiderte der Taxifahrer von der Gegenfahrbahn aus. Danach beschleunigte er das Fahrzeug wieder.

Jesse packte Rainer. »Atme, atme«, flehte er. Vor ihm verschwammen die roten Rücklichter.

Er hätte nicht sagen können, wie er, den Freund im Schlepptau, die Universitätsklinik in der Liebigstraße erreicht hatte. Plötzlich fand er sich auf einem Holzstuhl im Wartebereich wieder und zitterte vor Anstrengung noch immer.

Der Gang war hell erleuchtet und leer. Am Schalter der Notaufnahme hatte er alles zu Rainers Person angegeben, was ihm bekannt war. Auf die Frage nach dessen Krankenversicherung wusste er keine Antwort.

»Gehen Sie nach Hause und lassen Sie sich morgen mal gründlich untersuchen«, hatte man ihm gesagt, nachdem ihm sorgsam die Wunden im Gesicht und an den Armen gereinigt worden waren. Aber er blieb sitzen und starrte auf die Schwingtür, hinter der Rainer verschwunden war.

DIE JAHRE 1989 UND 1990 IM ÜBERBLICK

1989

9. Januar: DDR-Bürger flüchten in die Ständige Vertretung der Bundesrepublik in Ostberlin, um ihre Ausreise zu erzwingen. Zwei Tage später wird ihnen von DDR-Behörden die Bearbeitung der Ausreiseanträge und Straffreiheit zugesichert.

15. Januar: Anlässlich des Gedenkens der Ermordung von Rosa Luxemburg und Karl Liebknecht kommt es in Leipzig zu einer ungenehmigten Demonstration. Etwa 500 Teilnehmer verlangen eine demokratische Erneuerung der Gesellschaft. 53 Demonstranten werden festgenommen und vier Tage später wieder entlassen.

19. Januar: Während der Tagung des Thomas-Müntzer-Komitees der DDR versichert der Generalsekretär der Sozialistischen Einheitspartei Deutschlands (SED) Erich Honecker, die Mauer bleibe noch »50 und 100 Jahre« stehen, »wenn die dazu vorhandenen Gründe nicht beseitigt werden.«

5. Februar: Im Glauben, dass der Schießbefehl ausgesetzt sei, unternehmen Chris Gueffroy und Christian Gaudian im Ostberliner Stadtbezirk Treptow einen Fluchtversuch. Dabei wird dder 20-jährige, zum Grundwehrdienst einberufene Gueffroy von einem Grenzsoldaten erschossen. Unter dem Druck zahl-

reicher internationaler Proteste gibt SED-Generalsekretär Erich Honecker zwei Monate später die Anweisung, den Schießbefehl nicht länger anzuwenden.

15. Februar: Der Jugenddiakon der Evangelischen Kirche Jürgen Krüger (Berlin-Mitte) beantragt beim Ministerium des Innern der DDR die Zulassung der von ihm mitgegründeten *Vereinigung zur Beobachtung und Förderung des KSZE-Prozesses in der Deutschen Demokratischen Republik*. Der Zulassungsantrag wird abgelehnt.

Die erste Konferenz über Sicherheit und Zusammenarbeit in Europa (KSZE) fand in Helsinki statt, dort wurde im August 1975 die Schlussakte von 35 Staaten unterzeichnet. Das Kapitel VII, das die Achtung der Menschenrechte und Grundfreiheiten einschließlich der Gedanken-, Gewissens- und Religionsfreiheit festschrieb, führte vor allem in der Sowjetunion zu den sogenannten *Helsinki-Gruppen* und schuf auch die Grundlage für die Bildung von Menschenrechtsorganisationen in Osteuropa.

13. März: Bereits ab 1987 kommt es während der Leipziger Messe zu Demonstrationen Ausreisewilliger. Den Höhepunkt bildet eine Ansammlung von mehreren Hundert Menschen, die nach dem montäglichen Friedensgebet in der Nikolaikirche im Stadtzentrum skandierten »Wir wollen raus!« Die Anwesenheit der internationalen Pressevertreter zwingt die Sicherheitskräfte zur Zurückhaltung. Bis zum Kirchentag der sächsischen Landeskirche im Juli 1989 wird in der Folge durch die Staats- und Parteiführung allein im Bezirk Leipzig 4.000 Antragstellern die Ausreise bewilligt.

17. April: Die 1980 in Danzig gegründete und zwischenzeitlich verbotene Gewerkschaft Solidarność wird wieder zugelassen.

Zuvor wurde auf Basis der Gespräche zwischen der Gewerkschaft und der Regierung der Volksrepublik Polen der »Runde Tisch« gebildet.

2. Mai: Die sozialistische Volksrepublik Ungarn beginnt mit dem Abbau der Grenzsicherungsanlagen an der Grenze zu Österreich und schafft damit die Voraussetzung für die Öffnung des sogenannten *Eisernen Vorhangs.*

7. Mai: Bei der Wahl der Kandidaten für die Vertretungen in Kreisen, Städten und Gemeinden, die gemäß der Listen der Nationalen Front stattfand, wird das Ergebnis gefälscht. Bereits das Verfahren ist fragwürdig. Die Streichung einzelner Namen von der Liste gilt dennoch als Ja-Stimme für den gesamten Vorschlag. Auf dem Leipziger Markt kommt es zu einer Demonstration gegen den Wahlbetrug.

8. Mai: Nachdem im April die Leitung der Nikolaikirche das Verbot politisch motivierter Reden während der Friedensgebete von 1988 aufgehoben hat, finden die montäglichen Gebete wachsenden Zuspruch. Erstmals umstellt die Volkspolizei das sakrale Gebäude nach einem Friedensgebet, für das fortan der Begriff Montagsgebet gefunden wird.

4. Juni: Obgleich für den von Mitgliedern Leipziger Umweltschutzgruppen organisierten Pleißepilgerweg behördlicherseits ein Verbot ausgesprochen und Initiatoren Hausarrest erteilt wurde, versuchten nach einem Gottesdienst in der Reformierten Kirche etwa 1.000 Menschen die Route aufzunehmen und wurden von Sicherheitskräften abgedrängt. 83 Teilnehmer wurden verhaftet.

8. Juni: Die gewaltsame Beendigung der friedlichen Studentenproteste auf dem Pekinger *Platz des Himmlischen Friedens* vom 3. zum 4. Juni bezeichnet die Volkskammer der DDR als Niederschlagung einer Konterrevolution.

10. Juni: In Leipzigs Innenstadt sollte ein Straßenmusikfestival stattfinden, für das es keine staatliche oder städtische Genehmigung gab, das führte zu rapiden Festnahmen und unverhältnismäßig hohen Ordnungstrafen. Aufgrund von Protesten setzte Monate später in der Stadt, deren »Stadtpfeifer« – Tradition zum Gewandhausorchester führte, ein Umdenken ein und das öffentliche Musizieren im Stadtraum wurde in eingeschränktem Maße erlaubt.

27. Juni: Gyula Horn, der Außenminister Ungarns, und sein Amtskollege, der Österreicher Alois Mock, schneiden in der Nähe von Sopron gemeinsam und zunächst symbolisch eine Öffnung in die Grenzsicherungsanlage, die beide Staaten trennt. Am 19. August findet an der Grenze zwischen Ungarn und Österreich ein Paneuropäisches Picknick statt, das etwa 700 DDR-Bürger dazu nutzen, in den Westen zu fliehen. Am 11. September wird die Grenze offiziell geöffnet, und es setzt eine Massenflucht von DDR-Bürgern ein.

6.–9. Juli: In Leipzig findet der Kirchentag der sächsischen Landeskirche statt, der offiziell politische Themen weitgehend ausgrenzt. Parallel dazu veranstalten Oppositionsgruppen einen »Statt-Kirchentag«, an dem mehr als 2.000 Menschen teilnehmen. Beim Abschlussgottesdienst auf dem Galopprennbahngelände »Scheibenholz« gibt es Kundgebungen gegen Wahlbetrug und für Demokratie.

4. September: Im Anschluss an das Friedensgebet findet auf dem Kirchplatz vor St. Nikolai eine Demonstration statt, bei der auf einem Transparent die Forderung »Für ein offenes Land mit freien Menschen« zu lesen ist. Sofort greifen Mitarbeiter des Ministeriums für Staatssicherheit ein und reißen das Transparent Katrin Hattenhauer und Gesine Oltmanns aus den Händen. Während der Leipziger Herbstmesse sind zahlreiche ausländische Journalisten akkreditiert und berichten weltweit von dem Willkürakt der Staatsmacht.

10. September: Nach der Gründung des *Neuen Forums* am 9. September in Grünheide/Ortsteil Altbuchenhorst veröffentlichen die 30 Erstunterzeichner den Aufruf »Die Zeit ist reif – Aufbruch 89«. Die politische Plattform ruft alle Bürger der DDR auf, sich für »die demokratische Umgestaltung der Gesellschaft« zu engagieren. Bereits elf Tage später hatten ca. 3.000 Menschen den Aufruf unterzeichnet, dennoch wurde der Antrag auf Zulassung des *Neuen Forums* vom Ministerium des Innern der DDR am 25. September abgelehnt.

12. September: Die Regierung der DDR nennt die Grenzöffnung der Ungarn organisierten Menschenhandel. Am selben Tag veröffentlicht die Initiative *Demokratie Jetzt* ihren Gründungsaufruf, dieser beginnt mit dem Satz »Unser Land lebt in innerem Unfrieden«. Er verweist auf die Situation in der DDR und formuliert »Thesen für eine demokratische Umgestaltung in der DDR«.

25. September: Nach dem Friedensgebet in der Nikolaikirche versperren Polizeiketten den Weg zum Markt. Schätzungsweise 5.000 Menschen liefen vom Karl-Marx-Platz ungehindert auf dem Leipziger Ring bis zum Richard-Wagner-Platz. Es formierte sich

die erste Leipziger Montagsdemonstration. Selbstbewusst erklang der Ruf »Wir bleiben hier!«

30. September: Die DDR-Regierung gestattet den etwa 6.000 Besetzern der bundesdeutschen Botschaften in Warschau und Prag die Ausreise über das Territorium der DDR und entlässt sie damit aus der DDR-Bürgerschaft. Erneut versammeln sich über 7.000 DDR-Bürger auf dem Gelände der Prager Botschaft der BRD und erzwingen am 4. Oktober ebenfalls ihre Ausreise in die Bundesrepublik Deutschland. Ab dem 3. Oktober wird der seit 1972 bestehende visafreie Reiseverkehr in die ČSSR ausgesetzt.

2. Oktober: In Leipzig findet die erste große Montagsdemonstration statt, an der etwa 20.000 Menschen teilnehmen und sich – vom Karl-Marx-Platz aus – auf einem Teil des Stadtrings formieren, ehe sie von Volkspolizisten vor dem Hauptbahnhof gewaltsam am Weiterkommen gehindert werden; erneut gibt es Festnahmen.

3.–5. Oktober: Im Zusammenhang mit der Durchfahrt von Flüchtlingen aus den bundesdeutschen Botschaften kommt es in Dresden zu Krawallen und Auseinandersetzungen mit Polizeikräften, als ca. 2.000 Fluchtbereite und Neugierige auf den Bahnhof drängen und über Hundert von ihnen versuchen, einen der Züge zu entern.

Die Situation eskaliert, als am 4. Oktober die Sicherheitskräfte die auf etwa 20.000 Personen angewachsene Menschenmenge, die »Freiheit! Freiheit!« skandiert und den Bahnhofsvorplatz belagert, daran hindert, die Gleisanlagen zu erreichen. Doch die Masse erzwingt den Zugang. Mehrere Hundert Demonstranten werden festgenommen.

4.–8. Oktober: Immer wieder werden Teilnehmer von Mahnwachen und Fürbitt-Gottesdiensten von Polizeikräften kontrolliert und eine Vielzahl von ihnen festgenommen. Teilnehmer einer Andacht in der Ost-Berliner Gethsemanekirche, zu der sich am 8. Oktober 2.000 Menschen zusammenfinden, werden von Polizei und Staatssicherheit nach Verlassen der Kirche umstellt und aufgerieben.

5. Oktober: In der *Moritzbastei* findet die Podiumsdiskussion »DDR 50« mit Michael Brie und Ralph Grüneberger statt. Über 1.200 Zuhörer drängen in den Leipziger Studentenklub der Karl-Marx-Universität, sodass die Veranstaltung in mehrere Räume übertragen wird. Doch statt über die Zukunft der DDR wird über die Gegenwart gesprochen, dabei äußern viele Studierende, dass ihnen von Lehrkörpern verboten wurde, an den Montagsdemonstrationen teilzunehmen, und sie bei Zuwiderhandlung die Exmatrikulation erwartet.

6. Oktober: Das Organ der SED-Bezirksleitung *Leipziger Volkszeitung* veröffentlicht einen sogenannten Leserbrief des Kampfgruppenkommandeurs Günter Lutz, der unverblümt die Drohung ausspricht, den Montagsdemonstranten »wenn es sein muss, mit der Waffe in der Hand« entgegenzutreten.

7. Oktober: Während am 40. Jahrestag der Gründung der Deutschen Demokratischen Republik die SED-Führung sich selbst feiert und in Berlin der Staatsgast aus Moskau, der Generalsekretär der Kommunistischen Partei der Sowjetunion, Michail Gorbatschow, als Hoffnungsträger von der Bevölkerung euphorisch begrüßt wird, gründet sich im nahen Ort Schwante die Sozialdemokratische Partei der DDR (SDP).

In vielen Städten der DDR, so auch im vogtländischen Plauen, kommt es an diesem Tag zu massiver Gewalt und zu Verhaftungen von Demonstranten bzw. von Personen, die von den polizeilichen Einsatzkräften dafür gehalten werden.

9. Oktober: Nicht nur in Leipzigs Nikolaikirche, ebenso in der Thomaskirche, der Reformierten Kirche und der Michaeliskirche finden an dem Abend Friedensgebete statt. Verlesen wird von den Kanzeln der überfüllten Kirchen der ebenfalls über den Stadtfunk ausgestrahlte Aufruf zur Dialogbereitschaft, formuliert von sechs Leipzigern, den der Leipziger Gewandhauskapellmeister Kurt Masur im Sender Leipzig aufgenommen hat. Anschließend formieren sich etwa 70.000 Menschen aus Leipzig und Umgebung zur entscheidenden Montagsdemonstration, die gewaltfrei bleibt und die Friedliche Revolution im Osten Deutschlands begründet. Auf der Montagsdemonstration werden Flugblätter der *Arbeitsgruppe Menschenrechte, Gerechtigkeit und Umweltschutz* verteilt, die zur Gewaltlosigkeit aufruft.

Eine Woche später, am 16. Oktober, demonstrieren bereits über 100.000 Menschen, skandieren erneut »Wir sind das Volk!« und »Keine Gewalt« und umrunden den Ring.

18. Oktober: Erich Honecker wird »auf eigenen Wunsch« aller seiner Ämter enthoben und Egon Krenz vom SED-Zentralkomitee zu seinem Nachfolger als Generalsekretär gewählt. Dieser verkündet in einer am Abend ausgestrahlten Fernsehansprache, eine Wende einleiten zu wollen. Am 24. Oktober wird Krenz Vorsitzender des Staatsrates und des Nationalen Verteidigungsrates.

In Leipzig hat der 18. Oktober einen besonderen Stellenwert. Am 18. Oktober 1813 wurde Napoleon vor den Toren der Stadt geschlagen. Die Leipziger »Straße des 18. Oktober« hat seit dem Herbst 1989 eine doppelte Bedeutung.

25. Oktober: Ungeachtet der vollzogenen Veränderungen innerhalb der Staats- und Parteiführung verlangt der Minister für Staatssicherheit, Erich Mielke, erhöhte Kampfbereitschaft, das Vernichten von brisanten Akten und ordnet das Tragen der Dienstwaffe an. Ein letzter Versuch, die Verhältnisse umzukehren.

27. Oktober: Der Staatsrat, als oberstes politisches Gremium, erlässt eine Amnestie für alle Flüchtlinge und Teilnehmer an nichtgenehmigten Demonstrationen.

4. November: Bei der größten Protestdemonstration seit Bestehen der DDR fordern Hundertausende, geschätzt werden 500.000 Teilnehmer, auf dem Berliner Alexanderplatz Presse- und Versammlungsfreiheit und sprechen der SED den Alleinherrschaftsanspruch ab.

6. November: »Ist Leipzig noch zu retten?« Erstmals wird im Fernsehen der DDR in einem Dokumentarfilm der Verfall der Altbausubstanz in der Stadt Leipzig aufgezeigt. Ein Filmteam, Regie Gerlinde Marquardt, interviewt Verantwortliche und Bewohner der Stadt und bildet mit der Kamera schonungslos den Ist-Zustand ab.

7. November: Der Ministerrat der DDR tritt zurück, ihm folgt einen Tag darauf der Rücktritt des SED-Politbüros.

8. November: Aufgrund der eingereichten Beschwerde gegen die Nichtzulassung erlässt das Ministerium des Innern gegenüber der politischen Plattform *Neues Forum* die Auflage, innerhalb von drei Monaten ein Statut vorzulegen. Am nächsten Tag erfolgt die schriftliche Bestätigung der Zulassung.

9. November: Dieser geschichtslastige Tag erlangt eine neue Bedeutung. Verkündete 1918 Philipp Scheidemann das Ende des Kaiserreichs, setzte 20 Jahre später ein nationalsozialistischer Mob, angeführt von Schlägertrupps der Sturmabteilung (SA), jüdische Gotteshäuser in Brand und misshandelte oder tötete jüdische Mitbürger, wurde die Nacht vom 9. zum 10. November 1989 zu einem Glanzpunkt in der deutschen Geschichte. 28 Jahre nach dem Mauerbau beginnt in den Abendstunden die Öffnung der innerdeutschen Grenzen und lässt Tausende Ost- und Randberliner die Grenzposten überrennen.

10. November: Bei einer Kundgebung vor dem Schöneberger Rathaus in Westberlin prägt der Ehrenvorsitzende der Sozialdemokratischen Partei Deutschland (SPD), Willy Brandt, den markanten Satz: »Jetzt wächst zusammen, was zusammengehört«.

13. November: Der Dresdner SED-Politiker Hans Modrow, der als Reformer gilt, wird Vorsitzender des Ministerrates. Am Abend manifestieren 150.000 Montagsdemonstranten in Leipzig den Willen zur Veränderung. Zu den vielen Losungen zählen »Demokratie ist möglich SDP«, »SED – nein danke!«, »Der nächste Lenz ohne Krenz«, »Die Mauer hat ein Loch, doch weg muss sie doch«, »Gestern in Bayern auf ein Bier, aber heute zur Demo sind wir hier«. Mit dem Verweis, dass ein Großteil aller Bauarbeiter der DDR für die Baumaßnahmen in Berlin, Hauptstadt der DDR, zusammengezogen wurde, ist auch dieses Transparent zu lesen: »Die Ruinenstadt Leipzig fordert alle Bauarbeiter zurück!«

17. November: Die neue Regierung der DDR wird vereidigt. Modrow schlägt die Bildung einer »Verantwortungsgemeinschaft beider deutscher Staaten durch eine Vertragsgemeinschaft« vor.

18. November: Nach der formalen Auflösung des Ministeriums für Staatssicherheit, allgemein Stasi genannt, firmiert es als Amt für Nationale Sicherheit. Die Volkskammer der DDR setzt einen Untersuchungsausschuss zur Überprüfung von Amtsmissbrauch und Korruption ein.

26. November: Namhafte Künstler und Schriftsteller der DDR veröffentlichen den Aufruf »Für unser Land« und plädieren für einen reformierten Sozialismus und das Fortbestehen der DDR, während die Leipziger Montagsdemonstration mit 150.000 Teilnehmern am nächsten Tag vom Sprechchor »Deutschland einig Vaterland« und dem Zeigen schwarz-rot-goldener Fahnen geprägt ist. Die Losung »Wir sind *das* Volk« wandelt sich immer mehr zu »Wir sind *ein* Volk«.

28. November: In seiner Rede vor dem Deutschen Bundestag stellt Bundeskanzler Helmut Kohl, zur Überraschung von Parlament und westlichen Alliierten, einen Stufenplan (»Zehn-Punkte-Programm«) vor, der die schrittweise Überwindung der deutschen Teilung vorsieht. Kernpunkte sind dabei Wirtschaftshilfe, Ausbau der Zusammenarbeit, Abrüstung und Rüstungskontrolle sowie der Beitritt reformorientierter Ostblockstaaten in die Europäische Gemeinschaft.

1. Dezember: Die Volkskammer fasst den Beschluss den Artikel 1, Absatz 1, der »die politische Organisation der Werktätigen in Stadt und Land unter Führung der Arbeiterklasse und ihrer marxistisch-leninistischen Partei« festschreibt, zu korrigieren. Der Führungsanspruch der SED wird aus den *Grundlagen der sozialistischen Gesellschafts- und Staatsordnung* entfernt. Am Abend kommt es auf dem Messegelände zum Auftritt von Wolf Biermann in Leipzig vor etwa 6.000 Zuschauern.

2./3. Dezember: Bei dem Treffen von US-Präsident George Bush und dem Generalsekretär der KPdSU Michail Gorbatschow auf der Insel Malta ist die Teilung Deutschlands Gegenstand der Gespräche und wird im Kontext der Sicherheit und Zusammenarbeit in Europa erörtert.

3. Dezember: Ausschluss u.a. von Erich Honecker, Erich Mielke, Willi Stoph aus der SED. Anschließend erklären das Zentralkomitee und ihr Generalsekretär Egon Krenz sowie das Politbüro der SED geschlossen ihren Rücktritt. Ein Arbeitsausschuss übernimmt vorübergehend die Führung und organisiert einen Sonderparteitag. Drei Tage später tritt Egon Krenz auch als Vorsitzender des Staatsrates zurück. Ihm folgt der Vorsitzende der Liberal-Demokratischen Partei Deutschlands Manfred Gerlach nach.

4. Dezember: In Erfurt, Leipzig und Rostock werden von Bürgerrechtlern die Bezirksverwaltungen des Ministeriums für Staatssicherheit respektive des neuen Amtes für Nationale Sicherheit besetzt und versiegelt, um der bereits fortgeschrittenen Vernichtung von Akten Einhalt zu gebieten. Einen Tag später folgt die Stürmung und Besetzung der Dresdner Stasi/NASI-Zentrale, in deren Komplex eine Haftanstalt integriert ist.

6. Dezember: Der Staatsrat der DDR beschließt die Amnestie für Straftäter, die wegen vorsätzlicher und fahrlässiger Vergehen zu Freiheitsstrafen von bis zu drei Jahren verurteilt worden sind.

7. Dezember: Moderiert von Beauftragten der evangelischen und katholischen Kirchen in der DDR konstituiert sich in Berlin der zentrale »Runde Tisch«, der Vertreter der Regierung, der Parteien und Verbände sowie der Bürgerbewegung zusam-

menbringt, um Entscheidungen zu treffen und Maßnahmen einzuleiten. Schwerpunkte sind dabei die Bildung einer neuen Verfassung und die Vorbereitung von Neuwahlen. Nach dem Berliner Vorbild gründen sich bald überall im Lande gleichfalls »Runde Tische« und setzen die bisherigen Machtstrukturen außer Kraft.

8. Dezember: Auf dem Sonderparteitag der SED in Berlin entscheidet die Mehrheit der 2.700 Delegierten die Erweiterung des Namens der SED in SED-PDS, wobei die Abkürzung PDS für »Partei des Demokratischen Sozialismus« steht. Mit fast 96 Prozent der Stimmen wird der Rechtsanwalt Gregor Gysi zum Vorsitzenden gewählt. Doch die in Deutschland übliche Ämterhäufung hört nicht auf: Ministerpräsident Hans Modrow wird dessen Stellvertreter. Ab März 1990 firmiert die Partei dann nur noch als PDS.

18. Dezember: Die vorweihnachtliche Montagsdemonstration mit etwa 150.000 Teilnehmern geht als »Kerzendemo« in die Geschichte der *Friedlichen Revolution* ein. Unter dem weitgehenden Verzicht von Transparenten und Sprechchören wird zur Solidarität mit dem Volk Rumäniens aufgerufen und angeregt, diesem warme Kleidung und Lebensmittel zu schicken. Dafür werden Sammelstellen eingerichtet.

19. Dezember: Ministerpräsident Hans Modrow und Bundeskanzler Helmut Kohl vereinbaren die Öffnung des Brandenburger Tors als Grenzübergang für Fußgänger. Drei Tage später wird die Öffnung umgesetzt und von 100.000 Berlinern und Gästen begleitet. Silvester feiern Tausende an diesem Ort den Jahreswechsel.

24. Dezember: Bürgern der Bundesrepublik Deutschland und von Berlin-West ist die Einreise in die DDR ohne Visum gestattet.

31. Dezember: In ihrer gemeinsamen Neujahrsansprache würdigen die Vorsitzenden von Staats- und Ministerrat Manfred Gerlach, Hans Modrow sowie der Volkskammerpräsident Günther Maleuda das Jahr 1989 als »das Jahr der friedlichen Revolution«. Bundeskanzler Helmut Kohl betont in seiner Neujahrsansprache: »Deutschland ist unser Vaterland, Europa unsere Zukunft.«

1990

6. Januar: Auf dem Gelände der Landwirtschaftsausstellung agra in Markkleeberg bei Leipzig laden die Leitungen der Leipziger Bezirksverbände des Bundes der Architekten, des Verbandes bildender Künstler und des Kulturbundes zur 1. Leipziger Volksbaukonferenz ein. Diskutiert werden Maßnahmen, die stark geschädigte historische Bausubstanz der Stadt Leipzig zu erhalten.

11. Januar: Die Volkskammer der DDR verabschiedet das »Gesetz über Reisen von Bürgern der Deutschen Demokatischen Republik ins Ausland.«

13. Januar: Die Sozialdemokratische Partei der DDR benennt sich in Sozialdemokratische Partei Deutschlands um und kooperiert mit der SPD in der Bundesrepublik Deutschland, die den Wahlkampf der neuen Partei unterstützt.

20. Januar: Vereinigung konservativer Kräfte zur Deutschen Sozialen Union (DSU).

21. Januar: Ausschluss des ehemaligen Generalsekretärs Egon Krenz aus der SED.

25. Januar: Bei der Sitzung des Ministerrats wird die Zulassung der uneingeschränkten Gewerbefreiheit für Handels-, Handwerks- und Dienstleistungsbetriebe beschlossen. Entsprechend der Joint-Venture-Verordnung wird die ausländische Beteiligung möglich.

28. Januar: Bei der Zusammenkunft von Ministerpräsident Hans Modrow mit Vertretern der Oppositionsgruppen wird der Beschluss gefasst, den Termin zur Wahl der Volkskammer vom 6. Mai auf den 18. März vorzuverlegen und bis dahin in Form einer Allparteienregierung die nationale Verantwortung wahrzunehmen. Am Tag darauf stimmt der zentrale »Runde Tisch« diesem Vorgehen zu.

30. Januar: Ministerpräsident der DDR Hans Modrow wird vom Generalsekretär der KPdSU Michail Gorbatschow in Moskau empfangen. Dieser erklärt, dass seinerseits die »Vereinigung der Deutschen« von ihm nicht in Abrede gestellt wird. Modrow spricht sich anschließend für die »Gemeinsamkeit der deutschen Nation« aus.

5. Februar: Hans Modrow nimmt Vertreter der oppositionellen Gruppen in der DDR am zentralen »Runden Tisch« als Minister ohne Geschäftsbereich in die Regierung auf.

19. Februar: Der zentrale »Runde Tisch« fasst den Beschluss, alle elektronischen Datenträger der Staatssicherheit zu vernichten.

1. März: Der Ministerrat der DDR beschließt die Umwandlung von Kombinaten und Volkseigenen Betrieben (VEB) in Kapitalgesellschaften. Zur Verwaltung des Volkseigentums wird eine treuhänderische Anstalt gegründet.

3. März: Die Leipziger Bezirksstaatsanwaltschaft gibt bekannt, dass im Zuge der Ermittlungen zu den polizeilichen Übergriffen bei den Demonstrationen am 2. und 7. Oktober 1989 gegen drei Offiziere der Volkspolizei Geldstrafen verhängt wurden. Generalmajor Gerhard Straßenburg entschuldigt sich öffentlich für den Schlagstockeinsatz.

18. März: Bei der ersten freien und geheimen Wahl zur Volkskammer der DDR erzielt die CDU 40,8 Prozent, die SPD 21,9 Prozent, die PDS 16,9 Prozent, die DSU 6,3 Prozent und der Bund Freier Demokraten (BFD) 5,3 Prozent. Die Wahlbeteiligung liegt bei über 93 Prozent. Das Bündnis 90, eine Fusion der Bürgerrechtsgruppen Demokratie Jetzt, Initiative für Frieden und Menschenrechte und Neues Forum, erhält 2,3 Prozent der 11.540.927 gültigen Stimmen; die Grünen erzielen 2 Prozent.

31. März: Per 1. April erfolgt die Entlassung aller hauptamtlichen Mitarbeiterinnen und Mitarbeiter des Ministeriums für Staatssicherheit bzw. Amtes für Nationale Sicherheit aus dem militärischen Dienstverhältnis.

5. April: In Berlin kommt die neu gewählte Volkskammer der DDR zu ihrer konstituierenden Sitzung zusammen und beauftragt den CDU-Vorsitzenden Lothar de Maizière mit der Bildung der Regierung. Am 12. April erfolgt die Wahl de Maizières zum Ministerpräsidenten eines Kabinetts aus Vertretern von CDU und SPD sowie den Kleinparteien Deutsche Soziale Union

(DSU) und Demokratischer Aufbruch (DA). Das Bündnis vereinbart den Beitritt der DDR zur Bundesrepublik gemäß Artikel 23 des Grundgesetzes in der Fassung von 1949 als Zielstellung. Am Abend kommt es in Berlin, Dresden und Leipzig zu Demonstrationen gegen die geplante Währungsumstellung der Mark der DDR zur D-Mark im Verhältnis 2:1.

14. April: In Bonn werden von Vertretern beider deutscher Staaten und der Siegermächte des Zweiten Weltkrieges die »Zwei-plus-Vier-Gespräche« aufgenommen.

27. April: Beginn der Verhandlungen über einen deutsch-deutschen Staatsvertrag zur Wirtschafts-, Währungs- und Sozialunion.

13. Juni: Beginn der Demontage der Grenzanlagen in Berlin. Vier Reste der fast 160 Kilometer langen Mauer werden als Mahnmal erhalten.

15. Juni: Die Regierungen der DDR und der Bundesrepublik Deutschland treffen eine weitreichende Erklärung zur »Regelung offener Vermögensfragen«, die Enteignungen zwischen 1945 und 1949 nicht rückgängig machen lässt. Später enteignetes Grundvermögen ist hingegen den ehemaligen Eigentümern zurückzugeben. Das mündet in den Grundsatz: Rückgabe vor Entschädigung.

21. Juni: Die Volkskammer der DDR und der Bundestag der BRD stimmen mehrheitlich dem Staatsvertrag über die Währungs-, Wirtschafts- und Sozialunion zu. Postuliert wird ein Umtauschkurs, der Löhne, Gehälter, Mieten, Stipendien und Renten im Verhältnis 1 Mark-DDR zu 1 Deutsche Mark umstellt.

Für Sparguthaben und Bargeld gilt eine Mengen- und Altersstaffelung.

1. Juli: Die Einführung der D-Mark als einziges offizielles Zahlungsmittel in der DDR, die auf einen Sonntag fällt und von der Ausgabemenge zunächst begrenzt ist, erlangt Volksfestcharakter. Über diesen Tag hinaus kann vielerorts entsprechend dem Umtauschkurs weiterhin mit DDR-Mark bezahlt werden.

16. Juli: Die Treuhandanstalt bestimmt die Privatisierung der ca. 8.000 volkseigenen Betriebe der DDR.

23. August: Entsprechend der im April vereinbarten Zielsetzung der Regierung beschließt die Volkskammer der DDR gemäß des Artikels 23 des GG den Beitritt des Staates zum Geltungsbereich der Bundesrepublik Deutschland mit Wirkung zum 3. Oktober 1990.

24. August: Die Volkskammer verabschiedet das Gesetz über die Sicherung und Nutzung der personenbezogenen Daten des ehemaligen Ministeriums für Staatssicherheit/Amtes für Nationale Sicherheit und verhindert so die weitere Vernichtung von Daten.

4. September: Nach Bekanntwerden der Planung im Einigungsvertrag zwischen der DDR und der BRD, die Schließung der Akten der Staatssicherheit für mindestens 30 Jahre festzulegen, besetzen Bürgerrechtler die ehemalige Zentrale der Staatssicherheit und erwirken mit einem Hungerstreik die dauerhafte Öffnung der Akten für die betroffenen Bürger und die Forschung. Auch die Verlagerung der Akten aus der Zentrale bzw. den ehemaligen Bezirksverwaltungen des MfS wird verhindert.

12. September: In Moskau kommt es zum Abschluss der »Zwei-plus-Vier«-Gespräche. Unterzeichnet wird der »Vertrag über die abschließende Regelung in Bezug auf Deutschland« von den Außenministern der Sowjetunion, den USA, Frankreich und Großbritanniens und der beiden deutschen Staaten. Das vereinte Deutschland erhält 45 Jahre nach dem Ende des Zweiten Weltkrieges die volle Souveränität.

20. September: Der Einigungsvertrag wird von beiden deutschen Parlamenten verabschiedet. In der Volkskammer der DDR werden 80 Gegenstimmen aus den Fraktionen von PDS und Bündnis 90/Grüne gezählt. Im Bundestag der BRD stimmen 47 der Abgeordneten dagegen. Sie sind mehrheitlich der Fraktion Die Grünen zuzurechnen, aber auch 17 Mitglieder der CDU/CSU-Fraktion zählen dazu.

2. Oktober: Die Volkskammer der DDR kommt zu ihrer letzten Sitzung zusammen und wählt Joachim Gauck, als Vertreter von Bündnis 90, zum Sonderbeauftragten für die personenbezogenen Unterlagen des ehemaligen Staatssicherheitsdienstes. Am Tag darauf wird Gauck von Bundespräsident Richard von Weizsäcker und Bundeskanzler Helmut Kohl in dieser Funktion bestätigt.

4./5.Oktober: Die erste gesamtdeutsche Plenarsitzung findet im Berliner Reichstagsgebäude statt. Der erweiterte Bundestag zählt insgesamt 663 Abgeordnete, 519 Mitglieder des bisherigen Bundestages der BRD und 144 Abgeordnete der aufgelösten Volkskammer der DDR. Zu den ersten Amtshandlungen gehört am 5. Oktober die Annahme des »Zwei-plus-Vier«-Vertrages.

2. Dezember: Bei der ersten Wahl im wiedervereinigten Deutschland für den Deutschen Bundestag erzielen CDU/CSU 43,8 Pro-

zent, gefolgt von der SPD mit 33,5 Prozent und der FDP mit 11 Prozent. Die Partei Die Grünen erreicht im Verbund mit dem Bündnis 90 die Fünf-Prozent-Marke und stellt acht Abgeordnete. Die PDS gewinnt in einem Berliner Wahlkreis ein Direktmandat und erhält 17 Sitze.

Es wird kein Anspruch auf Vollständigkeit erhoben.

DANK

Der Autor dankt der Kulturstiftung des Freistaates Sachsen für das 2012 erhaltene Aufenthaltsstipendium im Programm »Heimspiel« in der Denkmalschmiede Höfgen, um Schreibzeit für diesen Roman zu haben. Gleichzeitig gilt der Dank der Dichterin Evelyn von Wietersheim (1925–2018) aus dem Wendland, die dem Autor in ihrem Haus wiederholt eine Auszeit zum Schreiben an seinem Stoff ermöglicht und leider das Erscheinen des Romans nicht mehr erlebt hat.